Les anges des terres sauvages

Xavier Badefort

Les anges des terres sauvages

Roman

NOUVEAUX AUTEURS

Éditions Les Nouveaux Auteurs

16, rue d'Orchampt 75018 Paris
www.lesnouveauxauteurs.com

ÉDITIONS PRISMA

13, rue Henri-Barbusse 92624 Gennevilliers Cedex
www.editions-prisma.com

ISBN: 978-2-8195-06591

À Hélène.

1.

Le chemin montait en pente douce à travers la châtaigneraie, des arbres majestueux à l'écorce labourée de fissures profondes lançaient leurs fûts immenses vers la lumière déclinante du crépuscule. À l'abri de leurs puissantes ramifications, alourdies de milliers de bogues prêtes à éclater, poussaient des rejets et des arbrisseaux frêles, avides de clarté et frustrés dans leur croissance organique. De loin en loin quelques conifères égarés étiraient leurs longues silhouettes, captant l'œil par les nuances vert sombre de leurs houppiers. Sous les ramures emmêlées, l'ombre s'étendait rapidement, le vent d'ouest porteur de lourds nuages d'averse soufflait en rafales puissantes, les branches fragilisées et les troncs brisés par la tempête de l'hiver 1791 gémissaient en une longue plainte mélancolique. Des arbres énormes s'étaient couchés dans la pente, laissant apparaître de profondes blessures dans le chemin éventré et de grandes racines à nu désormais privées de la richesse souterraine de cette terre brune. La forêt souffrait dans un grand désordre de bois fendu et de troncs à l'équilibre précaire, les morts s'appuyaient un temps sur les vivants et puis ils se couchaient au sol dans l'attente du pourrissement. Dans les fondrières, les taillis et les bosquets, des profondeurs jusqu'aux cimes des arbres, un univers invisible de cris secrets et de douleurs retenues semblait vouloir prendre vie.

La Nation en armes s'était levée et la République vivait ses premiers jours, Gabriel avait juré de les protéger, un serment de plus, pour effacer tous les autres : « Je jure d'être fidèle à la Nation et de maintenir la liberté et l'égalité ou de mourir en les défendant. » Une fois encore la justice avait été rangée aux oubliettes, l'été 1789 lui semblait déjà si loin.

Sous ses bottes, le ruban de mousse vert tendre se déroulait en une sente étroite et sinueuse au milieu du tapis des feuilles dorées qui s'accumulaient lentement pour perpétuer le cycle de la forêt. L'humus détrempé exhalait une odeur puissante et chaque pas laissait dans cette masse spongieuse une empreinte aussi profonde qu'éphémère, une empreinte qui faisait remonter l'écume végétale accumulée sous la couche épaisse de sphaignes. Au loin, on entendait glapir un renard et les cris rauques des engoulevents montaient du sous-bois en s'intensifiant à l'approche du crépuscule.

Ses années de service dans l'armée en avaient fait un familier de l'horreur mais la Révolution venait de porter encore bien plus haut le raffinement des hommes en matière de cruauté. Trois semaines auparavant, on l'avait expédié à Paris avec un détachement de fédérés, pas vraiment des soldats, plutôt un ramassis de soudards et de pauvres hères. Quand ils avaient débarqué dans la capitale, celle-ci était déjà livrée aux assassins et aux violeurs. Jamais il ne pourrait oublier la sauvagerie des massacres de septembre et sûrement que le directoire du département, de son côté, n'oublierait pas qu'il avait refusé que ses fédérés prennent part à la curée. Gabriel avait passé sa vie à essayer d'être droit et juste, il avait cru à l'ère du Bien et de la Justice promise par la Révolution, et puis à la prison de La Force il avait compris de quoi les hommes étaient capables, sa foi s'était définitivement éteinte. Trop de sévices, trop de souffrances inutiles et trop de morts violentes, le dégoût lui était venu en premier, puis la colère et le mépris avaient tout emporté. Restés sagement dans leur province, à cent lieues des massacres, les éminents membres de son club avaient même tenté de lui expliquer qu'il était juste de dépecer la princesse de Lamballe, de lui arracher le cœur et de souiller son cadavre, que c'était à ce prix que le peuple anéantirait le complot aristocratique. Dont acte, la barbarie avait tué la justice, personne ne pouvait plus l'ignorer. L'audacieuse architecture de sa morale, bâtie sur la primauté de la Raison, venait d'être balayée par la réalité. À son retour, il avait signifié aux administrateurs du département sa volonté résolue de ne plus mener de troupes, trop de fédérés déshonoraient les principes fondateurs de la Révolution. Les pseudo amis de la Constitution, les pisse-froids, tous ces lâches et ces ignares rongés par la peur, tous ceux qui n'avaient jamais vu une bataille, le regardaient maintenant d'un œil réprobateur. Ils avaient refusé sa démission, soit, eh bien qu'ils aillent tous se faire foutre ! Il se sentait tellement plus révolutionnaire qu'eux. Pourquoi n'iraient-ils pas au combat cette fois ? On les verrait alors à l'œuvre cette bande d'imposteurs, leur tour était venu, le sien était passé, définitivement passé. Ici, dans la forêt, au milieu des grands arbres, la sauvagerie avait un sens, une noblesse, on n'était pas sauvage par goût ou par cruauté, on l'était par nécessité.

Gabriel se faufila dans un entrelacs de troncs couchés qui barraient le chemin et un bouvreuil surgit des frondaisons, fendant l'air frais du soir de son vol ondulant. Il était temps de rentrer avant que la nuit n'emplisse l'espace des bois et que ne surgisse le bestiaire redoutable des créatures aux yeux brillants.

Affolé par le flot d'odeurs qui s'offrait à lui, le chien trottinait à une cinquantaine de mètres en avant, la truffe à ras du sol il effectuait de grands zigzags, se redressant régulièrement comme pour interroger l'air qui s'engouffrait dans son museau humide. Il disparaissait parfois, bondissant de tout son corps puissant dans un taillis ou un amas de fougères, et ne restait visible que son derrière agité d'une queue frénétique. Ce chien, c'était un peu tous les chiens à la fois, l'aboutissement de nombreuses lignées de corniauds, il avait le museau et les oreilles foncés, mouchetés de roux, son pelage de poils courts était du même ton mais plus uniforme, à l'exception d'une tache d'un blanc éclatant sur le poitrail. Gabriel l'avait recueilli dans un fossé, il avait d'abord passé son chemin à la vue de cette boule de poils couchée sur le flanc mais le chiot avait jappé faiblement et un murmure de culpabilité l'avait rattrapé en songeant à la lente agonie qui attendait l'animal. Gabriel était revenu sur ses pas pour mettre un terme à cette vie misérable. Le chiot avait léché sa main de sa langue râpeuse comme pour le remercier et Gabriel avait rengainé son couteau. Après tout, dans le chaos de la Révolution, il trouvait réconfortant qu'il y ait au moins une personne dans ce monde qui puisse se soucier d'un chiot abandonné. Un sentiment diffus, un vague lien le rattachant à la nature l'avaient poussé à recueillir l'animal. Blessé, affamé et malade, le chiot avait malgré tout lutté pour sa survie avec une force stupéfiante. Mathilde l'avait baptisé *le Nano* car en grandissant ce chien était devenu une extravagance, toujours en mouvement et débordant d'affection. C'était aussi un piètre chasseur, incapable de suivre une piste sans se laisser distraire, une bête cabocharde qui ne pensait qu'à jouer et à courir en tous sens, mais Gabriel savait l'animal d'un courage et d'une fidélité sans faille, ce qui compensait avantageusement tous ses défauts de chien. Tous ceux qu'il avait entretenus dans sa meute de louvetier avaient eu leurs faiblesses et leurs peurs, le fusil, l'orage, les vaches, l'eau, mais celui-ci ne craignait rien, bien au contraire, sa curiosité naturelle le poussait sans cesse au-devant des dangers. C'était un animal fascinant pour Gabriel, une créature bondissante et qui courait joyeusement à sa perte.

Ils approchaient de la maison, Gabriel pensait encore une fois à toutes les vies, celles qu'il avait vécues, celles qu'il avait ôtées, aux combats qu'il avait menés et à ceux qui restaient à livrer. La confiance excessive qu'il plaçait en lui-même et sa naïveté finiraient sûrement par le perdre. Il sentait aussi confusément que ses utopies l'avaient affaibli. Les événements extraordinaires de 1789 avaient enfiévré son imagination au-delà du raisonnable mais le souffle était passé, les grands idéaux se diluaient dans la violence et il ne croyait plus qu'en sa propre révolution, celle qu'il théorisait chaque jour dans l'étendue insondable de son univers intérieur. Libérer le peuple de l'aliénation religieuse en dispensant à tous une éducation gratuite fondée sur la Raison, accorder aux femmes l'égalité totale des droits, abolir l'esclavage, sa tête bouillonnait d'idées mais il ne savait parler de ses chimères qu'avec une violence misanthropique à laquelle il refusait de céder en public. Seul, dans la forêt, il s'autorisait à y penser presque sereinement et se représentait ce monde nouveau dont il était l'architecte.

Quelques corbeaux pouvaient bien l'accuser d'avoir trahi la cause et mettre en doute sa foi en la République ! Il était la Révolution et eux l'ordre établi.

Ce fut comme un réveil brutal. Museau au vent, le chien avait stoppé net, à l'arrêt face à un danger tout proche, chacun de ses muscles saillait sous sa robe brunâtre. Un long grognement, sourd et menaçant, l'avait tout d'abord secoué puis il avait bondi et filé, rapide comme la foudre, en direction du manoir. Il était déjà loin quand Gabriel entendit le premier cri, un éclair déchirant et lointain, puis dans un silence irréel, toute vie resta un instant suspendue, comme figée, il reçut furtivement l'espérance que rien n'arriverait jusqu'à ce que, dans ce temps qui n'existait déjà plus, les hurlements de terreur s'élancent pour traverser en un souffle glacé l'étendue des bois, contournant les troncs les plus massifs, perçant les taillis les plus épais, se cognant, obstinés, pour rebondir sur les roches et les souches, jusqu'à envahir chaque parcelle de son être.

2.

La châtellenie de Fondorat était un havre perdu sur l'une des nombreuses collines qui enserraient la ville. Les d'Aymar n'en avaient conservé que le cœur historique après avoir vendu la majeure partie des terres agricoles en 1756. Le domaine tirait sa prospérité de quelques champs nourris de bonne terre brune pour la polyculture, de grasses prairies pour entretenir un petit troupeau de génisses et de broutards, et de quelques acres de bois pour la chasse, les châtaignes ou la glandée. L'ensemble produisait une jolie petite rente annuelle qui servait de revenu d'appoint et qui entretenait l'illusion de la persistance du vieil ordre seigneurial. Quelques familles de métayers assuraient l'exploitation de l'ancienne réserve depuis les fermes alentour, les conflits étaient rares, on signait des contrats entre gens honnêtes et dans le respect tacite des anciens usages. À cette époque le hameau de Fondorat n'accueillait plus guère qu'une dizaine de feux, on y trouvait un lavoir, un ancien four banal et une coquette chapelle en rotonde à trois absidioles à laquelle était accolé un petit cimetière aux granits et aux marbres polis par le temps.

La colline de Fondorat ouvrait sur un panorama magnifique. Seules les hautes futaies des Bois Noirs bouchaient la ligne d'horizon au nord, la forêt y était profonde et sombre, les vieux la disaient maléfique. Partout ailleurs le regard portait loin, vers des paysages étonnamment variés qui témoignaient de l'inlassable labeur des hommes à travers les siècles.

Au sud, les grasses prairies des fermiers du Valat s'étalaient comme autant de taches claires gagnées sur le sombre de la forêt, leur surface vert tendre, tavelée par les robes froment des vaches limousines, se couvrait au printemps du jaune éclatant des pissenlits et du blanc délicat des marguerites.

En allant vers l'est, des champs en terrasse exploitaient habilement l'escarpement pour créer un curieux paysage de jardins fertiles. Un peu plus loin encore, dressée hardiment sur son promontoire de roche dénudée, la puissante silhouette du château du Roc commandait un étroit défilé. Le vieux pont fortifié qui gardait le passage avait jadis permis de contenir les compagnies de routiers qui écumaient le pays, les d'Aymar s'y étaient battus bravement. Au milieu de la chaussée, le vieux guichet en bois sur lequel marchands et voyageurs devaient acquitter le droit de péage aux rudes seigneurs du Roc restait encore debout mais l'usage s'était éteint avec les derniers grands féodaux. Lugubre dans le matin pâle, le vieux donjon quadrangulaire perçait les brumes montant du fond de la vallée tel un sceptre de granit. Lorsque le soir tombait, il flamboyait en se nimbant des langues de nuages rougeoyantes qui venaient lécher ses merlons.

Un mont chauve battu par les vents dominait le paysage des collines à l'ouest. La terre y avait été depuis longtemps épuisée et délaissée par les hommes. Seuls subsistaient sur cette tonsure stérile un chêne noir colossal et trois grands menhirs qui semblaient engagés dans une conversation éternelle. Les anciens cultes païens y avaient été opportunément récupérés par l'Église catholique au début du Moyen-Âge et un petit oratoire avait été bâti à proximité du chêne. Chaque année plusieurs centaines de fidèles conduits par l'évêque y trimbalaient la statue en bois vermoulu d'une Vierge noire. À l'ombre des huit cents ans du chêne on ressassait avec ferveur des récits d'apparitions et de guérisons miraculeuses. La légende du chêne noir se transmettait ainsi de génération en génération lors des veillées au coin du cantou. Pendant les chevauchées de la guerre de Cent Ans, le Prince Noir en personne avait ordonné que l'on détruise la chapelle où se rassemblaient les insoumis et que l'on abatte ce chêne arrogant, devenu un symbole de la fidélité au roi Jean le Bon. Ayant assemblé les habitants du pays sur le mont pour qu'ils assistent à l'exécution, les soldats du Prince Noir voulurent couper l'arbre mais aucune de leurs haches ne put seulement en entailler le tronc. De rage, ils y mirent le feu mais ils se trouvèrent pris dans un orage terrible dont les pluies torrentielles éteignirent l'incendie. Invoquant le diable, les profanateurs furent finalement frappés par la foudre. De telles fariboles faisaient doucement rigoler Gabriel, qui se gardait bien toutefois de le dire trop ouvertement car nombreux étaient les habitants, et pas seulement les anciens, qui croyaient encore à de telles niaiseries.

Vers le sud-ouest enfin, Fondorat regardait serpenter une étroite vallée sur les versants de laquelle la ville s'étageait en faubourgs escarpés. Passées les murailles flanquées de petites tours de guet, la cité s'étirait ensuite en un ruban gris d'habitations insalubres qui ondulait en suivant le cours putride de la rivière. Les fumées montaient en volutes blanchâtres ou en longues bouffées noires, la flèche élancée de la cathédrale et sa tour clocher en coupole dominaient l'ensemble. Au fil du temps, de nombreux nobles avaient déserté leurs riches hôtels particuliers du quartier du château pour gagner la campagne, loin du lacis des ruelles empuanties et des assauts de la fièvre des marais. Ils préféraient le bon air des collines et rechignaient de plus en plus à coexister avec ce peuple pouilleux qui se reproduisait à l'infini dans le cloaque du fond de vallée.

À Fondorat, les d'Aymar vivaient confortablement dans leur grande demeure, un peu à l'écart du monde. Ce que l'on nommait encore le château semblait avoir été déposé sur un renflement de la colline par le bon vouloir de quelque géant capricieux. Le charme de ce manoir tenait beaucoup à son magnifique parc arboré, conçu comme une invitation au voyage. On se promenait dans son pays entre les chênes centenaires et les ormes majestueux, mais les pins parasols lui donnaient des airs de Toscane et les sapins ramenaient le visiteur vers le nord en lançant leurs cimes effilées à l'assaut des nuages. Les granges et le vaste four à pain ne servaient plus qu'occasionnellement, on ne parlait plus ici de banalités et de corvées depuis bien longtemps. Le principal accès au château, un étroit chemin carrossable, s'élargissait derrière la grille d'entrée en une allée bordée de tilleuls. Le promeneur curieux pouvait malgré tout s'approcher discrètement des bâtiments du domaine par les multiples sentiers qui sillonnaient les bois alentour.

L'ancienne maison forte médiévale avait été profondément remaniée depuis la première moitié du XVIIe siècle, puis sans cesse réaménagée aux goûts des époques et des générations qui s'y étaient succédé. Son style à la fois rustique et classique ne s'encombrait pas d'ornementations superflues mais il n'était en rien dépourvu d'élégance. Le corps de logis, rectangulaire à deux étages et un niveau semi mansardé, était flanqué à l'ouest d'une étrange petite tour crénelée qui aurait pu être le dernier vestige de la forteresse féodale de la famille d'Aymar, mais qui n'était en réalité qu'une coquetterie architecturale voulue par l'arrière-grand-père de Gabriel. Les armoiries y avaient été gravées dans la pierre au-dessus de la lourde porte d'entrée et sur les linteaux des cheminées. Le blason familial représentait un cerf passant dans sa partie supérieure, une fasce crénelée partageait l'écu qui portait aussi deux annelets à sa base. Cette symbolique ordonnée venait rappeler que la famille pouvait aisément se prévaloir de ses seize quartiers de noblesse. La façade arrière de la demeure ouvrait sur une vaste terrasse en demi-lune, dallée de pierres blanchies, agrémentée de grands pots de citronniers et d'orangers venus d'Italie. Sur toute sa longueur, l'arrondi de cette terrasse se terminait par trois marches qui permettaient d'accéder au jardin. La promenade autour du puits, entre les allées gravillonnées, les buis, les carrés potagers et les parterres de fleurs, y était délicieuse. Au fond se groupaient quelques fruitiers que les d'Aymar nommaient pompeusement leur verger, mais pour accéder à la vraie coquetterie du domaine, il fallait franchir l'écran d'une haie de charmilles par une étroite porte végétalisée. Une superbe roseraie se dévoilait derrière ce rideau. Sur les palissades en treillis qui cloisonnaient l'espace, grimpaient des clématites et des jasmins qui embaumaient l'atmosphère de leur parfum capiteux. Au centre, un petit bassin dans lequel quelques carpes barbotaient dans l'eau verte rajoutait au charme suranné du lieu. La roseraie était devenue au fil des années une petite entreprise familiale, chaque habitant de Fondorat aimait y apporter une touche personnelle et se sentait ainsi dépositaire de sa réussite comme de son entretien. On y tentait des greffes, des hybridations, et les fleurs aux fragrances délicieuses, aux couleurs vives ou aux tons pastel, qui naissaient de ces expériences, parlaient de toutes les personnalités et de toutes les humeurs de ceux qui avaient participé à leur éclosion. On aurait pu lire l'histoire de la famille d'Aymar dans la coloration saisonnière de leurs pétales soyeux. À l'approche de la Révolution, les roses étaient devenues rouge sang.

3.

La violente décharge d'adrénaline le laissa un temps commotionné au milieu du sentier, il lui fallut quelques instants pour reprendre ses esprits et pour se jeter dans une course folle. Lorsqu'il s'élança, de nouveaux cris transpercèrent la forêt comme autant de coups de poignard, il se mit à gémir à mi-voix :

— Non, non, non !

Il répéta ces trois non suppliants, de plus en plus fort, jusqu'à crier à son tour :

— NON, NON, NON !

Alors il courut. Courir, c'était tout ce qu'il pouvait faire, courir à en perdre haleine vers l'écho de ces cris. Il trébucha, plusieurs fois, sur des racines et des pierres saillantes, ses jambes refusaient de répondre à son urgence. Il tomba, se releva et courut à nouveau. Il avait besoin que ses muscles obéissent mais l'image terrifiante qu'il se projetait avait comme engourdi l'essentiel de ses fonctions motrices.

Toutes les années passées en compagnie de l'infaillible pensée de la mort n'avaient pas suffi à le préserver de la grande vague de panique qui venait de le submerger et ne refluait plus. Un vertige le fit chanceler et le goût acide de la nausée lui remonta dans l'arrière-gorge. Dans sa tête, un passager obscur murmurait sans relâche qu'elles avaient besoin de lui et qu'il n'était pas là pour les protéger. Elles, c'étaient Mathilde, ce merveilleux coup du destin, Jeanne, sept ans, sa fille chérie, son trésor et Angèle, l'ange indien qui avait percuté son existence.

Le chien avait depuis longtemps disparu en avant du chemin lorsque Gabriel entendit distinctement les premiers éclats d'une lutte sauvage. Le vent portait loin l'écho saturé du combat animal. Ruisselant de sueur, il déboucha enfin dans la clairière ouvrant sur le bois au nord de la maison et se heurta brutalement au drame. Dans le jour déclinant, la première chose qu'il vit fut sa femme. Fendant l'air d'un pauvre bâton, elle serrait Jeanne de son bras libre tout en reculant à pas précipités vers la grange. Il buta un instant sur son regard bleu turquin mais elle ne sembla même pas le voir, ses yeux d'habitude si clairs se troublaient d'une peur primitive. Il eut alors l'impression qu'un sortilège l'empêchait d'intervenir, que la scène qu'il avait sous ses yeux se déroulait dans un univers parallèle dont l'accès lui était interdit. Son esprit se mit à dérailler, au lieu de réfléchir à ce qu'il devait faire, il pensa surtout que la présence d'un loup dans sa propriété était une anomalie, une entorse intolérable à la rationalité et aux règles admises par tous du comportement du prédateur. Il tenta de chasser cette pensée qui le paralysait et de se concentrer sur les détails du tableau. Il y avait bien du sang, mais certainement moins que ce qu'il avait imaginé. Le chien venait courageusement de culbuter le loup, la bête féroce, sauvage, remontait subitement du fond des âges. Il sautait en tous sens pour harceler et mordre, puis relâchait aussitôt sa prise et reculait dans un autre bond, prêt encore à l'attaque. Le loup, un grand mâle, avait d'abord cherché à saisir la gorge de son adversaire, mais il s'était entaillé la gencive sur les longs clous en fer forgé qui hérissaient le collier en cuir du chien. Le goût de son propre sang n'avait fait qu'attiser un peu plus sa hargne, il finirait par avoir le dessus, Gabriel le voyait bien. Il n'y avait pas une minute à perdre mais il resta pétrifié encore quelque temps et son regard ne s'anima à nouveau que lorsque Angèle sortit en trombe de la maison. Elle était armée du fusil à silex qu'il lui avait offert pour ses dix-huit ans, elle traversa l'espace telle une comète, sa longue chevelure brune aux reflets cuivrés flottait au vent comme l'oriflamme d'une tribu de guerrières amazones.

Il ne fut vraiment libéré de sa sidération que lorsqu'elle l'interpella en hurlant :

— Maïata[1], je m'en charge !

D'un signe de la main il lui commanda de rentrer, en guise de réponse elle posa un genou à terre et épaula, prête à faire feu. Gabriel n'avait aucun doute quant à son habileté, mais il savait qu'à cette distance et avec cet angle la poudre serait gâchée. Si elle tirait elle risquait la vie du chien autant que celle du loup, elle ne pouvait l'ignorer. Il lui cria d'attendre mais sa bouche était pâteuse, il peinait à articuler et il eut la sensation qu'un vacarme assourdissant l'empêchait de se faire comprendre alors que le silence du crépuscule n'était plus troublé que par les grognements menaçants des deux animaux. Les grands yeux verts d'Angèle scintillèrent comme des perles de jade dans les derniers rayons du soleil couchant, elle était magnifique, il se le disait de plus en plus souvent. Quand son regard dériva à nouveau sur la lutte à mort du chien et du loup, la situation lui parut enfin limpide et il

1. Ou *Maiak* : un homme venu d'ailleurs en langue algonquine.

redevint peu à peu maître de lui-même. Le Nano accaparait toute l'attention du loup dont les babines retroussées laissaient échapper de longs filets d'une écume visqueuse, Mathilde et Jeanne s'étaient abritées dans la grange, saines et sauves, ou tout au moins en vie. Angèle hésita, elle calcula sa chance d'un coup de feu mortel, mortel sans doute, lorsque les chevrotines se disperseraient dans l'air en ronflant, mais pour qui ? La bête qu'il fallait abattre ou son chien adoré ? Des larmes de rage roulèrent sur ses joues cuivrées, elle abaissa son arme :

— Tue-le Maïata !

Elle cria de toutes ses forces.

— Il est à toi.

De grosses gouttes de pluie, espacées, impatientes, percèrent le ventre gris du ciel. Ce qui restait à jouer lui semblait facile, son sang reflua lentement, sa respiration s'apaisa. Le combat resta alors en suspens, le temps d'une danse mortelle, le chien et le loup se mirent à décrire un large cercle et ils s'observèrent ainsi un long moment sans cesser de tourner, le poil hérissé, les crocs découverts et le corps secoué d'un grognement sourd. La lutte n'allait pas tarder à reprendre, Gabriel n'avait plus le temps, il s'avança délicatement à une quarantaine de pas de la bête. *Pourquoi ne fuit-il pas ?* pensa-t-il encore. Il ne comprenait pas, ou peut-être comprenait-il trop bien cette obstination vaine, presque instinctive, à défier la mort. Il avait maintenant retrouvé la froideur du soldat qui doit viser pour tuer. Il vérifia son fusil, bourré de deux charges de poudre noire, d'un lingot enveloppé dans son calepin et de cinq postes à loup. Chaque geste se devait d'être précis, implacable, il mit la poudre dans le bassinet, épaula son arme et prit sa visée à l'aide de son pouce gauche. Il expira longuement, se figea et attendit le moment idéal.

Lorsque la distance entre le chien et le loup lui parut acceptable, il pressa délicatement la queue de la détente. Le chien du fusil vint mordre le silex, l'étincelle précéda d'un quart de seconde la détonation et dans l'instant qui suivit la balle de plomb fracassa le crâne du loup tandis que les chevrotines s'enfonçaient profondément dans le cou pour déchirer les artères de l'animal. Le loup tomba raide, sans un gémissement ni une convulsion. Le chien tourna la tête et l'inclina légèrement dans une expression d'étonnement presque comique, puis il s'approcha avec circonspection de la dépouille. Une large corolle de sang rouge carmin s'étalait déjà sur le tapis de feuilles jaunissantes où reposait le corps efflanqué à la fourrure de gris mélangés. Le chien gémit faiblement et approcha son museau comme pour flairer la mort, puis il détala vers la grange la queue basse. Arrivé devant la porte close, il se mit à japper.

4.

En 1736, Guillaume d'Aymar, chevalier de Fondorat avait épousé Anne Demartial, l'unique enfant d'une riche famille de maîtres imprimeurs installés dans la capitale provinciale. Elle lui avait apporté une dot magnifique, qui était venue s'ajouter à la rente que tirait Guillaume de sa charge de conseiller auprès du Présidial et aux revenus que générait encore la châtellenie de Fondorat. En 1758, Anne donna naissance à Gabriel, il était le garçon tant espéré de cette famille de l'ancienne noblesse provinciale. Deux filles étaient nées avant lui. Suzanne, de cinq ans son aînée, avait été mariée en 1772 à un riche maître émailleur. Elle était depuis partie vivre dans un hôtel particulier à proximité de l'évêché, son mari faisait avec les prélats de fructueuses affaires pour la confection de châsses, de pyxides, de croix et de gémellions. Sa sœur cadette, Catherine, était morte à l'âge de six ans d'une infection pulmonaire. Gabriel n'avait pas vécu trois hivers et il ne gardait d'elle qu'une vague vision d'effroi, pourtant son masque de douleur n'avait depuis jamais cessé d'être une image familière de ses terreurs nocturnes.

Guillaume d'Aymar était un homme enjoué et sociable qui exerçait un office aussi lucratif qu'ennuyeux. Il ne lui serait toutefois pas venu à l'idée de s'en plaindre, c'était ainsi, ses aïeuls avaient beau avoir fourni des contingents de sergents et d'officiers royaux, leur sang pouvait bien être inscrit sur les drapeaux du Royal Navarre et du Royal Guyenne, Guillaume avait, comme son père avant lui, rengainé définitivement son épée pour enfiler la robe de magistrat.

Les d'Aymar étaient des gens cultivés. Pour des aristocrates cette éducation raffinée était un privilège à défaut d'être une évidence, mais c'était aussi une anomalie dans le monde d'ignorance qui les entourait. Sur cette terre que les représentants de la haute administration jugeaient comme à demi sauvage, de nombreux paysans habitaient encore dans ce que l'on n'oserait appeler des maisons. Une ou deux pièces sombres, humides et puantes, quatre murs de glaise et de moellons mal jointés, un sol de terre battue. Du nourrisson au vieillard, tous les âges de la famille s'entassaient dans ces taudis avec leurs animaux, pour ceux qui avaient la chance d'en posséder. Le travail et la peur guidaient leur quotidien misérable. La mort, l'enfer, la faim, la guerre ou les loups, les promesses de souffrances remontaient du fond des âges. Ils traînaient dans les champs leurs pieds écorchés, leurs regards éteints et leurs corps déformés par l'inlassable travail de la terre. S'ils passaient la trentaine, ces hommes et ces femmes se changeaient en vieillards et leur vie s'épuisait alors en un éclair fulgurant. Leurs enfants malingres grandissaient péniblement, mal nourris de vieux pain de seigle, de mauvaises raves et de châtaignes, ils disparaissaient sans bruits, sans cris, absorbés par l'oubli dans lequel ils étaient nés. Étrangement, cette meute de paysans apeurés avait elle-même la faculté de terroriser les bourgeois et les nobles. Sans doute ces derniers pressentaient-ils une injustice devenue trop grande pour ne pas être un jour purgée par le sang. Ils craignaient par-dessus tout la violence désespérée qui animait ce petit peuple des campagnes, car lorsque tout espoir serait mort, il ne faisait guère de doutes que leur fureur éclaterait en une vague dévastatrice qui finirait par tout submerger.

Les laboureurs et les petits propriétaires à l'abri dans leurs fermes solides, ceux qui avaient davantage de biens et d'espérances, n'étaient que l'écume d'un peuple superstitieux et ignorant dans lequel plus d'un tiers des hommes n'étaient pas capable d'apposer leur signature au bas d'une feuille de papier et où le curé, parfois le seul homme d'une sottise alphabétisée, faisait office de lumière. Le français était couramment mal parlé et chaque communauté avait son propre langage, une variation de patois dans laquelle les intonations et une partie du vocabulaire changeaient toutes les cinq lieues. On trouvait encore dans cette altérité les ressources pour se haïr entre communautés, en se repliant sur des clochers minables et en se méfiant de tous les étrangers vivant à plus de quatre ou cinq lieues de chez soi.

Parce qu'ils avaient conscience de vivre loin des grands centres intellectuels, Guillaume et Anne d'Aymar avaient tout mis en œuvre pour que leurs enfants reçoivent une éducation à la hauteur de leurs espérances, qui étaient grandes, autant que celles du siècle, qui étaient immenses. L'héritage familial d'Anne, empli du trésor des livres, et l'insatiable curiosité de Guillaume avaient permis à la famille de toujours se tenir au fait des idées nouvelles. Dès 1757, M. d'Aymar avait été abonné au *Mercure de France* et à la naissance de Gabriel, son beau-père lui offrit un très bel exemplaire de l'Encyclopédie, imprimée à Neuchâtel.

L'office de Guillaume l'avait conduit à plusieurs reprises jusqu'à Paris et à Versailles. Son père l'avait mis en garde, de son temps, des gentilshommes étaient prêts à payer soixante mille écus pour avoir l'insigne privilège de voir déféquer le Roi-Soleil. Les choses n'avaient guère changé lorsque Guillaume avait pu à son tour approcher le souverain et observer la gigantesque bouffonnerie que représentait encore le spectacle de la cour au temps de Louis XV. Guillaume d'Aymar n'avait rien d'un courtisan et c'était là une des qualités remarquables de sa lignée, les d'Aymar considéraient en toute chose que les hommes restaient des hommes et ce, quelle que soit leur place dans la pyramide sociale. Guillaume usait ainsi en toutes circonstances d'un relativisme qui permettait de réduire chaque chose et chaque homme à sa plus simple condition. Le pouvoir, les titres et les privilèges n'étaient dans son esprit que des inventions pour habiller les hommes ou pour les mettre à nu. Comme il ne croyait de toute façon qu'au mérite pour s'élever, ses visites au cœur de monarchie ne lui avaient apporté aucune satisfaction, bien au contraire. Il s'était mis à ruminer une rancœur faite de petites humiliations et de grands mépris. Dans la capitale, le moindre bourgeois parvenu le regardait avec condescendance, les roturiers fraîchement anoblis le toisaient comme un M. de Pourceaugnac, lui dont l'ancienneté de la noblesse n'avaient nul besoin d'arbres généalogiques fantasmés. Or, s'il était parfois un peu rustre dans ses manières, Guillaume n'en était pas moins un homme besogneux et malin. Refusant d'être réduit au rôle d'un hobereau provincial un peu balourd, il se plongea dans les livres pour devenir bien plus savant et bien plus instruit que les marquis poudrés et tous les fats que d'aventure il rencontrerait à la capitale. Il y parvint vite et sans trop d'efforts, y trouva un plaisir jouissif et poursuivit sa quête de connaissance tout au long de son existence. Ce fut avec cette même exigence qu'il envisagea plus tard l'éducation de son fils.

Sous la férule de prêtres séculiers d'un savoir remarquablement médiocre, Gabriel reçut l'enseignement classique d'un gentilhomme dans l'ancien collège de jésuites de la ville. Abreuvé de leçons et de discours pontifiants pendant trois longues années, il commença, sans en avoir toutefois bien conscience, à mûrir son projet d'évasion. Le 20 août 1771, pour le concours de fin de troisième année, il dut disserter en public du sermon sur la montagne dans l'Évangile de Saint Mathieu, puis faire un commentaire des Tusculanes de Cicéron et de l'Énéide de Virgile. En guise de conclusion, il acheva les spectateurs qui ne somnolaient pas encore en étalant sa connaissance des Diadoques et des royaumes hellénistiques. Les premiers applaudissements lancés par sa mère réveillèrent l'assistance, il fut complimenté, embrassé et dut faire quelques courbettes. On mangea jusque tard dans l'après-midi et puis il s'échappa comme une rapiette, en se débarrassant de ses tristes vêtements d'écolier et courut à en perdre haleine pour gagner son repaire secret au cœur des bois de Fondorat. Ce fut sa première fuite, sa première révolte.

Fort heureusement, l'éducation du jeune garçon n'était pas achevée et ses parents ne le savaient que trop bien. Lorsqu'il approcha quatorze ans, Guillaume et Anne confièrent à Hugues de Maumont la tâche ardue de faire de leur fils un gentilhomme, ce qui signifiait pour eux un homme capable de raisonner et de comprendre le monde. Hugues était un vieux courtisan un peu acariâtre et racorni, mais il était ami des grands esprits et il fut celui qui initia réellement Gabriel à l'Encyclopédie et à la philosophie de son temps. Dès lors le jeune garçon se mit à penser, il trouva Dieu dans la Raison et devint mécréant par conviction philosophique.

Il se passionna pour la littérature, particulièrement pour les descriptions géographiques et les récits de voyage. *Le Livre des Merveilles* de Marco Polo, le récit de Christophe Colomb ou *Le voyage autour du monde* de Bougainville ouvrirent à son imagination des horizons infinis. La magie des livres l'emportait toujours un peu plus loin et sa mère, en lui offrant aussi souvent que possible des exemplaires joliment reliés, réalimentait sans le savoir les grands incendies qui conduiraient un jour son fils loin d'elle. Ces récits, Gabriel les lisait d'une traite, il passait des soirées entières, dans la lueur vacillante de sa bougie clandestine, à réinventer leurs histoires. Il devenait enquêteur à la cour du Grand Kahn ou pilote de *la Boudeuse*, il bravait les terribles tempêtes des mers australes. Dans ses rêveries pourtant il accomplissait toujours son propre destin car, comme son père, Gabriel d'Aymar n'avait rien d'un admirateur en quête de modèle.

5.

Gabriel sentit brutalement la vie refluer et jeta son fusil au sol pour se précipiter vers la grange où Mathilde, Jeanne et Angèle s'étaient réfugiées. Il poussa la lourde porte qui tourna en un grincement affreux sur ses gonds rouillés, le chien se faufila à l'intérieur. Il lui fallut quelques instants pour s'accoutumer à la pénombre. Il distingua d'abord Jeanne, agenouillée dans la paille fraîche et prostrée dans les bras d'Angèle, elle était choquée mais apparemment indemne. Le chien était venu se coucher, oreilles dressées, aux pieds de la jeune Indienne, d'un mouvement du menton celle-ci indiqua à Gabriel un petit tabouret de traite sur lequel Mathilde s'était affalée. Sa femme le fixait intensément, il repoussa violemment la double-porte de la grange pour laisser entrer le peu de lumière qu'il restait au-dehors. Lentement, elle releva le pan de la vieille pelisse de laine dont elle s'était couverte et découvrit son bras droit. Le velouté de la peau était marbré de vaisseaux bleutés. Un rictus de souffrance lui tordit la bouche quand elle lui dévoila sa blessure. La morsure lui avait mutilé l'avant-bras. Les mâchoires crispées à s'en faire exploser les dents, Gabriel s'approcha d'elle, il se baissa, passa un bras derrière ses épaules et l'autre sous ses cuisses puis la souleva avec une infinie délicatesse. Elle enfouit la tête contre son épaule et s'abandonna en sanglotant, ce serait, pour toujours, son seul moment de faiblesse.

Quand ils arrivèrent dans le grand vestibule du manoir, le contraste avec le chaos des derniers instants les saisit et une douce chaleur les enveloppa. À travers la grande double porte vitrée, on apercevait le feu qui ronflait dans la cheminée du salon. Tournant sur sa gauche, sa femme toujours dans ses bras, Gabriel descendit précautionneusement les trois marches menant à la vaste cuisine. Dans le fond de la pièce, à côté de la fenêtre entrebâillée, un halicot de mouton mijotait tranquillement sur le fourneau franc-comtois en fonte, dans l'âtre de la cheminée une petite marmite était suspendue au-dessus des braises encore incandescentes, le bouillon de légumes achevait d'y amalgamer ses saveurs. L'odeur suave des cuissons en cours se mélangeait à celle des épices et des salaisons. La grande table en chêne était encore encombrée d'épluchures de navets et de fanes de carottes, deux perdrix à moitié plumées émergeaient parmi les touffes de duvet qui voletaient au moindre déplacement de l'air. Ils s'installèrent tous dans un coin, à proximité du feu, ils avaient soudain peur du vide et de l'éloignement.

Assise sur une caquetoire près de l'âtre, Mathilde tremblait légèrement, elle était livide mais semblait avoir retrouvé son calme. La morsure l'élançait affreusement mais elle cherchait avant tout à rassurer Jeanne, toujours sidérée par la violence de l'attaque. Gabriel vint s'agenouiller près de son épouse, il souleva précautionneusement le bras meurtri pour le poser sur l'accoudoir de la chaise. Mathilde n'en pouvait plus, ce silence, cette douleur, elle voulait parler.

— Je vais me reposer quelques minutes, dit-elle.

Sa voix, d'ordinaire si douce, avait été éraillée par les cris et elle sonna bizarrement dans l'enclos granitique de la cuisine. Il fallait de toute façon qu'elle parle, quitte à dire n'importe quoi.

— Cette cuisine est un vrai capharnaüm, c'est lamentable, il faudra mettre un peu d'ordre.

Elle s'interrompit un bref instant, posa des yeux effarés sur sa blessure, puis reprit :

— Je passe mon tour, les filles. Vous vous en chargerez, n'est-ce pas ?

Angèle la dévisagea, entre deux reniflements, Jeanne bredouilla quelques mots inaudibles pour réconforter sa mère. Gabriel, lui, n'avait toujours pas desserré les mâchoires et Mathilde ne se rappelait pas l'avoir jamais vu aussi bouleversé. Visiblement quelque chose le préoccupait au-delà de l'attaque du loup et de sa blessure. Elle aurait voulu qu'il réagisse et qu'il lui parle enfin.

— Pardonne moi, Gabriel, j'ai vraiment mal, il faudra peut-être que tu t'en occupes.

Dans l'état de confusion où il se trouvait plongé, il ne savait plus vraiment si elle parlait de l'état de la cuisine ou de sa blessure. Il la connaissait si bien, cette dérision, ce goût pour l'absurde même dans les pires moments. C'était elle tout entière, tout Mathilde, elle venait d'être attaquée, sauvagement mordue par un loup et elle voulait paraître encore sereine, elle pissait le sang et elle s'obstinait à tenter de faire de l'esprit. Elle voulait rester forte, insoumise, c'était toute l'histoire de sa vie. Gabriel, lui, était déjà en bascule au bord du précipice, aspiré par le vide, il fallait la soigner, la soulager, il fallait partir au grand galop pour quérir le docteur, il fallait chevaucher pour sentir à nouveau le vent, la pluie qui cingle et le monde qui défile. Les murs autour de lui l'oppressaient, il les sentait se rapprocher inexorablement jusqu'à l'écraser. Il remplit une grande cruche et entreprit de laver soigneusement la morsure à l'eau et au savon, le sang dilué coula abondamment le long de l'avant-bras, il se divisa en vallées rouge clair arrivé aux phalanges et ruissela en un flux continu jusqu'à la petite cuvette en fer-blanc qu'Angèle venait d'apporter.

Les chairs avaient été en partie déchirées mais la puissante mâchoire du loup avait surtout laissé une empreinte profonde et écrasé le délicat avant-bras de Mathilde. Gabriel savait parfaitement comment nettoyer une plaie, de ce point de vue l'expérience du champ de bataille avait été une école redoutable, mais il n'ignorait pas non plus qu'en cas de morsure de loup la cautérisation au fer rouge demeurait à coup sûr la plus efficace des méthodes. Son regard se porta sur les pincettes appuyées contre le montant du cantou puis sur les braises qui crépitaient dans l'âtre, le courage lui manqua, il refusait de la faire souffrir davantage. Une fois que la plaie fut nettoyée, il lui appliqua méticuleusement le cataplasme d'herbes de la Saint-Jean qu'Angèle venait de mastiquer, puis il déchira avec brusquerie une de ses vieilles chemises de flanelle pour en faire de la charpie et pansa la blessure en comprimant fortement à l'endroit le plus meurtri. Une bonne heure s'était écoulée depuis l'attaque du loup. Jeanne sanglotait toujours doucement dans les bras d'Angèle qui ruminait à voix basse des phrases incompréhensibles. Gabriel se consumait de l'intérieur, une combustion inexorable dans laquelle il lui semblait que toute sa vie partait désormais en fumée. Il devait faire davantage. Il leur tourna le dos, le temps de vider la bassine dans l'évier et lança d'une voix rauque :

— Je vais devoir aller chercher Baptiste et vous laisser quelque temps.

Il eut immédiatement honte de cette petite lâcheté et se retourna brusquement pour leur faire face, il s'obligea à planter ses yeux dans les pupilles dilatées de sa femme, comme s'il espérait encore y trouver son assentiment. Elle essaya d'abord de le regarder avec tendresse, mais elle n'y parvint pas. La douleur troublait le bleu intense de ses yeux et ses traits d'ordinaire si réguliers se déformaient spasmodiquement sous l'effet des élancements de la morsure. Sa physionomie se fit plus dure, tenter de raisonner son époux était de toute façon une entreprise vaine et puis elle était bien trop occupée à souffrir pour le cajoler.

— Tu veux partir, maintenant ? répliqua-t-elle avec une brusquerie inhabituelle. Il fait nuit, Gabriel, il pleut, ça attendra, tu as fait ce qu'il fallait, reste ici, nous irons voir Baptiste demain matin.

Un rictus de douleur lui tordit la bouche. Elle savait qu'il fuirait malgré tout.

— Je l'ai fait quand tu as accouché, en pleine nuit, il avait neigé, il gelait à pierre fendre, je le referai ce soir et rien ne m'en empêchera.

Dans le ton de Gabriel perçait maintenant une pointe d'exaspération.

— Je veux qu'il voie cette plaie sans délai et qu'il te soulage avec du laudanum. Tu as besoin de repos maintenant.

— Pas autant que toi à en juger par ta tête, lui répondit-elle avec âpreté.

Elle ressentait son désir de fuir, de s'évader et ne parvenait pas à le comprendre. Une noirceur impénétrable s'était emparée de Gabriel, son regard n'était plus qu'une lueur à la clarté vacillante, tout en lui était devenu morne et accablé. Elle se rappela alors qu'il pressentait souvent les événements à venir et elle eut soudain très peur. Elle finit par céder de guerre lasse.

— Vas-y, pars ! Ramène Baptiste si ça peut te rassurer, mais reviens au moins entier.

Elle souffrait toujours beaucoup, il aurait pu rester auprès d'elle mais une force irrépressible lui commandait de partir, de filer comme le vent dans la nuit, c'était pour elle autant que pour lui. Chevaucher le libérerait peut-être de cette angoisse intolérable dont il ne parvenait pas à se défaire, il voulait s'affranchir de tout, de ses craintes, de ses devoirs aussi un peu.

Le ciel avait fini par crever son épais manteau de nuages gris. De violentes averses détrempaient les chemins rendant les pavés disjoints dangereux et glissants. Il sella malgré tout un de ses chevaux. Le grand hongre pommelé devait avoir d'autres projets pour la soirée, il somnolait, paisible, dans un box propret garni de paille fraîche et manifesta bruyamment sa désapprobation. Gabriel le rappela à son devoir de cheval et l'animal se résolut à sortir dans le froid et la pluie. Pour pouvoir, vaille que vaille, chevaucher de nuit, Gabriel avait mis au point un ingénieux système qui lui permettait d'adapter de part et d'autre du bât deux petites lampes de fiacre emmanchées dans des étuis de cuir rigide. Si le dispositif était bien rôdé, l'éclairage restait toutefois très faible et ce soir-là des récifs de nuages d'un noir d'encre cherchaient à éteindre les étoiles. Par intermittence seulement, au-delà de la cime des grands chênes, le vent semblait balayer les ténèbres et une épaisse corne de lune dardait le feuillage de ses faibles rayons, maigres faisceaux de lumière blafarde qui venaient tomber dans les flaques boueuses laissées par l'averse. Gabriel n'en avait cure, il partit à bride abattue, au grand désarroi de l'hongre, négligeant toutes les recommandations de sagesse de son épouse. Une faible lueur, lancée à toute allure dans l'océan de la nuit.

Le médecin résidait dans les faubourgs de la ville, à un peu plus d'une lieue. Plusieurs fois, l'hongre, désorienté, dérapa et manqua de perdre l'équilibre et de se rompre une patte. Au détour d'un hallier gorgé de fange, Gabriel fut jeté à bas par une embardée du cheval. Il se releva en une roulade, un peu sonné, tout le côté droit de son corps était meurtri et sa culotte de drap beige déchirée à la hanche laissait apparaître une large bande de chair tuméfiée. Il perdit du temps à calmer la bête apeurée avant de remonter en selle et poursuivit à une allure moins vive. Quelques minutes plus tard il atteignait les faubourgs de la ville, les lanternes garnies de chandelles éclairaient enfin son chemin. Il reprit le galop malgré les rebuffades du cheval et gagna la demeure du chirurgien. Hagard, dépenaillé, couvert de boue mêlée de sang et mouillé jusqu'à l'os, il se mit à tambouriner violemment contre la porte.

6.

Au cours de la seconde moitié du XVIIIe siècle, l'aristocratie rurale restait profondément enracinée dans ses terres. De puissants courants commençaient pourtant à remuer certains esprits, la marée des grands changements s'annonçait. D'obscurs hobereaux de province, grisés par un monde qui ne cessait de s'élargir et qui s'offrait enfin à eux, se cherchaient un autre destin. Gabriel d'Aymar décida de se jouer du sien alors qu'il n'était encore qu'un enfant, il avait foi dans sa jeunesse, refusait les entraves, bousculait les obstacles. Sa tête brûlait d'idées nouvelles et de modernité. Il aurait dû devenir officier de justice, comme son père, mais il n'y avait pas là de quoi exalter un jeune gentilhomme avide d'aventure. Après quelques mois de lectures enfiévrées et malgré le lien indicible qui l'unissait à sa terre, son désir de partir tourna à l'obsession. Ce fut quelque chose qu'il eut d'abord du mal à exprimer, comme un choix entre la vie et la mort, un besoin d'exister vraiment.

Le jour où Gabriel referma *Le voyage autour du monde* de Bougainville, il décida qu'il voulait découvrir par lui-même, toucher la réalité du monde et ne plus se contenter de l'imaginer. Il fut persuadé d'avoir enfin compris ce qui le remuait tant depuis quelques mois. Parcourir les mers, les océans, aller à la rencontre des peuples indiens et des civilisations perdues. Le soir même, au souper, il dit timidement à ses parents « j'aimerais partir ». Il leur parla vaguement de ses rêves d'aventure et puis ils échangèrent un regard exaspérant, celui de parents amusés et attendris par l'imagination débordante et naïve de leur enfant. Guillaume et Anne n'avaient jamais vraiment freiné ses passions, bien au contraire. Eux-mêmes n'avaient guère voyagé au-delà de Paris et cela leur paraissait déjà objectivement très au-dessus du commun des mortels. Ils pressentaient tous deux le changement formidable qui grondait pour bouleverser le monde, l'ordre social et la morale, celui qui allait tout emporter. Ce jour-là pourtant ils ne le prirent pas assez au sérieux, sans doute auraient-ils dû l'écouter, avoir peur de ses rêves. S'il restait alors une petite chance de le garder auprès d'eux, ils n'avaient pas su la saisir.

Quelques semaines plus tard Gabriel revint à la charge mais cette fois il leur dit « je vais partir ». Un pan de leur conscience et de leur propre jeunesse s'écroula, le sourire attendri des parents s'effaça pour de bon. Les Gardes de la Marine, la Royale, l'aventure sur toutes les mers et tous les océans, le capitaine d'Aymar fièrement posté sur le gaillard d'avant d'un magnifique trois-ponts, Gabriel aurait presque pu leur décrire les batailles qu'il devrait livrer. Lorsqu'il posa sur eux son regard brûlant, il vit leur inquiétude, la peur panique qu'ils avaient de le perdre et il n'eut même pas honte de se dire que c'était sûrement bon signe. Il les connaissait bien, ou peut-être était-il tout simplement conscient qu'ils ne lui avaient jamais rien refusé. Il fallut quelque temps à Guillaume et Anne pour admettre que leur fils s'en irait mais ils finirent par appuyer ses projets extravagants en partant du postulat qu'il n'était pas impossible que Gabriel ait raison et qu'ils aient tort. Son regard portait de toute façon trop loin, vers des horizons qui ne leur étaient plus accessibles. Ils eurent alors l'immense force de savoir renoncer.

Il fallut enfoncer quelques portes, se courber devant quelques seigneurs et solliciter jusqu'à Turgot, que Guillaume d'Aymar avait servi fidèlement pendant les treize années qu'il avait passées à la tête de la généralité de Limoges. L'éphémère secrétaire d'État à la Marine appuya de bonne grâce la candidature de Gabriel. Il allait sur ses seize ans lorsqu'il fut admis aux Gardes de la Marine à Brest et il se sentit devenir comme le héros d'un livre.

7.

Le 20 juin 1783, à la bataille de Gondelour, dans l'océan Indien, au sud de Pondichéry, le bailli de Suffren s'était couvert de gloire en repoussant l'escadre anglaise d'Edward Hugues, sur *le Héros,* splendide vaisseau amiral de 74. Le même jour, sur le même navire, Baptiste de la Revellière avait eu le bas de la jambe droite broyé. Il n'avait pas de grands rêves de gloire mais tout de même, il avait toujours trouvé cela assez injuste. Un boulet égaré était venu jouer aux quilles dans l'infirmerie, tandis que lui-même retranchait quelques parties de soldats blessés. Simon Lavo, le chirurgien en chef, avait dû alors l'amputer au-dessus du genou. Juste retour des choses sans doute, mais comme il se foutait totalement de l'honneur que l'on pouvait retirer d'une blessure à la guerre, Baptiste s'en trouva profondément déprimé. Finie l'aventure, finies les mers du Sud et les femmes à la peau sucrée.

Son infirmité le rendit en tout cas beaucoup plus précautionneux et modéré dans sa pratique de la chirurgie. À la différence de certains de ses collègues, il n'avait jamais été un forcené de l'amputation mais les blessures qu'il eut à traiter à la suite de son accident le firent réfléchir encore davantage à son art et aux moyens de le rendre plus humain. Sa douloureuse expérience personnelle lui avait confirmé de façon certaine qu'une claudication valait toujours mieux qu'une jambe de bois. Il essaya ainsi de sauver aussi souvent que possible les membres abîmés et comme il n'était plus chirurgien aux armées et que l'urgence du champ de bataille n'occupait plus son quotidien, il devint un médecin réputé et aimé de ses patients.

La littérature, la médecine et les femmes occupaient maintenant la majeure partie de ses pensées et de son temps.

8.

— Monsieur de Maumont, je n'ai encore jamais vu la mer, expliquez-moi comment quelqu'un d'aussi ignorant que moi dans ce domaine pourrait-il espérer devenir un jour un grand capitaine de la Royale ?

Le vieux précepteur haussa les épaules et balaya la remarque de Gabriel.

— Les écoles ne servent-elles pas à apprendre ?

Son ton trahissait un certain agacement.

— L'Académie de marine pourvoira largement à ton ignorance en la matière, rassure-toi. Et puis si tous les marins de France devaient naître dans les ports, il y aurait vraiment de quoi s'inquiéter de l'avenir de nos flottes de guerre.

Une semaine avant son départ pour Brest, Gabriel s'était mis à douter affreusement de son choix. L'anxiété de n'avoir à coup sûr pas bien mesuré l'ampleur des épreuves à venir ne le quittait plus, comme si un fort vent de face l'empêchait, dans la dernière ligne droite, d'atteindre son objectif en lui renvoyant sans cesse à la figure la question qu'il avait jetée au loin : que veux-tu vraiment, Gabriel ? Or, il pressentait maintenant que ce n'était pas la carrière d'officier de marine qui l'attirait, mais bien davantage l'idée du voyage, le goût de l'aventure et de l'exploration. Il s'en était ouvert à Hugues de Maumont et le vicomte n'appréciait pas cette soudaine versatilité chez un garçon qui avait toujours affiché une trop grande confiance en lui.

Gabriel aimait par-dessus tout titiller la rhétorique prévisible et roide de son professeur, les occasions n'étaient pas si fréquentes de le piquer au vif sur un sujet qu'il savait lui tenir à cœur.

— Inquiets, nous le sommes déjà depuis longtemps, ne croyez-vous pas ? Aux dernières nouvelles cela fait plus de dix ans que nous avons perdu la guerre contre l'Angleterre et par la même occasion toutes nos colonies d'Acadie et du Canada.

Avec ce genre d'insinuation bravache il faisait mouche à chaque fois, vétéran de la guerre de Sept Ans, le vicomte de Maumont voyait toujours dans ces allusions une atteinte insupportable à son honneur. Il s'indigna.

— Sous couvert d'impertinence, tu parles sans savoir ! J'étais en Nouvelle-France quand cette guerre a commencé, je servais sous les ordres du marquis de Montcalm, ça tu le sais en revanche, nous avons fessé les Anglais à Oswego et à Fort Carillon et puis le roi nous a oubliés alors que les renforts britanniques débarquaient toujours plus nombreux.

Il s'empourpra méchamment sous l'effet de la colère.

— Je ne me suis pas enfui, moi, à la bataille des plaines d'Abraham.

Personne ne l'en avait jamais accusé mais il trouvait toujours nécessaire de le dire.

— J'ai chargé avec le régiment de Guyenne, les Anglais m'ont pris les armes à la main.

Interrompu par une quinte de toux il n'acheva pas

sa phrase, de toute façon Gabriel connaissait l'histoire par cœur, ces récits de guerre outre-Atlantique avaient alimenté son imaginaire et ses rêves d'Amérique mais il ne voulait pas l'entendre à nouveau, ce n'était pas de cela dont il s'agissait à cette heure.

— Je ne voulais en aucun cas blesser votre orgueil de militaire, tempéra le jeune garçon, je sais que vous avez été aussi brave qu'il était possible de l'être ce jour-là.

— Je te remercie du crédit si considérable que tu consens à ma bravoure, ironisa le vicomte de Maumont, sais-tu quelle était la devise du marquis de Montcalm ?

Gabriel l'ignorait totalement.

— *Mon innocence est ma forteresse !* Je crois que tu pourrais te l'approprier pour les années à venir, mon garçon.

Les leçons de morale du vicomte finissaient toujours par irriter Gabriel. Tout en s'aimant beaucoup, le maître et l'élève ne pouvaient s'empêcher de s'agacer mutuellement car leurs raisonnements respectifs s'accommodaient assez mal des objections de leurs contradicteurs.

— Je vous confie simplement des doutes quant à ma vocation d'officier de marine, se justifia Gabriel. La plupart des grands capitaines demeurent, il me semble, des maritimes.

Jouant les candides il développa une argumentation naïve dont il savait qu'elle allait excéder encore un peu plus le vicomte.

— Si moi je connais aussi bien la forêt, ses arbres, ses animaux, ses trésors cachés, c'est bel et bien parce que j'ai grandi à ses côtés, que j'ai pu la découvrir, en apprendre les caprices et les changements au fil des saisons.

— Des maritimes ! fulmina le vicomte. Je te croyais ennemi de ce déterminisme qui gangrène la philosophie de notre temps. Et le comte de Conflans, mon cher raisonneur, combien d'années a-t-il dirigé l'école des Gardes ? Peux-tu me le dire ? N'était-il pas un Lorrain ? L'amiral d'Estaing est originaire de Ravel en Auvergne, il est devenu marin par accident ! Et le chevalier de Ternay qui s'est couvert de gloire à Terre-Neuve, sais-tu où il est né ? À Angers, mon garçon ! Y a-t-il la mer à Angers désormais ?

— Certes non, répondit Gabriel, mais géographiquement, Angers reste plus proche de l'océan que Fondorat.

Hugues de Maumont se mit à rouscailler de plus belle.

— Oui, oui, c'est cela, et Fondorat est plus proche des Pyrénées ! Es-tu capable pour autant d'en gravir les plus hauts sommets ? Ces sophismes sont absurdes.

C'était en général l'argument favori du vicomte de Maumont lorsqu'il sentait que son interlocuteur n'avait pas tout à fait tort. Cela Gabriel le savait fort bien, c'est pourquoi il prit un malin plaisir à poursuivre sur cette voie.

— Ici les hivers sont froids et neigeux, fit-il observer un brin provocateur, nos sommets ne sont que des collines mais nos contrées n'en sont pas moins rudes et solidement ancrées dans la terre, tout comme les montagnes que vous avez mentionnées. En revanche pour ce qui est de la mer, je reste à peu près ignorant de tout.

— Assez de babillages, grogna le vicomte. Veux-tu maintenant que ton père demande à Turgot s'il peut t'avoir une place dans l'école de régiment à Grenoble ? Je vois clair dans ton jeu, tu voudrais que je te cajole et que je te prouve par la raison que ton choix était le meilleur. La vérité, c'est que je n'en sais foutre rien. Il me semble que c'est la passion qui t'a conduit à ce choix, or la passion, c'est justement ce qui ne peut être tempéré par la raison. Crois-tu que tu aies laissé le choix à ta famille ? Personne en tout cas ne l'a perçu ainsi, l'école des Gardes, c'était *ta* décision, la première de celles qui compteront dans ton existence, elle était ferme et sans réplique. Tes parents ont accepté et ce fut comme un déchirement, crois-moi. Tu ne peux pas parler de renoncer maintenant, ils espèrent tout de toi.

— Je n'ai jamais parlé de renoncer !

Gabriel se vexa et se raidit à son tour.

— Il n'en a jamais été question !

Puis le vicomte se tut, à son air préoccupé le jeune garçon devina qu'il cherchait un ultime moyen de lui clouer le bec, ce qu'il n'arrivait habituellement jamais à faire. Rompant enfin le silence le précepteur lâcha un nom.

— Bougainville !

Bougainville, sûrement la cause de tout, lui, ses rêves de mers du Sud et son extraordinaire journal de voyage qui avait fait brûler tant de chandelles à Gabriel. Le récit de son épopée *circum mundi* avait comme aucun autre structuré son imaginaire d'adolescent. Il regarda ailleurs, comme s'il était attendu à voir apparaître l'explorateur.

— Oui, Bougainville ?

Ce nom résonnait trop fort dans son monde d'aventures et de découvertes. Il poursuivit, pensif :

— Je suppose qu'il n'était ni Brestois ni Malouin ?

— Vraiment pas, non !

Hugues de Maumont sourit, triomphant.

— Un Parisien, mon cher, fils de notaire qui plus est ! N'est-il pas devenu le plus glorieux de nos capitaines ? N'est-ce pas lui votre modèle ?

Gabriel ne put se retenir de répliquer avec arrogance :

— Je n'ai pas de modèle, monsieur le vicomte, je ne souhaite ni ressembler ni imiter, je n'ai que des espérances.

Le vicomte secoua la tête en grimaçant pour bien montrer son scepticisme et ils en restèrent là.

Bougainville, un grand aventurier bien plus qu'un grand capitaine de vaisseau... pensa Gabriel.

9.

À l'étage, confortablement assis près de l'âtre, Baptiste était plongé dans la lecture de l'*Histoire de Sir Charles Grandison* de Samuel Richardson, Harriet venait d'être enlevée par Sir Pollexfen et le roman prenait un tour dramatique qui captivait le médecin. Malgré son infirmité le docteur Baptiste de La Revellière dégageait une assurance élégante qui ne laissait jamais indifférent. Il était plutôt grand, arborait en toute circonstance un air dégagé et affable. Sa silhouette, élancée et musculeuse avant l'accident, s'était quelque peu empâtée en raison du manque d'exercice physique dans lequel il s'était doucement laissé aller depuis sa convalescence. Il était toutefois demeuré bel homme, mais un bel homme auquel il manquait une jambe, voilà tout. Son visage parlait d'audace et de convictions, le front et l'angle des paupières se fendaient de quelques rides élégantes, une charmante cicatrice oblique lui barrait la pommette gauche, tandis que sa belle tignasse revêche, poivre et sel, retombait en mèches négligées sur ses yeux de jais. Il portait un soin tout particulier à ses mains, qu'il protégeait le plus souvent par des gants et qui avaient, de ce fait, conservé une finesse, une pâleur, qui contrastaient avec le reste de sa peau. Baptiste avait le teint hâlé, le cuir tanné par les embruns, par les soleils de toutes les mers et de tous les royaumes qu'il avait parcourus. De son allure faussement désinvolte, on aurait aisément tiré un personnage de roman, secret et aventureux. Or, si sa physionomie correspondait peu ou prou à l'homme qu'il avait été, elle tranchait de manière étonnante avec celui qu'il était devenu, un citoyen paisible qui avait en quelques années pris des aises de bourgeois, un homme qui cherchait désormais confortablement l'aventure dans les livres et se remémorait sans nostalgie ses frasques à travers le globe. Baptiste considérait humblement qu'il avait eu sa part de plaisirs, de dangers et de peurs, qu'il avait payé de sa personne, d'une jambe en l'occurrence. Les soirs où ses conquêtes et la médecine le laissaient tranquille, il s'installait confortablement près du feu en fumant et goûtait comme un chat paresseux à ce confort douillet. Il prenait un bon livre et le dévorait jusqu'à ce qu'il ait épuisé la chandelle ou bien il laissait divaguer son esprit, ses souvenirs brûlants qui transportaient le monde vers des confins inexplorés, inaccessibles en tout cas à la plupart de ses contemporains.

Baptiste ne s'était jamais marié, ses années à bourlinguer en avaient fait un libertin et l'idée de prendre une épouse l'effrayait au plus haut point. Si son handicap n'avait que rarement rebuté les femmes, il n'aurait pas supporté que l'une d'elles s'invente la mission de le chérir et de le plaindre pour le restant de ses jours. Marie, sa jeune servante, habitait une chambre coquette et bien agencée au dernier étage de son immeuble. Elle était discrète, jolie comme un cœur et ne manquait pas d'esprit. Baptiste était tombé sous son charme mais, chose incompréhensible à ses yeux, il n'avait jamais espéré rien d'autre d'elle qu'une aide efficace et un rayon de soleil dans sa vie.

Le chirurgien avait longtemps été un exalté, un partisan de la subversion et de l'anticonformisme, mais les aléas de la guerre et les folies de la Révolution l'avaient poussé à l'indifférence. Il restait à part, quoi qu'il en soit. D'une gentillesse confondante dans un temps aussi rude et brillant en société, il n'avait en rien l'âme d'un reclus mais désirait simplement se tenir désormais à l'écart des grands combats qui poussaient les hommes à s'entre-déchirer. Pour survivre dans la Révolution il donnait le change à ses interlocuteurs en les écoutant développer des concepts auxquels la plupart ne comprenaient rien. En réalité il s'en lavait les mains et ne manquait pas de le faire savoir à ses rares amis. Il s'excusait presque de ne plus arriver à détester qui que ce soit, ni les révolutionnaires ni les royalistes, les uns et les autres ayant selon lui les mêmes outrances ridicules. Les traîtres, les patriotes, les gentils et les méchants, tout se mélangeait si facilement. Dans une certaine mesure, la Révolution avait tué ses grands idéaux, en partie parce qu'elle en avait fait des réalités, mais aussi parce qu'il avait eu quinze ans d'avance sur les grandes utopies de ce siècle et que le pire des sots pouvait désormais se revendiquer pourfendeur des injustices. Sa ligne de conduite consistait désormais, et autant que possible, à se tenir à l'écart des grands emballements et des idéologies prétentieuses qui arboraient la justice et l'égalité comme des étendards sanglants.

10.

L'océan monte, il s'arrête, hésite un moment, il pourrait tout submerger, tout prendre et balayer le vieux monde, mais chaque fois il repart en arrière. Toutes les marées meurent en un reflux. Il ne reste alors sur l'estran que les laisses de mer, ainsi va la mémoire, ainsi vont les souvenirs. Lorsque l'ultime seconde sera arrivée, quels débris le flux de sa vie aura-t-il laissés ? Pourra-t-il, en fermant les yeux, entendre encore, net et clair, le claquement de ses souliers à talon résonnant sur le dallage en pierres de Bourgogne ?

Ce jour-là, le grand hall du manoir était froid comme la tombe, insensible à la chaleur des feux qui déjà ronflaient dans le salon et dans la cuisine. Gabriel prenait la route, c'était un lundi de novembre 1774, son père l'accompagnait et le capitaine Cook voguait encore sûrement dans les mers australes. Les malles avaient été entreposées sur le perron où elles formaient une vague pyramide de cuir bouilli, c'était sa vie que l'on s'apprêtait à déménager et le petit cabriolet stationné devant l'entrée devait la conduire jusqu'au premier relais de poste tandis qu'il chevaucherait derrière elle comme pour la rattraper. Trop petit ce cabriolet. Il aurait voulu se précipiter dans ce jour nouveau et plein de promesses mais il ne parvenait pas à dépasser la douleur inattendue qui lui serrait le cœur.

L'air était délicieusement frais, le petit matin les avait attendus patiemment en s'apprêtant comme pour un premier rendez-vous, les feuilles jaunes et mielleuses du grand frêne qui bordait la cour gravillonnée dansaient en tourbillonnant, emportées par la bise du nord, elles se mêlaient à la foliation plus cuivrée du hêtre. Entre les branches nues, les araignées avaient tissé des toiles d'une délicatesse inouïe, leurs trames parfaites se cristallisaient d'un léger dépôt de givre blanc et s'irisaient à la lumière des pâles rayons qu'un soleil timide dardait sur les champs dénudés. L'automne s'installait paresseusement, c'était le premier froid, le premier frisson du temps qui change. Tout un monde assouvi dans sa nature féconde se préparait au sommeil apaisé de l'hiver et pourtant la terre était tiède encore de l'été de la Saint-Martin. Les acacias épuisaient leurs dernières feuilles, les fumeroles vaporeuses qui montaient des sillons délivraient le parfum musqué et organique de l'humus mélangé au fumier. Dans la vallée, la brume s'accrochait en longs voiles effilochés sur la ville encore assoupie tandis que sur les collines l'aube déposait le contraste parfait du bleu métallique du ciel et des ors naissants du soleil. C'était si bon, si beau, et pourtant il fallait partir.

Pour préparer son admission à l'école des Gardes, Gabriel avait dû apprendre à incarner la noblesse. Un monde impitoyable l'attendait, un monde qui aimait avec passion le mépris et dont il ignorait finalement tout. Le certificat de noblesse avait été glissé dans une des poches intérieures de son élégante veste de velours noir, sa préférée, celle sur laquelle sa mère avait fait coudre de jolis boutons couverts de strass. Il y portait la main, souvent, presque machinalement, pour s'assurer que la précieuse enveloppe était toujours là. Son père avait fait réaliser spécialement par le sieur Chérin, généalogiste et historiographe des ordres du roi, l'inestimable certificat qui rappelait les lointaines origines nobles de la famille. Longtemps avant son départ, on avait inculqué à Gabriel un principe intangible, bien qu'assez modeste par sa fortune et par son bien, la noblesse des d'Aymar pouvait rivaliser, en ancienneté comme en honneur, avec certaines des plus vieilles familles du royaume. Le jeune garçon n'était qu'assez peu sensible à ces arguments désuets mais sa famille lui avait tellement répété de prendre soin du bout de papier qu'il avait maintenant la hantise de l'égarer en chemin. Il portait par ailleurs l'épée depuis quelques jours, une jolie épée de cour en acier ajouré que son père avait fait fabriquer par le meilleur maître armurier de la ville. La lame avait été gravée aux armes de la famille, le pommeau était décoré de rinceaux et la fusée en bois de genévrier était entièrement filigranée d'argent. Élégante, finement ciselée, le fourreau gainé de cuir de veau laqué blanc lui donnait un joli écrin et l'ensemble remplissait excellemment son rôle de signe extérieur de noblesse. Lorsque Guillaume en avait fait la surprise à son fils, Gabriel n'avait pas su trouver les mots pour le remercier pas plus qu'il n'avait eu l'élan spontané de le serrer sur son cœur. Non, face aux yeux embués de son père la première réflexion qu'il s'était faite avait été que le poids symbolique de l'épée serait décidément très lourd à porter, et il avait eu franchement honte de penser ce qu'il pensait à ce moment-là.

Au fond de lui, les traditions de l'aristocratie ne bouleversaient guère Gabriel, il se moquait bien du privilège de sa caste, ce qu'il aurait aimé avoir pour partir, c'était une lame de soldat, une épée à la mousquetaire. Il rêvait de se sentir homme bien plus qu'il rêvait de se sentir noble. Plutôt qu'un beau joujou d'apparat une vraie arme lui aurait conféré un air de témérité contrastant avec sa jolie bouille, encore bien trop enfantine à son goût.

Ce lundi donc, il était temps de quitter Fondorat. Un flux tumultueux d'émotions venait contrarier la promesse qu'il s'était faite de rester fort. Il s'était pourtant répété jusqu'au dernier moment, *sois à la hauteur de ce que tu entreprends, pas de larmes, tu leur ferais encore davantage de peine*. Et puis merde ! Le moment venu il avait été submergé et s'était laissé aller dans les bras de sa mère. Il s'était consolé de cette sensiblerie en se disant que les voyages extraordinaires devaient forcément commencer par des adieux déchirants. Les images mentales formées au gré de ses innombrables lectures avaient ceci de pratique qu'il pouvait maintenant les appliquer à chacune des étapes de sa vie. Avant de passer la grille du parc, Gabriel s'était d'ailleurs dit que le héros d'un livre se serait sûrement retourné une dernière fois et il avait donc mis un point d'honneur à faire de même. Il regarda longuement le manoir et prit le temps de rassembler tous les souvenirs heureux de l'enfance pour les ranger un à un dans sa mémoire, classés et accessibles comme les ouvrages les plus précieux d'un cabinet de lecture. Partir était finalement beaucoup plus difficile que ce qu'il s'était imaginé, il eut peur, une peur sans échappatoire. Lorsqu'il fut parti et qu'au détour d'une forêt familière, il passa les frontières de son petit monde connu, il sentit malgré tout une immense vague de vie lui parcourir l'échine. Tant d'hommes acceptaient de vivre et de mourir dans la prison de leur univers minuscule que Gabriel s'était convaincu que son audace le porterait toujours au-dessus de la masse des résignés. À l'angoisse succéda l'excitation, pour un temps seulement.

Grâce aux cartes géographiques que possédaient son père et Hugues de Maumont, Gabriel connaissait depuis longtemps l'itinéraire qu'ils devaient emprunter pour gagner la Bretagne, là où la terre se finit. Les distances étaient immenses, plus de cent cinquante lieues que la Régie des Diligences et Messageries leur promettait d'accomplir en huit jours. Le vieux maître de poste leur avait vendu de belles promesses, « confort, vitesse, vous verrez, ce sera pour vous un voyage inoubliable ». Inoubliables, à coup sûr, ces heures à cahoter sur de mauvais chemins, à guetter anxieusement une route royale sur laquelle on pourrait filer grand train. Dans les montées les plus raides, les passagers étaient invités par le postillon à descendre de la diligence pour soulager les chevaux, et il valait mieux serrer les fesses en invoquant Saint Christophe pour que les freins ne lâchent pas dans les descentes les plus abruptes. Le temps ne passait pas, ou alors avec une lenteur prodigieuse. Il leur fallut apprendre à apprivoiser l'ennui, à se faire violence pour ne pas oublier qu'il existait un but au voyage, une destination finale et que l'on n'était pas condamné à rouler ainsi éternellement, en se desséchant jusqu'à se ratatiner en une vieille chose fripée, oubliée sur la banquette de la diligence.

Au départ, Gabriel trouva un peu de consolation dans l'infinité des paysages, il les regardait défiler en images panoramiques à travers le prisme de l'étroite fenêtre de la berline, belles et envoûtantes comme celles d'une lanterne magique. On passait en quelques lieues de campagnes encloses à d'immenses champs de céréales, de grasses prairies à des landes pelées, de riches plaines maraîchères à des vallées fertiles. Partout, sur les étendues de terre brune tavelées par les sillons réguliers des charrues, des paysans s'affairaient, des armées noires d'hommes, de femmes et d'enfants. Leurs animaux étaient à leur image, mimétiques, on aurait juré que les laboureurs les avaient fabriqués eux-mêmes tant les bêtes reflétaient le bien-être ou l'infortune des hommes dans ce bas monde. Certaines étaient bien nées et pleines de vigueur, d'autres faisaient définitivement pitié, décharnées et souffreteuses, elles ne traînaient plus guère que le malheur et la mort.

Le voyage avait sa propre logique et sa propre volonté, une course têtue, indocile. On suivait les rivières aux eaux argentées et les méandres de fleuves au cours noir, on traversait les villes sans vraiment les voir, des cités de granit, de grès ou de calcaire qui déployaient les flèches gothiques de leurs églises et dressaient les murs épais de leurs vieux châteaux, ces forteresses trapues, comme autant de rochers immenses, que la route contournait tant bien que mal en décrivant de loin en loin de grandes courbes qui entaillaient profondément la campagne. Le soir, aussi fourbus que s'ils avaient achevé l'étape à pied, les voyageurs gagnaient l'auberge en espérant le réconfort du gîte et du couvert. Quelle que soit la province, ils savaient au moins y trouver des repères rassurants, l'odeur des salles enfumées, mélange de ragoût, de sueur, de cuir et d'écurie, l'aubergiste méfiant et son gros pif aviné, sa grasse épouse, manière de tyran domestique, qui, manches retroussées et mamelles ballotantes dans son ample chemisier, ne manquait jamais une occasion de vous soutirer quelques liards pour une chambre un peu plus propre, un vin un peu meilleur ou un pain un peu moins rance. Perclus de fatigue, Guillaume et Gabriel ne mégotaient pas, ils s'accommodaient de leurs chambres douteuses et, abattus comme deux ivrognes, ils sombraient vite dans un sommeil de brute. Puis ils se levaient bien avant l'aube, mécaniquement, comme des automates remontés pour la journée. Le petit matin les trouvait déjà installés sur la banquette, toujours dans le sens de la marche et près de la porte. Les yeux gonflés de sommeil, ils s'ennuyaient en silence, expirant de petits nuages de buée sur les carreaux glacés, en attendant que la lourde voiture s'ébranle une fois de plus, dans le fracas et la poussière. Et l'on repartait, et le voyage se réinventait, encore et encore, inlassablement. Serré sur la banquette intérieure avec des inconnus, Gabriel s'efforçait de supporter ses nouveaux compagnons de voyage, maquignons volubiles et grossiers, fermiers maussades qui sentaient l'ail et la vinasse, bourgeois ventrus et flatulents, petits hobereaux qui se vantaient d'avoir réservé le coupé ou poltrons inquiets des bandits de grand chemin.

Dès le troisième jour l'exaltation du départ n'était plus qu'un lointain souvenir, le quatrième, Gabriel s'ennuyait à mourir, il aurait voulu hurler, courir, nager, se battre, n'importe quoi mais sentir son corps vivre, pouvoir éprouver sa force. Le cinquième jour, le voyage sombra dans une espèce d'accablement et de torpeur désabusée. Oui le royaume était vaste, oui les provinces étaient riches et diverses, il n'avait eu que trop le temps de le constater. Gastronomie, vignobles, dialectes, usages et coutumes, il avait l'impression que son père accomplissait un voyage d'études car Guillaume s'émerveillait comme un enfant à chaque nouvelle étape. Gabriel, lui, n'en pouvait plus, il voulait voir Brest, découvrir l'océan, qu'il ne connaissait qu'à travers les livres, et devenir un Garde de la Marine.

Entre Bressuire et Nantes, ils avaient dû subir un curé postillonneur ainsi qu'un rimailleur de chansons sans talent mais prompt à leur fredonner quelques airs insupportables de sa composition. Plus la route défilait plus la compagnie des autres passagers lui devenait franchement insupportable et il préférait souvent marcher à côté de la diligence dès que la route s'élevait pour échapper à cette promiscuité si vulgaire qui abolissait le caractère exceptionnel de son aventure. Il passait toutefois la plus grande partie de la journée prostré sur la banquette, la tête pesamment appuyée contre la toile capitonnée du compartiment, en rêvant à un galop solitaire sur les chemins boisés de Fondorat.

Longtemps avant le départ il s'était aussi persuadé que le voyage serait enfin l'occasion de lever un peu le voile sur le sujet le plus troublant de sa jeune existence, les femmes. Depuis qu'il avait compris ce qu'était le désir, les femmes fascinaient Gabriel, il s'était d'ailleurs découvert d'une faiblesse désespérante pour celles qui lui plaisaient et ses quelques amourettes d'enfant l'avaient conduit à un constat définitif, les femmes le posséderaient toujours et toujours il leur céderait. Il ne s'en sentait pas le moins du monde diminué, bien au contraire, il aimait délicieusement cette certitude et cette vulnérabilité. L'irrésistible alchimie qu'il éprouvait pour certaines n'était d'ailleurs qu'un des aspects de sa fascination, il admirait aussi la puissance mystérieuse qu'elles possédaient et à laquelle les hommes ne pouvaient pas accéder. Peut-être était-ce pour cela qu'ils étaient si nombreux à les opprimer ? Parce qu'ils avaient peur pour leur pouvoir, parce qu'ils avaient peur de leur pouvoir. Il trouvait d'ailleurs à peine croyable l'idée qu'une partie d'entre elles arrive à croire au bonheur malgré l'infâme condition dans laquelle les hommes les avaient toujours entretenues. Gabriel avait des femmes une image idéalisée, captive de la beauté et du désir, une image bâtie sur l'idée qu'elles constituaient la meilleure moitié du genre humain. Or celles qu'il avait côtoyées sur la banquette de la diligence avaient été bien trop éloignées de cette représentation naïve pour qu'il ne soit pas profondément frustré. Il avait pensé en apprendre davantage sur la nature féminine, mais il ne voyait jamais que des paysannes austères, des jeunes filles de ferme congestionnées ou des dévotes au teint cireux et à la bouche pincée. Il ne parvenait pas encore à dépasser l'évidence de ces catégories ingrates pour aller chercher au-delà ce qui en elles relevait de l'espoir, du rêve et peut-être même, qui sait, de l'amour.

11.

Ce soir-là, Marie achevait de débarrasser la table du dîner lorsque les coups de butoir résonnèrent dans la maison. Ce fut si soudain, si violent qu'elle tressaillit et l'assiette qu'elle était en train d'essuyer lui glissa des mains pour aller se fracasser sur les carreaux de grès de la cuisine.

Il n'était certes pas rare que le docteur soit dérangé à cette heure pour une urgence quelconque, mais il y avait dans les coups portés sur la porte une telle force qu'elle en fut profondément effrayée, une brute venait troubler cette soirée si paisible.

Elle passa la tête par l'entrebâillement de la porte du salon et jeta un regard inquiet sur le docteur, Baptiste haussa les sourcils avec flegme et expira une longue bouffée de fumée comme pour exprimer sa lassitude d'être dérangé dans la quiétude de cette nuit dont il n'attendait rien. Arriverait-il un jour à savoir ce qu'il allait advenir d'Harriet ? Il poussa un grand soupir et posa à regret son livre sur le petit guéridon, à portée de main du large et confortable fauteuil à châssis dans lequel il finissait souvent par s'assoupir. Il faudrait encore attendre avant d'en connaître le dénouement, une histoire plus tragique venait de frapper à sa porte.

12.

Le sixième jour, à Nantes, un couple vint prendre place dans la diligence. L'homme, crâne dégarni et ventre proéminent, gravit le premier le marchepied de la voiture. Il resta un long moment debout, à occuper l'espace entre les deux banquettes tout en farfouillant fiévreusement dans un porte-document en cuir doré. En se tordant un peu le cou, Gabriel parvenait furtivement à apercevoir derrière lui la robe lilas de son épouse sans toutefois qu'il arrive à en distinguer ni le visage ni la silhouette. Il renonça à ses contorsions et porta à nouveau son regard sur l'homme, c'était un petit bourgeois d'une trentaine d'années à l'air sévère, presque brutal. Lorsque enfin il se décida à ranger sa sacoche dans le casier au-dessus de la banquette, la diligence s'ébranla en un soubresaut et il manqua de perdre l'équilibre. Sa chute ne fut arrêtée que par son front qui vint heurter violemment l'ossature en bois des étagères à bagages. Il finit par s'asseoir en pestant et en se frottant vigoureusement le crâne. Gabriel, qui n'avait jamais vraiment cru aux histoires de coups de foudre, se renia à l'instant précis où la jeune femme se révéla à lui. Son cœur se fragmenta en une multitude de petits éclats d'espoir et de sentiments inexplorés. Le voyage ne devint pas seulement merveilleux, sa vie en fut dévastée, comme si le destin avait décidé de le frapper d'un coup dont les séquelles dureraient toujours.

Elle était très belle bien sûr, elle n'avait pas vingt ans et elle le fit immédiatement chavirer. Le rose de ses joues rehaussait joliment son teint de lait et les traits délicats de son visage mais ce que Gabriel remarqua tout de suite et qu'il trouva le plus charmant, c'était cette moue mélancolique et détachée qui lui donnait un petit côté inaccessible. Ses lèvres étaient un peu boudeuses et il y avait dans toute l'expression de son visage comme un air d'effronterie et d'insoumission. La douceur et la révolte se mariaient tragiquement en elle. Sous sa cornette à dentelle des boucles de cheveux dorés se mêlaient négligemment aux rubans de soie de sa coiffe. Le regard de Gabriel dériva sur son corps, il pensa à ses seins fermes et généreux, au galbe que devaient avoir ses cuisses, il pensa à son sexe doux et humide et une grande onde de désir l'envahit. Il l'observa ainsi longtemps à la dérobée, tandis qu'elle s'absorbait, absente, dans la contemplation vide de tout ce qui pouvait se trouver au-delà de la fenêtre, loin de ce lieu imprécis où elle ne voulait de toute façon pas être. Au bout de quelques lieues, elle parut revenir brutalement à la réalité du compartiment en ayant l'air de prendre conscience de sa présence dans la diligence. Elle tourna alors la tête et posa tour à tour ses grands yeux sur chacun des passagers. Lorsque son regard s'arrêta sur Gabriel, elle eut comme un petit frisson de surprise et il comprit immédiatement qu'elle l'encourageait à plonger dans ses iris bleu turquin. Il hésita un peu, par timidité et parce qu'il avait peur de l'irrévocabilité de ce qu'il y trouverait, puis il cessa toute résistance et à l'instant où il osa enfin se fier à elle, il ressentit avec une émotion presque douloureuse son appel au secours. Il y avait dans cette jeune femme une volonté féroce et effrayante de ne plus subir son existence, de choisir ce que serait sa vie quitte à tout emporter dans l'abîme si c'était la seule issue qu'on voulait bien lui laisser. Elle désirait sans aucun doute la même chose que Gabriel, s'évader, choisir et elle tentait de concentrer en un regard hypnotique toute cette urgence pour qu'il s'en saisisse et la fasse sienne.

Ils voyagèrent toute une journée presque face à face, descendirent de la diligence à chaque arrêt, se promenèrent en se cherchant du regard, mangèrent presque côte à côte à l'auberge, et ne s'adressèrent même pas une parole. Guillaume, le bourgeois et sa grosse bosse violacée sur le front, et les autres passagers parlèrent pour eux, tandis qu'ils essayaient confusément d'apprivoiser le puissant désir qu'ils avaient l'un pour l'autre. Parler n'aurait servi à rien, leur imagination suffisait ce jour-là à les transporter bien plus loin que la diligence n'aurait jamais pu les emmener. Gabriel était totalement libéré de l'affreuse vacuité dans laquelle le voyage s'était dissous, il poétisait leur avenir à la lumière de ses rêves d'enfant et dans le trouble de ses désirs d'homme, puis en un regard elle le guidait parfois à nouveau vers sa détresse, comme pour le ramener à la réalité. Alors Gabriel fulminait intérieurement. Pourquoi forçait-on les femmes à épouser des hommes qu'elles n'avaient pas choisis ? Qui était cette face de carême qu'elle devrait accepter en elle aussi souvent qu'il le désirerait, dont il faudrait porter les enfants et qu'elle servirait jusqu'à en devenir vieille et laide ? C'était injuste. Tout en ne connaissant rien à l'amour, il sentait qu'il aurait su, lui, comment l'aimer, la rendre heureuse et il dût lui transmettre ce sentiment car il lui sembla bien qu'elle s'était mise à y croire elle aussi. Il abandonnerait tout pour elle, il l'emporterait, et il serait à elle et elle serait à lui, et puis… et puis la voiture stoppa au relais de poste à Vannes. Une journée entière s'était écoulée, ils s'étaient mis à croire à l'amour et aux voyages sans fin. La jeune femme se leva pourtant dans le froufroutement de sa robe et les fragrances jasminées de son parfum, un immense voile de tristesse assombrit le bleu de son regard et elle suivit son époux. Gabriel se redressa pour lui faciliter le passage, leurs corps se frôlèrent. Presque imperceptiblement elle glissa sa main dans la sienne, la pressa délicatement. Elle lui adressa un dernier regard, il n'y trouva pas un adieu, plutôt l'injonction de ne pas l'oublier, puis elle descendit et s'éloigna inexorablement. À cet instant il se dit que sa vie ne serait vraiment accomplie que s'il la retrouvait un jour.

Quand il l'eut perdue de vue son corps sembla brutalement se disloquer, il fut pris d'une sensation de vertige et s'affala pesamment sur la banquette. Un temps assez long s'écoula encore avant qu'il ne desserre les poings et ne découvre le billet froissé qu'elle avait glissé au creux de sa main sans même qu'il s'en aperçoive. Un prénom, Mathilde, une adresse à Vannes, rue de la Monnaie, c'était l'espoir à la fois minuscule et infini qu'elle leur laissait. Il songea à fuir pour la rattraper, mais déjà la voiture repartait et le ramenait à la terrible impuissance de sa jeunesse. C'était trop tard, il n'avait pas su saisir l'instant.

Le septième jour, il déprima pour de bon. Son père, bavard et curieux, indifféremment homme de loi et patriarche érudit, était tout à sa joie de découvrir de nouveaux compagnons de voyage. Il ne s'émut vraiment de l'humeur maussade de son fils qu'en constatant que ce dernier paraissait avoir perdu le goût de la conversation et du bel esprit. Sentant alors que Gabriel commençait à flancher, il se lança dans une série de digressions philosophiques sur la vie en général, les choix qui s'offrent à l'homme et la vacuité des regrets. Gabriel se recroquevilla, mutique, sur l'assise de la banquette et Guillaume abandonna la partie. Il retourna son irrépressible besoin de faire des phrases vers un fermier rougeaud, plus réceptif à ses discours et qu'il essaya de convaincre du bien-fondé des réformes libérales de Turgot inspirées de la physiocratie.

Brest approchait pourtant et Gabriel dut faire un effort terrible pour retrouver au plus profond de lui-même la force de croire que le choix des Gardes de la Marine était un bon choix.

13.

En tambourinant à la porte, Gabriel venait chercher son ami autant que son savoir-faire, il en attendait tout. Baptiste était rompu aux gestes d'urgence, il soulageait au mieux les douleurs atroces des champs de bataille et saurait sans aucun doute comment soigner Mathilde. Au cours de leurs aventures, dans les moments les plus difficiles, ils s'étaient mutuellement sauvés, chacun montrait alors à l'autre le chemin qu'il devait suivre. Or Gabriel était perdu, il n'arrivait pas à chasser de son esprit la pensée morbide qui le harcelait depuis l'attaque. Lorsque le chirurgien ouvrit la porte, Gabriel avait le poing levé comme pour asséner un nouveau coup, à la lueur vacillante de sa lampe à huile il fallut quelques instants à Baptiste pour reconnaître son vieil ami sous son pauvre chapeau déformé par la pluie.

— Gabriel. Que diable… bredouilla-t-il.

Il n'eut pas le temps d'en dire plus, déjà Gabriel ânonnait un vague récit des événements, qu'il entrecoupait d'injonctions inarticulées et de questions qui n'appelaient pas de réponses.

— Un loup, Baptiste, un grand mâle, trois pieds au garrot.

Il se gratta la tête, perplexe.

— Non, plus sûrement, enfin j'sais plus, c'est Mathilde, au bras, une saleté, j'te dis !

Il posa une main boueuse sur l'épaule du docteur et le secoua légèrement.

— Y a un problème, Baptiste, je l'sens.

Il se tut un bref instant, cherchant apparemment à rassembler les pièces du puzzle, et finit par secouer la tête.

— Non, j'comprends pas c'qui foutait là, bordel de Dieu.

Il hachait les mots, haletait comme un soufflet de forge en agitant les bras en tous sens. Vaguement conscient de mal se faire comprendre, il perdit quelques secondes pour reprendre haleine puis reprit en parlant très vite.

— La plaie est profonde, cet enfant de putain l'a mordue, il faut que tu viennes tout de suite. Un loup dans le parc, nom de Dieu, Baptiste, qu'est-ce qu'il foutait là ?

Il avait à peine franchi le seuil de la maison lorsqu'il eut fini de jeter ses mots désordonnés, alors, comme si sa mission était achevée, il fit brusquement demi-tour vers la rue non sans avoir saisi la manche de la chemise de Baptiste pour le presser lui aussi sans ménagement vers l'extérieur. Ceci fait, il reprit à voix basse sa conversation avec lui-même :

— Qu'est-ce qu'il foutait si près de la maison ? Je ne comprends pas, il y a quelque chose qui cloche, j'en suis sûr, un loup ne s'approche pas si près, il faisait encore jour, le chien n'était pas loin.

Il haussa à nouveau le ton.

— Tu comprends, hein ? Viens, viens, il ne faut pas traîner, j'ai mon cheval, viens, tu monteras en croupe, viens, il nous faut partir sur-le-champ !

Baptiste n'avait eu ni le temps de bien comprendre ni le temps de parler, il se dégagea d'un geste brusque, la précipitation était devenue pour lui l'ennemie de l'efficacité. Mathilde avait été mordue par un loup, d'accord, mais il lui fallait en savoir davantage sur la nature de la blessure afin de déterminer comment agir.

— Lâche-moi et attends un peu, dit-il d'un ton ferme pour tenter de le faire revenir à la réalité. Je ne comprends rien, laisse-moi au moins enfiler une veste. Il faut aussi que je prenne ma trousse, des onguents et quelques préparations.

Il le prit à son tour par le bras tout en continuant à lui parler et l'obligea à le suivre vers la petite officine où il stockait son matériel médical ainsi que ses potions.

— Respire un grand coup, mon vieux, son ton s'était adouci, explique-moi clairement ce qui s'est passé, comment est la plaie, les chairs sont-elles déchirées ? Décris-moi la blessure.

Loin de se calmer, Gabriel se mit à brailler.

— Tu me fais chier, viens, elle a besoin de toi, c'est tout !

Voyant son ami ainsi bouleversé, Baptiste se dépêcha de rassembler ses affaires mais il crut bon de l'avertir :

— Maîtrise-toi un peu ! Tu débarques ici comme une furie en me gueulant dessus, ça ne changera rien à ce qui s'est passé.

Alors Gabriel sembla le regarder pour la première fois, il ne divaguait plus mais paraissait soudain absent et comme abasourdi. Il secoua vivement la tête projetant sur les murs de l'étroit couloir de l'entrée les gouttes boueuses qui maculaient sa chevelure.

— J'ai peur, Baptiste, tu sais pourquoi, n'est-ce pas ?

Il refusait de prononcer le nom. Sa voix était lasse, accablée.

Oui, Baptiste savait pourquoi, une morsure de loup n'était jamais anodine, elle portait toujours en elle bien des présages de mort. Il ne répondit pas, baissa les yeux.

— Un loup seul ne s'approche pas aussi près d'une maison alors qu'il fait encore jour, poursuivit Gabriel. Le mois dernier, j'en ai abattu deux comme celui-là.

— Comme celui-là ? l'interrogea Baptiste.

Gabriel déglutit, les mots lui brûlaient la gorge et il lui fallut un certain temps avant d'arriver à verbaliser sa pensée.

— Je sais reconnaître une bête enragée.

Un long frisson parcourut l'échine du docteur.

14.

Lorsque la masse inquiétante de la ville se profila au loin, Gabriel réfléchissait encore et toujours à son avenir. Il se le représentait comme un jeu de quilles dans lequel Mathilde venait de tout renverser. À ce stade, quelques jours, quelques semaines de voyage supplémentaires ou toute une vie à l'abri de la diligence ne lui auraient finalement pas déplu. L'expédition touchait malgré tout à son but et lorsqu'ils atteignirent le trente-sixième et dernier relais de poste placé sur leur itinéraire, la diligence les débarqua avec la même brutalité qu'elle avait mis à les transporter. En quittant définitivement le compartiment, Gabriel ressentit une douloureuse sensation d'abandon et d'insécurité. Les rouliers embauchés avant le départ avaient normalement déjà dû acheminer ses malles et ses effets personnels à la caserne des Gardes de la Marine, seuls lui restaient fidèles une grande valise souple de cuir et de toile bourrée de vêtements et son petit nécessaire de voyage contenu dans une jolie boîte d'acajou marquetée.

Il était convenu qu'après avoir installé son fils et lui avoir fait ses adieux, Guillaume reviendrait passer la nuit à l'auberge de la Jument Blanche, la dernière de celles qui les avaient accueillis et où il avait loué une chambre afin de prendre un peu de repos avant de repartir vers le sud. Un long voyage retour l'attendait, avec des étapes à Poitiers et à Limoges, villes dans lesquelles il avait été mandaté par le Présidial pour régler quelques affaires traînantes. Après s'être restaurés d'une soupe grasse de légumes et de galettes de blé noir garnies d'andouille, ils quittèrent le relais en chaise de poste pour se mettre en quête de l'Arsenal.

La ville était là, elle se dressait face à eux, grise et rude. Le glacis formidable des fortifications donnait la sensation d'une cité d'ombres inaccessibles et jalouse de ses secrets. Y entrer par la terre n'était pas chose facile car passés les faubourgs, les portes pour accéder à la cité étaient rares. Les pointes acérées des étoiles dessinées par Vauban désignaient le visiteur étranger comme un indésirable, il pouvait passer son chemin et si par hasard une raison impérieuse l'y conduisait, il savait d'emblée à quoi s'en tenir, ici rien n'était dû ou acquis dans la facilité. Un carcan de pierres, c'était donc cela le terme de huit jours de périple à travers le royaume. Une ville de guerre aussi, une cité comme Guillaume et Gabriel n'en avaient encore jamais vu. L'après-midi était déjà bien avancée lorsqu'ils franchirent enfin la porte de Landernau, non sans avoir dû justifier avec force lettres de recommandation la raison de leur venue. Ils poursuivirent leur trajet à pied, le ciel était bas, pour prendre toute leur place les nuages coudoyaient en se tassant sur l'enveloppe épaisse et cotonneuse de leurs voisins, une courtepointe matelassée de gris couvrait ainsi la ligne des toits, l'air était saturé d'une bruine iodée et cinglante.

Le royaume était en paix mais Brest était engagée dans une guerre sans fin. Au-dessus de leurs têtes des batteries de canons, autour d'eux, de hauts murs, partout, des justaucorps bleus garnis de galons d'or ou d'argent, des doublures écarlates, des culottes blanches, des bousingots et des trognes tordues, rongées par le sel et par la vérole. Plus ils approchaient du port plus l'odeur âcre du goudron mélangée aux effluves de marée et de pêche empoissait l'atmosphère. Ayant dépassé l'église Saint-Louis et la cour des vieux cordages, ils atteignirent les bassins de mise à l'eau dans lesquels deux frégates lorgnaient sur la pleine mer. En silence, le père et le fils restèrent un long moment à admirer l'architecture incomparable des navires, le bois y avait été domestiqué pour se plier au galbe de leurs coques fuselées, les mâts s'élançaient hardiment vers le ciel, leurs vergues, orphelines de la voilure, leur donnaient l'aspect de grands arbres géométriques dont le feuillage aurait été emporté par un hiver précoce.

Pour des hommes venus de la châtaigneraie limousine chaque pas dans Brest était un voyage étourdissant. Tournant sur leur gauche, Guillaume et Gabriel rejoignirent les rives de la Penfeld et en longèrent les quais. Une intense activité régnait de part et d'autre de la rivière, charpentiers et scieurs de longs s'affairaient avec une énergie prodigieuse, les madriers, les tonneaux, les bobines de corde et les filets de pêche encombraient partout la chaussée. Des bateaux de tous gabarits déchargeaient leurs ballots de marchandises, tandis que dans les chaloupes de pêche des centaines de sardines argentées, de maquereaux et de harengs, frétillaient en un dernier sursaut de vie, les hommes criaient et s'interpellaient en riant dans une langue incompréhensible.

Au milieu de l'activité frénétique des hommes de la mer, dans ce milieu codifié où chacun paraissait savoir ce qu'il faisait là, l'extrême tension nerveuse de Gabriel rayonnait en une aura d'angoisse tout autour de lui. Il se découvrait parfaitement étranger à ce monde de la mer, étranger à cette terre sur laquelle il avait pourtant choisi de venir passer les trois prochaines années de son existence. C'était comme marcher entièrement nu dans une rue bondée en espérant ne pas se faire remarquer. Le mieux aurait été de ne rien faire du tout, d'avancer en ligne droite, le regard dans le vague, jusqu'au prochain refuge. Mais Gabriel était curieux et impatient, il voulait apprivoiser les lieux au plus vite pour évacuer cette sensation irritante de n'être pas à sa place. Il s'approcha avec circonspection de grandes caisses stockées à même le pavé pour en examiner le contenu. Il aurait bien dû se douter qu'un des vieux pêcheurs aux dents pourries qui traînait par-là attraperait cette saleté d'araignée de mer pour la lui fourrer sous le nez. Ce qu'il ne pouvait prévoir en revanche, c'était sa réaction de peur incontrôlable et la fuite qui s'en était suivie. Il avait détalé, et tout en courant il pensa : « Tu es ridicule, ce n'était qu'un stupide crabe, un crabe, bordel ! » Seulement sur le coup ce crabe lui avait paru aussi terrifiant que les Indiens cannibales des gravures de Théodore de Bry. Il lui faudrait longtemps pour effacer l'image humiliante du pêcheur le moquant dans son charabia rocailleux, et de tous les autres qui riaient de même, tous les cul-terreux qui n'attendaient que cela, se payer la tête d'un petit aristocrate prétentieux. Ce fut sa première leçon brestoise : celui qui a l'air riche et étranger n'est qu'un parfait imbécile et il se trouvera toujours un salopard, pauvre de préférence, qui prendra plaisir à le lui démontrer. Quand Guillaume le rejoignit plus loin sur les quais, son fils était cramoisi de honte et de colère, il lui posa la main sur l'épaule, l'air profondément désolé.

— Tu t'y feras, Gabriel.

Il parlait tout doucement pour le tranquilliser.

— Il y a tant de choses à découvrir ici, quand tu porteras l'uniforme des Gardes, ces hommes te respecteront davantage.

— Allons père, soyez honnête, répondit Gabriel avec amertume, vous savez bien qu'ils me verront toujours comme un blanc-bec. Ils auront raison d'ailleurs, du moins jusqu'à un certain point, je gage que dans quelques mois je saurai mieux me défendre contre ces sans-dents.

Guillaume était un homme de paix et de compromis, les foucades de son fils ne manquaient jamais de l'inquiéter.

— Ne les méprise pas, ce serait pire encore, tu ne peux pas leur reprocher d'être ce qu'ils sont, comme tu ne peux pas leur en vouloir de n'être pas éduqués, eux n'ont pas eu le choix.

Gabriel fit une moue dubitative, certes il l'avait eu, lui, le choix, mais cette masse ignorante l'avait toujours effrayé, c'était plus fort que lui, il les méprisait. Comment pouvait-on vivre ainsi, comment pouvait-on seulement l'accepter ?

— Père, ils sont grossiers, vulgaires, sales, reprit-il, ils ignorent tout de ce qui pourrait les élever au-dessus de leur condition, ils ne savent pas penser.

— Alors suis le raisonnement de Condorcet, insista Guillaume, bats-toi pour une société qui permettra l'éducation de tous au lieu de reproduire à l'infini la même injustice. Ce sera la seule façon de te rendre cette Humanité acceptable.

Il avait sûrement raison mais ces paroles sorties de la bouche d'un noble, d'un privilégié, aussi modeste soit-il, heurtaient toujours sa vision de la société pyramidale qui lui paraissait immuable, le basculement ne s'était pas encore opéré dans son système de pensée. Le tempérament égal de son père, cette bonhomie sage et optimiste avaient pourtant toujours eu le don de le distraire autant que de l'apaiser. Il admirait la subtilité de son caractère rond, imprégné de relativisme et si éloigné de ses propres démons. Jamais il ne s'était senti aussi proche de lui, il voulait rester à ses côtés, encore un peu, le temps au moins de découvrir ensemble l'océan, ensuite ils pourraient se quitter et pleurer chacun de leur côté.

Ils suivirent à nouveau le cours agité de la rivière mais face à eux les murs imposants du château et de ses bastions leur bouchaient toujours la vue sur le large. Pardessus l'agitation bruyante des quais, ils distinguaient toutefois maintenant le murmure entêtant de la houle, un grondement troublé par la régularité métronomique de l'impact puissant des rouleaux contre les digues de la redoute du Fer à Cheval. Les rochers et les courtines leur interdisant d'avancer davantage, une barge les convoya de l'autre côté de la Penfeld, sur les quais de Recouvrance. Alors enfin ils firent la connaissance de l'Atlantique. Ils s'arrêtèrent à quelques pas, les flots écumaient leur colère. Les piaillements des goélands sifflaient à leurs oreilles, les oiseaux rivalisaient d'audace en planant au gré des courants ascendants et du vent d'ouest qui balayait la côte déchiquetée au-delà du Goulet. Gabriel posa sa valise et se risqua encore un peu plus près du parapet, les embruns lui fouettaient le visage, l'écume bouillonnante giclait en grandes gerbes blanches qui retombaient en un claquement puissant sur le sol pavé de la jetée. Il était là, au-delà de l'étroiture de la rade, l'océan, immense, majestueux. Gabriel scruta l'horizon, mille pays l'attendaient sûrement mais il pensa encore à Mathilde. Il essaya de chasser son image et emplit ses poumons de cet air iodé que son corps apprivoisait pour la première fois, les sinus lui brûlaient, son nez coulait abondamment. Il se tourna vers son père.

— Croyez-vous que je sois fait pour cela ? l'interrogea-t-il.

— Fait pour quoi, mon garçon ?

— Naviguer, pour aller... il hésita, enfin vous savez, pour partir vers...

Il s'interrompit de nouveau, renifla, puis balaya d'un geste ample l'espace démesuré qui s'ouvrait à son regard.

— Oui, cent fois oui ! J'en suis persuadé.

Au fond de lui, Guillaume n'y croyait pas vraiment mais un père avait-il le droit de douter aussi lâchement de son fils alors qu'il s'apprêtait à le quitter.

— Il est bon de douter, poursuivit-il, il est même très utile d'avoir peur pour affronter les difficultés. Rappelle-toi l'enseignement de ce cher Descartes.

Et il se mit à citer doctement le philosophe.

— *Pour examiner la vérité il est besoin, une fois dans sa vie, de mettre toute chose en doute autant qu'il se peut.*

Gabriel acquiesça d'un hochement de tête tout en souriant affectueusement. Son père était décidément incorrigible, comme lui, il peinait à s'abandonner pour de bon à ses émotions mais il n'omettait par contre jamais de raisonner, y compris pour tenter de démêler des sentiments. Pour lui faire plaisir il cita à son tour le philosophe, même si à cette heure la philosophie ne lui apportait objectivement aucune consolation.

— *Pour atteindre la vérité, il faut arriver à se défaire de toutes les opinions qu'on a reçues, et reconstruire de nouveau tout le système de ses connaissances.*

— Voilà un bel esprit ! Capable de tout, même de devenir marin, s'enthousiasma Guillaume.

— Merci pour votre soutien, père, je pense que j'y arriverai, je vous rendrai cette confiance, soyez-en sûr.

Il fallait bien dire cela et pourtant lui non plus n'y croyait pas vraiment.

— Allons-y, je suis prêt désormais, annonça Gabriel d'un ton faussement assuré.

La trouille lui tenaillait les entrailles. *C'est mieux ainsi*, pensa-t-il, *cela m'obligera à apprendre plus vite.*

Ils tournèrent le dos à l'océan et rembarquèrent sur la barge pour rejoindre à nouveau la rive gauche de la Penfeld. L'espace quadrillé des rues de l'Arsenal aurait pu être agréable mais l'omniprésence des ouvrages fortifiés avait quelque chose d'oppressant. Contournant les murs épais du château, ils remontèrent une rue transversale dans laquelle les bouchers avaient installé de concert leurs tueries et leurs échoppes, l'odeur y était abominable et le sang poisseux des bêtes égorgées ruisselait sous les portes pour s'écouler en un flux rouge brun par la rigole centrale de la chaussée. Accélérant le pas, ils ne tardèrent pas à atteindre la vaste esplanade de la place d'armes. Des Gardes, à peine plus âgés que Gabriel, étaient justement à l'exercice, ils observèrent quelques instants le bel ordonnancement des élèves officiers, leurs uniformes impeccables et seyants, leurs gestes tout à la fois précis et gracieux. Gabriel retrouva un peu de fierté en pensant qu'il serait bientôt l'un d'entre eux. Ils tournèrent ensuite l'angle au nord de la place, passèrent devant un ancien collège de Jésuites reconverti en hôpital et remontèrent la rue qui filait tout droit. Sur leur gauche s'étirait maintenant l'interminable façade du bagne, on pouvait accéder à la cour arrière de cet édifice immense par une porte ménagée dans un angle de l'imposant mur d'enceinte et gardée par deux pertuisaniers. Comme un grand nombre de Brestois y pénétraient librement, la curiosité de Guillaume s'en trouva piquée et il entraîna Gabriel à sa suite malgré les protestations timides de ce dernier.

À l'intérieur le spectacle était stupéfiant, coloré, presque gai. Des hommes de tous âges et de toutes corpulences attiraient le public tels des phénomènes de foire. Enchaînés deux à deux et affublés de bonnets ainsi que de casaques rouge garance, les bagnards déambulaient pesamment entre le lavoir, les latrines et la fontaine. Si le raclement continu de leurs chaînes sur le pavé avait le don d'agacer les oreilles des visiteurs, les forçats, eux, n'y prêtaient clairement plus aucune attention. Un grand nombre de ces prisonniers se rassemblaient autour de baraques en bois qui semblaient leur servir d'atelier et d'échoppes, ils y réparaient les chaussures, y fabriquaient et y vendaient de petits objets du quotidien en bois ou en cuivre, mais aussi toute une palette d'outils assemblés avec différents matériaux de récupération. Les bagnards y négociaient ainsi librement avec les habitants dans un bazar indescriptible et des badauds s'arrêtaient parfois pour observer le travail minutieux d'un prisonnier ou pour discuter de la pluie et du beau temps, comme ils l'auraient fait avec n'importe quel artisan de l'Arsenal. À l'écart des boutiques, éparpillés un peu partout dans la cour, des groupes d'hommes jouaient aux dés, ou même aux cartes, le tout dans une bonne humeur qui avait de quoi déconcerter le visiteur non averti. Les gardes-chiourmes avaient beau surveiller étroitement ce petit monde interlope, Gabriel se demanda comment d'honnêtes gens pouvaient ainsi accepter de vivre dans une telle proximité avec des criminels. Le jeune homme n'avait pas encore vraiment conscience des ondulations incessantes de la frontière entre le Bien et le Mal. Il dissuada son père d'engager la conversation avec une paire de bagnards aux mines patibulaires et ils regagnèrent rapidement la sortie. Il lui sembla alors qu'il respirait mieux. Lorsqu'il leva les yeux pour essayer de se repérer, il vit face à eux, en surplomb du bagne, à moins de deux cents pas de celui-ci, un autre immense bâtiment à péristyle qui dominait la ville. Il eut un frisson, la caserne des Gardes, son nouveau chez-lui.

15.

Mathilde ressentit les premières atteintes du mal plus de deux mois après l'attaque du loup, le surlendemain de Noël. L'hiver s'était installé confortablement, sa dernière saison, son dernier combat. Elle n'en fut pas vraiment surprise, tout commença par une sorte de brûlure irradiante autour de la plaie pourtant cicatrisée, puis vinrent les douleurs cervicales et les insomnies. Aucun doute, la rage était à l'œuvre. Elle sut alors que tout espoir était vain, personne ne réchappe de la rage lorsque le mal est déclaré. Quand il vint l'examiner, Baptiste ne leur cacha pas l'issue, il lui restait quelques semaines à vivre, quelques jours peut-être. L'ouragan ravagea en un instant les faux espoirs derrière lesquels Gabriel s'abritait. Mathilde, elle, ne s'effondra pas, elle se dit que dès le jour de l'attaque elle avait su qu'elle courait à la mort, elle trouva même la force d'obliger Gabriel à ne pas sombrer complètement. Elle avait encore bien des choses à accomplir ; sur la route du dernier voyage, elle voulait choisir chacune des étapes.

Le surlendemain du diagnostic définitif, tant que ses forces le lui permettaient encore, elle partit à l'aube, Gabriel ne chercha pas à la dissuader, il l'avait toujours soutenue dans ses actions de citoyenne, il en partageait les objectifs et puis cela lui prouvait qu'elle était encore vivante. Quand elle quitta le manoir encore somnolent, la nature engourdie ouvrit un œil. Les feuilles des grands arbres du parc bruissaient dans la clarté languissante du petit matin, le hibou s'était tu, les bois et la terre se préparaient au long sommeil de l'hiver et les rayons rougeoyants de l'astre solaire fusaient à travers les branches basses telles des flèches incandescentes. Elle, fantôme déjà, couverte de sa capeline, comme glissant sur l'onde, elle allait au-devant de la ville désincarnée et endormie. Elle allait, sans se troubler du spectacle de la maladie s'emparant de son corps, elle allait pour réveiller les femmes, celles qui vivraient bien après elle. La veille, dans le petit cabinet de travail qui jouxtait leur chambre à coucher, elle avait achevé une trentaine de copies supplémentaires de l'adresse rédigée à l'intention des femmes de la ville. L'urgence d'écrire pour crier son espoir et son indignation s'était emparée de Mathilde quelques jours après la morsure, durant ce que son époux croyait encore être sa convalescence. Dans l'élégante sacoche en cuir doré au fer de Gabriel, elle avait rangé les cent cinquante exemplaires, il était plus que temps de délivrer ce message à ses concitoyennes. Le feuillet, dont elle avait ciselé chaque ligne, débutait par un extrait du postambule de *la déclaration des droits de la femme et de la citoyenne* d'Olympe de Gouges : « *Femme, réveille-toi ; le tocsin de la raison se fait entendre dans tout l'univers ; reconnois tes droits. Le puissant empire de la nature n'est plus environné de préjugés, de fanatisme, de superstition et de mensonges.* » Cette déclaration, Mathilde l'avait poursuivie à sa façon dans un élan de passion et de colère : « *Citoyennes ! La Révolution vous appartient autant qu'aux hommes, qu'attendez-vous ? Saisissez-la ! Renversez l'androcratie qui nous interdit le suffrage et nous prive de nos droits les plus fondamentaux. Nous prétendons renverser la tyrannie, bouleverser de fond en comble cet ordre immuable, mais quel est le statut des femmes dans cette révolution que vos maris adorent comme une idole païenne ? Vous êtes la Nation autant qu'eux ! Où est la justice, où sont le droit et l'égalité ? Rejetez aujourd'hui cette infériorité dans laquelle nous maintiennent ceux qui se prétendent nos maîtres, la Révolution n'a pas aboli votre esclavage, brisez vos fers ! Qu'avez-vous fait jusqu'ici pour vous élever ? Vous avez joué les déesses de la Raison pour la Fête de la Fédération, vous vous contentez de n'être que des allégories et des symboles, soyez des citoyennes, exigez vos droits !* »

Lorsqu'elle eut atteint les faubourgs elle commença son travail de fourmi à travers la ville, placardant le feuillet sur les linteaux, le glissant sous les portes, sans se cacher, en saluant poliment toutes les ombres matinales qu'elle croisait. Elle avait adhéré en 1791 à la Société patriotique et de bienfaisance des Amies de la Vérité, fondée par Etta Palm, elle correspondait avec Louise-Félicité de Kéralio et les meilleures de ses feuilles avaient même été publiées dans son journal. Pour la première fois pourtant, le texte qu'elle délivrait à l'intention des femmes de sa ville lui paraissait parfaitement épouser les contours de la révolutionnaire qu'elle avait toujours voulu être. Trop longtemps elle avait repoussé ce désir que lui dictaient ses profondes convictions féministes, elle se sentit immensément soulagée de l'avoir assouvi avant de mourir.

Cet acte de résistance, ce fut la partie facile du long chemin qu'elle s'était tracé jusqu'à la fin, elle s'en savait parfaitement capable. Une autre étape, bien plus ardue, l'attendrait au retour à Fondorat, il lui faudrait discuter de sa mort avec Gabriel, le convaincre qu'elle était inéluctable, le forcer à accepter ce qu'il n'accepterait sans doute jamais, son impuissance à changer le cours fatal des événements. Elle chassa cette pensée, il serait bien temps d'y songer plus tard. La matinée ne faisait que commencer mais, dans cette vallée humide et brumeuse où la ville était tapie, elle paraissait s'être figée, comme si le cours du temps se perdait dans le brouillard glaçant qui s'unissait aux eaux noires de la rivière. *Tant mieux !* pensa-t-elle, le temps, c'était justement ce qui lui manquait désormais. Cheminant toujours tel un fantôme, elle s'engagea finalement dans une des ruelles étroites de l'enclos médiéval, les hautes demeures à encorbellement semblaient lui faire la révérence.

Arrivée à mi-rue, elle ralentit brusquement l'allure jusqu'à s'arrêter, parut réfléchir en tentant d'apercevoir un coin de ciel, puis elle repartit d'un bon pas en se disant que décidément elle détestait le cours que prenait la Révolution. Dans cette venelle sombre elle se sentait épiée, la peur s'emparait des rues les unes après les autres. Les suspects et les ennemis étaient partout désormais, tout comme les délateurs d'ailleurs. Tous se fondaient et se confondaient dans le même décor, sous les mêmes masques. Mais Mathilde, elle, n'avait plus à avoir peur, elle s'autorisa même à les imaginer en train de l'observer, dans l'obscurité rance de leurs chambres adultères. Combien d'entre eux devaient avoir le ventre noué de trouille en se cachant derrière les lames disjointes des contrevents de leurs vieilles demeures ? Ils auraient pu prier mais ils n'en avaient plus le droit, ils auraient voulu fuir mais ils ne le pouvaient pas, adoucir cette folie mais ils n'osaient pas, ils songeaient sûrement que la Révolution prendrait leur tête s'ils ne trouvaient pas au plus vite un sacrifice à faire à la Louisette[1].

1. Surnom donné à la guillotine sous la Révolution.

16.

Gabriel n'avait que seize ans et Brest lui rappela bien vite qu'il n'était encore qu'un enfant. La souffrance et la crainte y furent ses premières rencontres. Il n'avait pas sur place de protecteur puissant, pas d'ami ni de famille sur lesquels compter pour chasser les angoisses de son quotidien. Du moment où son père l'avait laissé aux bons soins des Gardes, tout dans cette ville lui avait paru hostile. La cité transpirait la brutalité, c'était un roc aux arêtes saillantes contre lequel vous finissiez toujours par vous heurter, par vous blesser. Il n'y avait en elle ni rondeur ni douceur, seulement d'âpres promesses de sang et de mauvais alcool. Pourtant, comme un chat que la nuit pousse instinctivement au-devant du danger, il affronta la ville chaque fois qu'il en eut l'occasion. Il lui trouvait un je-ne-sais-quoi d'irrésistiblement fascinant. Les rares fois où il sortit seul au cours des premiers mois, il dut braver sa peur, longer les murs en baissant les yeux. Il voulait être une ombre silencieuse, une ombre qui éprouve son courage pour devenir l'homme dont elle dessine maladroitement les contours. Gabriel se persuadait qu'un jour il relèverait la tête, qu'il redresserait les épaules et marcherait fièrement en regardant les autres hommes dans les yeux. Un jour il prendrait toute sa place.

Longtemps encore, pourtant, il resta un étranger, car pour vous accepter en elle, la ville devait d'abord vous digérer, lentement assimiler ce que vous pouviez lui offrir, jauger vos forces, vos faiblesses et l'épaisseur de votre cuir. Ensuite seulement votre existence dans la cité devenait acceptable mais vous n'étiez alors déjà plus un enfant. Seuls les gosses de l'Arsenal et des bas-fonds pouvaient se dispenser de ce rude apprentissage et trouver facilement leur place. Brest était une ville interlope, une ville où les hommes, toujours en partance, faisaient prospérer les putes et où les femmes de meilleure vertu n'avaient que peu de chances de satisfaire l'espoir d'un mariage honnête.

Sur l'autre rive de la Penfeld, les nuits de Recouvrance n'étaient que cris et défoulements, on baisait, on buvait, on se battait et on recommençait ainsi ou dans un ordre différent, peu importait, il fallait assouvir toutes ses faims avant de quitter le port. Les histoires les plus extraordinaires et tous les conteurs aux sales gueules de pirates se donnaient rendez-vous dans les recoins mal éclairés de ses tripots crasseux. Au cœur de l'Arsenal, on croisait les pires coupe-jarrets du royaume dans les rues empuanties par les effluves de marée, de pêche, de goudron et de poix. Ceux qui étaient libres écumaient les venelles en quête d'un mauvais coup, ceux qui s'étaient fait prendre se retrouvaient vêtus de rouge et de chaînes, chacun s'accommodait finalement de la présence familière des bagnards. Contrastant avec ce peuple des bas-fonds on rencontrait aussi des aristocrates distingués ou des militaires aux grands airs arrogants qui se donnaient une allure bravache et soldaient leurs querelles futiles dans des duels de coqs. Ceux-là n'avaient rien compris, rien observé des rouages de la ville, ils ne seraient jamais assimilés, elle les cracherait au loin et la plupart ne reviendraient jamais.

Gabriel était bien plus malin, mais il lui fallut au moins six mois pour apprivoiser la ville. De toutes les rudesses du bout de la terre il aima d'abord les jours de tempête, la fureur qui se déchaîne pour tout emporter, le vent rageux, les nuées d'embruns qui cinglent comme autant de coups de fouet et le monde qui se serre, se recroqueville pour tenter de résister. Lorsque l'écume venait submerger le pavé en un épais tapis de mousse cotonneuse, une nostalgie bonasse lui évoquait les prés et les toits de lauzes couverts de neige, ce manteau enveloppant qui habillait chaque hiver la campagne de son pays. Quand le cafard s'installait pour de bon et qu'il pensait trop fort à la terre, aux grands arbres ou à ses parents, il se renfermait des jours entiers en lui-même pour rêver encore un peu, à l'écart de ce monde qui ne promettait les horizons lointains qu'après avoir traîné sa misère dans les cloaques de Recouvrance.

Lentement, la douleur et les angoisses finirent par passer, il se sentit alors devenir une part de cette ville si étrange.

La suite se perd dans sa mémoire en un tourbillon, le cours de sa vie s'accélère. Tout s'embrouille. Six cents livres de pension, la caserne de la Marine, les brimades de ceux qui sont mieux nés, plus nobles et plus cons surtout, les officiers méprisants, l'orgueil ridicule des hommes, la camaraderie, parfois, l'amitié, si peu, les bagarres, le nez en sang, les cicatrices. Tout se précipite. Les amours, les œillades de la fille de l'auberge, sa chaleur, son goût de sel, son corps souple qui se tend et frémit, son pucelage perdu sur un quai sombre au milieu des ballots de chanvre, des liasses d'étoupe et des casiers à homard. Tout s'entrechoque. Les leçons d'escrime dans la petite salle en haut du vieux magasin, les leçons de danse dans la petite salle du bas, l'arithmétique, la géométrie, le compas, l'astrolabe, les premières nausées quand la mer se forme, les manœuvres, l'ordre d'une salve, le bruit formidable qui part et revient en écho, l'odeur âcre de la poudre noire et le grincement musical des gréements. Tout va si vite. L'examen de première année, médiocre, l'examen de deuxième année, passable, l'examen de dernière année, admis ! Admis ? Non ce n'est pas possible ! Et pourtant c'est bien de lui dont il s'agit, l'enseigne de vaisseau d'Aymar. La trace de ses souvenirs s'efface. Les rires, les copains, les verres qui se remplissent, se vident, se remplissent, se vident, se remplissent, la terre qui tourne, la cuite mémorable, une de celles qui laissent au réveil l'impression que rien n'a jamais existé.

Dans cette fuite en avant et même s'il s'interdisait de trop penser à ses faiblesses, il avait rapidement acquis la certitude qu'il ne serait jamais qu'un marin médiocre. Les mathématiques, l'étude de « la sphère » et les théories infaillibles sur la construction navale ou le canonnage l'ennuyaient au plus haut point et pour ne rien arranger il n'avait ni le pied sûr ni le coup d'œil juste. Seules la géographie et la cartographie trouvaient grâce à ses yeux, chaque leçon étant pour lui une invitation au voyage. Il appréciait aussi le commandement des pièces d'artillerie mais il excellait surtout dans les exercices de tir, que ce soit au fusil ou au pistolet, ainsi que dans les joutes à l'épée. L'entraînement au combat semblait lui ôter toute inhibition, il perdait presque la conscience de lui-même pour n'être qu'un automate exécutant au bon moment le geste précis, implacable.

En trois ans de formation il n'avait en fait navigué qu'une dizaine de fois, en manœuvres dans la mer d'Iroise ou dans la baie d'Audierne, juste le temps de dégobiller ses tripes avant de rentrer au port, histoire de confirmer physiologiquement qu'il n'avait pas grand-chose d'un marin. Sur le navire, entre deux nausées, il s'exerçait surtout aux tâches les plus physiques. Commander ne l'amusait guère et il laissait bien trop souvent vagabonder son esprit. Il essayait pourtant d'être un élève consciencieux, d'assimiler les conseils et les enseignements de ses maîtres mais il leur préférait largement la contemplation des flots, des oiseaux marins et des compagnies de dauphins qui escortaient les frégates.

Bien qu'il se soit endurci, les illusions de l'enfance ne l'avaient qu'en partie quitté, les rêves eux demeuraient intacts malgré toutes les difficultés, toutes les compromissions auxquelles l'obligeait la vie d'adulte et de soldat. Rien ne pouvait de toute façon le détourner de sa nature rêveuse, le refuge était confortable et si facilement accessible qu'il en usait dès qu'il en avait l'occasion. Le navire était ainsi pour lui comme une créature marine enfermée dans une carapace de bois, un être vivant avec son caractère bien à lui, avec ses bons et ses mauvais jours, avec ses forces et ses faiblesses. Le claquement formidable de la grand-voile avait été sa première émotion de marin puis il apprit à reconnaître l'accent de la brigantine ou du tourmentin et il découvrit que, du mât de misaine à la plus simple planche de la cale, chaque pièce de bois avait une mélodie grinçante qui n'appartenait qu'à elle.

17.

Parvenue à l'angle de la rue, Mathilde hésita, la fatigue et l'irréversibilité de ce qu'elle était venue chercher la firent douter. À gauche elle sortait de la ville, repartait vers Fondorat et les collines, à droite la rue grimpait vers le faubourg du Jardy. Elle aurait pu rentrer, se coucher dans son lit de plumes et attendre l'issue. La tentation était grande, mais elle n'avait pas fait tout ce chemin pour renoncer si près du but. Elle obliqua sur la droite, parcourut une bonne centaine de mètres dans le barri escarpé et s'arrêta au pied d'un petit immeuble cossu. Elle se saisit du heurtoir et cogna trois coups secs sur l'élégante porte en noyer, presque aussitôt elle entendit les pas précipités et la voix fluette :

— J'arrive, un instant !

Une délicieuse odeur de pain frais s'échappa en un courant d'air lorsque la porte s'entrouvrit et que le joli minois de Marie apparut dans l'entrebâillement. En découvrant le visage amaigri de Mathilde à moitié caché sous sa capeline, la jeune servante se figea dans une expression de surprise.

— Madame d'Aymar ! Que vous arrive-t-il ? Entrez

vite, vous êtes si pâle, j'ai préparé du café bien chaud, je vous en apporte une tasse.

— Bonjour Marie, c'est bien aimable, je te remercie, répondit faiblement Mathilde.

Elle manquait de force, se sentait partir, Marie lui offrit son bras pour la soutenir.

— Vous n'avez vraiment pas l'air bien, vous êtes souffrante madame ? Venez vite vous asseoir près du feu.

Apparemment la jeune fille n'était pas encore au courant pour la rage.

— Ne t'en fais pas pour moi, je dois simplement parler au docteur, la rassura Mathilde.

Elle lui tendit l'adresse aux citoyennes qu'elle avait rédigée.

— Tiens Marie, c'est pour toi, tu le liras et à l'occasion tu me diras ce que tu en penses.

C'était dans ces moments que Marie mesurait vraiment ce qu'elle devait à Baptiste, il lui avait appris à lire, lui donnant ainsi le sésame pour un monde normalement inaccessible à une jeune fille de sa condition. Elle était ravie qu'une femme comme Mathilde d'Aymar puisse se soucier de son opinion.

— Je le ferai avec joie, dit-elle. C'est un de vos écrits ?

— C'est cela, le seul digne d'intérêt à mon sens, répondit Mathilde.

Un pas inégal, précédé du bruit cadencé d'une canne, résonna dans le couloir. Baptiste n'eut même pas l'air étonné de la trouver là à cette heure matinale, comme s'il avait été prévenu de sa visite.

— Bonjour Mathilde, lui dit-il avec un sourire très doux.

En secret il se murmura, *je t'attendais malheureusement*. Elle le scruta, longuement, aussi profondément qu'elle le put, comme si elle souhaitait jauger la part de confiance qu'elle pouvait placer dans cet homme auquel Gabriel aurait confié sa vie sans l'ombre d'une hésitation.

— Bonjour Baptiste, lâcha-t-elle au bout d'un moment qui leur parut interminable.

Elle s'étrangla un peu, se racla la gorge avant de poursuivre :

— Je vais avoir grand besoin de ton aide.

Ce n'était pas sa vie qu'elle devait lui confier, c'était sa mort.

18.

Sa formation achevée, Gabriel se trouva gradé et plus savant, mais il avait peu voyagé et la perspective d'une brillante carrière dans la Royale lui paraissait de plus en plus improbable.

La guerre pointait le bout de son nez. La France venait de s'engager aux côtés des insurgés américains et l'occasion était trop belle d'enfin damner le pion à ces satanés Anglais. En juillet 1778, il avait été convié à la bataille d'Ouessant à bord du *Duc de Bourgogne*, un vénérable « quatre-vingt canons » commandant la deuxième division de l'escadre royale, mais alors qu'enfin il sentait la guerre sur lui, le chef d'escadre Rochechouart et le capitaine de pavillon Charritte n'avaient pas été foutus d'unir leurs cerveaux pour rejoindre l'armée navale du lieutenant général d'Orvilliers. Ils s'étaient égarés de nuit et avaient dû rentrer à Brest la queue entre les jambes. Pendant des mois, les Gardes présents ce jour-là sur le *Duc de Bourgogne* avaient dû vivre avec les quolibets de leurs camarades et rien n'agaçait plus Gabriel que leurs récits de bataille et leurs fanfaronnades. Un certain nombre d'entre eux toutefois ne pouvaient plus guère se moquer, soit car ils étaient morts et servaient depuis de repas aux poissons, soit parce qu'ils étaient désormais bien trop estropiés pour goûter les plaisanteries, ce qui tout bien réfléchi était quand même autrement plus grave que quelques instants de fierté écornée. Néanmoins, depuis cette mésaventure, et comme tous les inconscients de son âge, Gabriel brûlait encore davantage de se battre. Cette impatience ne surpassait toutefois pas son rêve de toujours qui était de voyager. Les lettres qu'il adressait à ses parents se mirent alors à ressasser chaque fois la même frustration.

Les d'Aymar, qui mettaient toujours tout en œuvre pour satisfaire leurs enfants, sollicitèrent une fois de plus Turgot. Même retiré des affaires, l'ancien ministre gardait de puissantes relations et il avait l'élégance de ne pas oublier les familles de ses obligés. L'enseigne de vaisseau Gabriel d'Aymar profita de ses bonnes grâces et obtint son détachement à Saint-Domingue, auprès du régiment d'infanterie coloniale du Cap-Français. Il devait y être en quelque sorte « prêté » par la Royale et placé sous l'autorité du marquis de Bouillé, alors gouverneur général des colonies françaises des îles du Vent. Pour son premier voyage au long cours, Gabriel allait donc traverser l'Atlantique, quitter le noroît et les terribles grains de Bretagne. Les mers chaudes, l'inconnu et la guerre l'attendaient. Trois ans et demi après avoir quitté Fondorat, cela ressemblait enfin à l'idée qu'il se faisait d'une aventure.

Le 5 avril 1779, il embarqua sur *L'Annibal,* soixante-quatorze canons prêts à rugir, un des fleurons de la Royale commandé par La Motte-Picquet. La mission consistait à escorter un convoi de quatre-vingt navires à destination des Indes occidentales françaises. Sans avoir croisé la moindre voile ennemie, Gabriel fut débarqué à Saint-Domingue le 28 juin avec une dizaine d'autres hommes et le vaisseau reprit la mer deux jours plus tard pour rallier la Martinique en se joignant à la flotte du vice-amiral d'Estaing. Le 4 juillet *L'Annibal* participait glorieusement à la prise de la Grenade pendant que Gabriel prenait tranquillement ses quartiers au Cap-Français. C'était un deuxième rendez-vous manqué. Depuis qu'elle avait été déclarée, la guerre semblait prendre un malin plaisir à l'éviter.

Ses premiers mois à Saint-Domingue furent ceux de l'émerveillement. Le régiment n'était pas vraiment en alerte, on se contentait de mener quelques opérations de surveillance et de dissuasion contre les contrebandiers. Il avait pu occuper son temps libre à découvrir Saint-Domingue et sa nature fantasque. Au-delà des villes puantes et de leurs taudis périphériques, les montagnes arides de l'île abritaient de grands cèdres et des gommiers, dont les troncs et les branches se contorsionnaient en des postures étonnantes. La nature hostile et rocailleuse des mornes s'adoucissait ensuite en plongeant vers la mangrove impénétrable dans laquelle pullulaient les alligators, ou vers des anses paradisiaques aux longues plages de sable blanc et aux eaux cristallines. Des armées de cocotiers gardaient ces édens, c'était une vision incroyable de douceur et de plénitude pour un homme rompu au froid des hivers autant qu'aux eaux sombres des rivières et des lacs.

À son arrivée, la luxuriance de la végétation lui avait paru prodigieuse, c'en était presque étourdissant tant il n'y retrouvait aucun des repères familiers de la forêt tempérée. Si le vert servait bien de liant, la palette des couleurs opérait d'incessants allers-retours du blanc le plus pur à toutes les nuances de violet, de rouge, de jaune et même de bleu. L'ensemble donnait vie à un tableau merveilleux où s'épanouissaient les orchidées et les bougainvilliers.

La faune sauvage n'était pas moins fascinante, elle concentrait un bestiaire fantastique d'insectes, de reptiles, de tortues, d'araignées monstrueuses et de créatures aquatiques dont la plus bizarre était certainement le *manati*[1]. Cette nature exubérante était par-dessus tout incroyablement joueuse et la première leçon des nouveaux venus était de ne céder en aucun cas aux apparences de tous ses charmes. La beauté et la laideur n'avaient plus guère de sens dès lors qu'il s'agissait de classer les espèces en fonction de leurs bienfaits ou de leur dangerosité. Certains fruits exotiques cachaient leur goût délicieux derrière un aspect repoussant ou une coque épineuse, tandis qu'aucun arbre au monde n'était plus dangereusement toxique que l'élégant mancenillier dont le port ombrageux pouvait pourtant sembler propice au repos. Se risquer à une sieste sous ses vastes ramures, c'était s'exposer au goût amer de l'éternité. Bien qu'effrayants et souvent d'une taille inconnue en Europe, aucun des serpents de l'île n'était pourtant venimeux et l'anolis vert ou l'iguane rhinocéros passaient même pour de bons animaux de compagnie malgré leur laideur toute reptilienne.

Dans les Caraïbes, aucun des nouveaux arrivants n'échappait à l'image d'un paradis dont on pouvait jouir avec avidité mais le piège était tellement beau qu'il brouillait la perception des réalités effrayantes de ces îles à sucre. Le souffle tiède du zéphyr dispersait des odeurs entêtantes, celle très suave du jasmin, le parfum puissant de la cannelle et du café ou celui plus chaleureux du poivre. Des couples de hasards frissonnaient de plaisir, la

1. Nom espagnol pour désigner le lamantin.

jouissance de leurs corps érotisait chaque crique isolée, chaque écrin que la nature pouvait offrir aux amants. Certaines femmes créoles s'offraient à vous librement, sans pudeur et tout s'achevait dans la douceur exquise des nuits sur la plage, l'obscurité seulement troublée de loin en loin par les feux rouges des pêcheurs et le bruit apaisant du ressac.

Ensuite seulement venait l'enfer, caché derrière chacune des beautés de ce monde, certains choisissaient de ne pas le voir. Gabriel, lui, ne tarda pas à en découvrir chacune des monstruosités. Tout débutait par le chant déchirant des esclaves qui psalmodiaient leur désespoir au rythme régulier des coupe-coupe dans les champs de canne écrasés par le soleil brûlant. On voyait alors ces enfants noirs réduits à la fonction d'animaux de compagnie, ces mains et ces tendons tranchés pour avoir tenté de fuir, ces corps pendus et incendiés, ces femmes violées et battues à mort comme des chiennes. Si vous étiez demeuré un homme, cela finissait toujours par vous obséder et vous la sentiez alors au plus profond de vos tripes, cette rage, cette sauvagerie qui couvait comme les braises d'un incendie gigantesque n'attendant plus que le vent. Vous saviez qu'elle finirait nécessairement par embraser l'âme de ces damnés, jusqu'au point où ils ne voudraient plus qu'une chose à défaut de la justice, tuer ! Tuer ou mourir, mais ne plus vivre ainsi car ce n'était pas vivre.

Au Cap-Français, Gabriel avait très vite fait la connaissance d'un jeune chirurgien militaire, Baptiste de la Revellière. Les deux hommes n'avaient certainement pas eu besoin de se chercher, ils s'étaient trouvés, voilà tout, une de ces amitiés évidentes et inévitables. Fils cadet d'une famille de la bonne noblesse angevine, les parents de Baptiste l'avait expédié le plus loin possible de leur bonne société dès lors qu'il avait trop ouvertement exprimé sa conviction que l'esclavage était une abomination et que rien ne justifiait que les Noirs n'aient pas les mêmes droits que les Blancs. Il avait étudié la médecine et la chirurgie à Paris au grand désespoir de son père. Au sein du régiment, beaucoup le considéraient au mieux comme un utopiste inoffensif et au pire comme un dangereux traître à sa race. Il s'en foutait totalement, et c'était ce détachement cynique envers la stupidité de ses congénères qui avait d'abord plu à Gabriel. De toute façon, la maîtrise admirable qu'il avait de son art en faisait un homme indispensable pour sauver la vie de tous ces abrutis. Baptiste de la Revellière devint ainsi pour Gabriel l'ami qu'il n'avait jamais eu à Fondorat ou à Brest, un homme d'une générosité totalement irréfléchie, séducteur et philosophe, un grand gamin qui justifiait sa formidable insouciance en expliquant qu'il valait mieux en profiter car il savait que très bientôt, « tout cela nous péterait méchamment à la gueule ! ». Son indignation, sa révolte, passaient par le magistral coup de pied au cul qu'il envoyait à toutes les conventions morales censées régir la société coloniale. Il fréquentait indistinctement les mulâtres et les Noirs, il les soignait dès qu'il en avait l'occasion et aimait leurs femmes qui le lui rendaient bien d'ailleurs. Comme Gabriel, cet ami était aussi plein de contradictions, c'était un indigné, un marginal par bien des aspects, mais aussi un homme d'honneur et de devoir, prêt à tous les sacrifices pour assurer la tâche qui lui avait été confiée.

19.

Mathilde rentra à Fondorat à la mi-journée, dans le fiacre que Baptiste avait fait venir pour elle, Marie l'accompagnait pour s'installer quelque temps au manoir. Le docteur n'avait pas laissé le choix à Mathilde, c'était la seule condition qu'il posait à l'accomplissement de ce qu'elle lui demandait. La jeune servante venait d'être mise au fait de la maladie et de l'issue inéluctable de celle-ci, elle en avait été sincèrement affligée et comptait bien aider la famille d'Aymar aussi longtemps que le docteur le jugerait nécessaire. Elle s'occuperait des repas et de l'entretien de la maison, prendrait soin de Jeanne et tiendrait compagnie à son amie Angèle. Mathilde avait convenu bien volontiers que c'était une excellente idée, car elle ne pourrait pas faire face encore bien longtemps. Elle rentra épuisée mais fut très satisfaite d'avoir pu accomplir tout ce qu'elle s'était promis de faire en se rendant en ville ce matin-là. Elle dormit une bonne partie de l'après-midi et entreprit de parler à Gabriel après le souper. Pour la première fois depuis bien longtemps, Mathilde mangea d'un bon appétit, puis elle entraîna son époux à l'extérieur, ils marchèrent un long moment en silence, main dans la main, à travers le parc. La morte saison était là, les feuilles brunes et ocre jonchaient le sol, poussées par le vent, elles s'accumulaient en d'épais matelas le long des murs et autour des troncs. Le jour déclinait, un soleil orange pâle, voilé de nuages filandreux, sombrait doucement dans le bleu pervenche du ciel, la lune gibbeuse, déjà bien installée à l'aplomb du château du Roc, semblait presque translucide dans les ultimes feux de la lumière du jour. Ils entrèrent dans la roseraie et, passée la haie de charmilles, elle trouva enfin le courage de parler.

— Gabriel, écoute-moi.

Il n'osait pas la regarder alors elle l'obligea à lui faire face et lui prit les mains.

— Ce qui m'arrive, c'est l'œuvre de la Justice, c'est une sentence de mort. J'ai depuis trop longtemps échappé à la justice des hommes pour l'avoir tué.

Il l'observa d'un air ahuri.

— Qu'est-ce que tu racontes ?

Le regard de Mathilde se durcit.

— Le plus difficile, ça a été de se procurer l'arsenic, il fallait frapper aux bonnes portes, ne pas se tromper, mais tu sais il existe des réseaux, des femmes prêtes à en aider d'autres pour les sauver d'une vie de souffrance auprès d'un salopard. Le reste, c'était facile, une petite dose chaque matin et quatre mois plus tard j'étais veuve. Pas une seconde je n'ai regretté, même aujourd'hui au seuil de la mort je ne regrette pas.

Gabriel savait mais elle n'en avait jamais parlé, elle était avec lui aussi grâce à ce crime.

— Tu l'as tué parce que tu voulais vivre.

Elle secoua la tête.

— Oui, et j'ai vécu, mais désormais une autre forme de justice m'a rattrapée, celle de l'ordre naturel des choses, une justice immanente.

C'était vraiment ce qu'elle pensait mais ce genre de délire irrationnel n'était sans doute pas de nature à convaincre Gabriel. Il s'apprêtait à lui opposer un de ses arguments implacables mais elle ne lui en laissa pas le temps, elle ne voulait pas qu'il l'interrompe alors elle se mit à parler un peu plus vite.

— Laisse-moi parler, tu comprends ? Écoute-moi, j'ai eu un long sursis de bonheur avec toi, dix années merveilleuses, mais ce n'était qu'un sursis, ce temps s'achève et je suis prête à l'accepter, tu m'entends ? Je suis prête à l'accepter.

Il avait lâché ses mains et se mit à faire de furieux allers-retours dans l'allée gravillonnée, ses paroles le blessaient bien plus profondément que n'importe laquelle des armes de guerre qu'il avait eu à affronter. Il ne voulait pas l'écouter et pourtant cette fois, il ne pouvait pas non plus s'enfuir. Après avoir longuement tourné et viré entre les parterres de rosiers, il réussit à s'apaiser un peu et vint s'asseoir à côté d'elle sur le rebord en pierre du bassin. Il se pencha jusqu'à poser la tête sur ses cuisses. Elle lui caressa doucement les cheveux, elle se tenait bien droite, le corps raidi déjà par la maladie. Il murmura :

— Ne t'en fais pas, ma douce, nous allons nous battre, s'il existe un traitement Baptiste le trouvera, il m'a parlé de la poudre de Belladone, il espère en faire venir d'Allemagne, il y a forcément une solution.

Des espoirs il y en aurait toujours, mais pour elle celui de survivre n'aurait été qu'une souffrance de plus. Cessant brusquement ses caresses elle lui répondit d'un ton sans réplique :

— Tais-toi ! Baptiste te l'a dit, il n'y a pas de traitement, Gabriel, c'est la fin. Alors oui on va se battre mais à ma façon et je choisirai seule mes armes, et tu n'auras pas ton mot à dire, parce que ma mort m'appartient, parce j'ose croire que tu m'aimes assez pour accepter ce que je vais te proposer et parce que je vais avoir besoin de toi pour que nous trouvions en nous une force dont nous ne soupçonnons même pas l'existence.

Il se redressa brutalement, craignant de comprendre.

— Mais enfin, qu'est-ce que tu racontes, Mathilde ?

Elle prit à nouveau ses mains dans les siennes en les serrant aussi fort que ses muscles endoloris le lui permettaient encore.

— Je veux dire que je ne deviendrai pas l'esclave d'un corps et d'un esprit qui se délitent, je veux dire que je vais choisir le jour et le moment, je les ai déjà choisis à vrai dire et j'aurai besoin de toi à mes côtés.

Sa vie avait été dévastée par la rage, il avait, depuis l'annonce de la maladie, essayé désespérément de la reconstruire, pierre par pierre, malgré la tempête qui la renversait sans relâche, et en quelques mots elle venait d'être à nouveau balayée. Le simple fait d'admettre qu'elle put mourir, c'était comme la tuer de ses propres mains. Il se leva brusquement et se rassit aussitôt, ses jambes ne le portaient plus. Il essaya de contrôler toute sa colère pour lui éviter davantage de peine mais il n'y parvint pas vraiment.

— Tu n'as pas conscience de ce que tu dis ! Tu parles de te tuer, c'est cela ?

— Je parle de partir dignement, sans plus de souffrances, répliqua-t-elle fiévreusement, je refuse que cette saloperie l'emporte sur ma volonté, je veux m'en aller sereine, pas en bavant et en convulsant comme une possédée sur mon lit de mort !

Gabriel secoua la tête et se mit à taper du poing sur la pierre froide du bassin, plus rien de ce qu'il trouvait à dire ne semblait désormais en mesure de s'opposer à la détermination de son épouse. Pour la première fois Mathilde le sentit prêt à céder, elle poursuivit :

— Je choisis cette voie et je choisis la dernière image que tu auras de moi. Vivre libre ou mourir, tu te rappelles ?

— Mathilde, tu te rends compte de ce que tu me demandes ?

Il sentit immédiatement l'indécence maladroite de sa remarque, il n'eut pas le temps de s'en excuser.

— Gabriel, tu te rends compte que je serai morte dans quelques jours ? répliqua-t-elle. Tu te rends compte que c'est le seul moyen pour que mon souvenir vive intact en vous ? Celui d'une femme qui a choisi d'être libre !

La femme peut tout ! Elle avait toute sa vie refusé le cours fatal des choses, c'était une reine des causes perdues, des derniers combats. Celui qui venait valait encore la peine car c'était un défi à la mort et aux vieilles croyances quand même, l'ultime soubresaut de résistance d'une révolutionnaire.

Il y eut un long silence, l'obscurité grandissait autour d'eux, la lune prenait de l'épaisseur et le ciel dégagé laissait percer les premières étoiles.

Gabriel se perdait dans ses pensées morbides, il frissonna et retrouva d'un coup le fil de son entêtement.

— Non, non, tu es trop fatiguée, tu ne peux pas abandonner ainsi, nous en reparlerons une fois que tu te seras reposée.

Elle fut sur le point de craquer, épuisée par cette lutte contre son acharnement, mais il ne fallait pas, pas maintenant alors qu'elle l'avait senti prêt à céder.

— Alors tu n'as rien compris, rien écouté de ce que je t'ai dit ! s'emporta Mathilde. J'ai décidé, tu entends cela ? Je l'ai choisi ! Nous n'en reparlerons pas, c'est ainsi, dans une semaine, dix jours tout au plus selon mon état, Baptiste viendra m'injecter le poison, j'en ai longuement discuté avec lui, c'est comme s'endormir, paisiblement, sans souffrance.

Elle s'interrompit, refoula les larmes qu'elle sentait venir et dont elle ne voulait pas.

— J'aurai plus que jamais besoin de toi à mes côtés, rajouta-t-elle.

Il ne répliqua pas, elle sentit cette fois de façon certaine qu'elle parviendrait à lui faire entendre raison et reprit plus calmement :

— Je n'abandonne pas, Gabriel, c'est tout le contraire.

Les premiers jours elle avait beaucoup pleuré à l'idée de quitter ce monde où elle avait trouvé le bonheur. Elle pleurait en pensant à Jeanne, elle pleurait en pensant à Gabriel, elle pleurait en réfléchissant au néant, à l'oubli, mais ce désespoir n'avait pas duré, elle était passée au-delà en trouvant la voie de sa propre spiritualité, bien loin des illusions culpabilisantes de la religion. Elle paraissait désormais presque apaisée à l'idée de se jouer de la maladie et des douleurs qu'elle lui réservait. La voyant si forte et résolue, Gabriel se laissa enfin aller, il lui semblait que la marée immense de son chagrin ne pourrait plus jamais être contenue, toutes les digues venaient de céder, les unes après les autres.

Tandis qu'il lâchait prise dans ses bras, elle continua à lui expliquer son choix de sa voix de velours, doucement, presque dans un chuchotement. Tant de fois elle s'était heurtée à sa vaine obstination, mais cette fois il était vaincu, elle était maintenant certaine qu'il l'accompagnerait jusqu'au bout. Elle continua à lui parler ainsi durant un long moment.

— Dans les jours qui viennent je veux vivre encore,

j'épuiserai mes dernières forces à cela et toi, tu vas me promettre de ne jamais sombrer, de ne pas me décevoir, tu vas me l'écrire, comme je t'avais écrit ce billet insensé glissé dans ta main à Vannes. Tu es venu me chercher, mon chéri, j'ai placé un espoir fou dans un inconnu de seize ans et j'ai eu raison, mon Dieu comme j'ai eu raison ! Tu es venu me chercher, cette fois tu me laisseras partir.

Il sanglotait maintenant doucement en hochant la tête contre son sein, la nuit les enveloppait, les continents de la lune se dessinaient clairement, Gabriel aurait voulu en faire leur refuge, là-haut, entre les constellations qui s'allumaient les unes après les autres. Certaines choses étaient impossibles, il le comprenait bien désormais.

Le soir, malgré sa faiblesse, ils unirent leurs corps une dernière fois, toutes les dernières fois se présentaient de toute façon à eux, elle voulait les saisir. Les trois jours qui suivirent, elle s'efforça de faire tout ce qu'elle avait dit, elle n'oublia même pas de rire pour défier le mal. Ses forces la quittaient, les douleurs devenaient de moins en moins supportables et pourtant elle se trouvait comme délivrée de son corps. Sa présence spirituelle emplissait tout, leurs cœurs, la maison, les objets, tout, c'était fascinant de la voir ainsi se transcender.

20.

Les mois étaient passés très vite, l'économie de la colonie prospérait, quelques centaines de familles de planteurs blancs s'engraissaient toujours davantage sur le dos et la misère de quatre cents mille hommes, femmes et enfants réduits en esclavage. Gabriel ressentait chaque jour un peu plus cette injustice, elle était devenue une douleur sourde. Sans faire grand-chose, si ce n'est obéir consciencieusement, l'enseigne de vaisseau d'Aymar avait été promu lieutenant en février 1780. C'était la règle pour les Gardes entamant leur sixième année de service. Son existence sombrait dans une délicieuse monotonie faite de patrouilles en père peinard dans les eaux turquoise, de parties de pêche au marlin ou au barracuda, de chasses au cochon sauvage, de soirées enfiévrées et de conquêtes faciles.

Et puis un matin de mars la guerre les rattrapa pour de bon. Un détachement du régiment devait embarquer sur la frégate *Concorde* pour chasser une garnison anglaise ayant pris pied sur l'île de la Navasse, un confetti caribéen *a priori* insignifiant et qui menaçait néanmoins la sécurité des convois français convergeant vers les ports de Saint-Domingue. Gabriel s'était vu confier le commandement d'une escouade mais il avait d'abord accueilli la nouvelle avec un enthousiasme circonspect. Il avait presque fini par l'oublier cette guerre, après tout elle n'avait pas voulu de lui. Peut-être chercherait-elle une fois encore à le préserver.

Après avoir reçu leur feuille de route Baptiste et Gabriel s'étaient, comme chaque matin, rendus sur l'esplanade de la place Montarcher. Il n'était pas plus de dix heures mais le soleil cognait déjà avec obstination. La sueur perlait sur tous les fronts et autour de la fontaine les mouchoirs blancs étaient comme toujours de sortie. C'était une chaleur pénible, étouffante. Les Blancs présents ce jour-là s'épuisaient la vue à scruter le ciel pour y trouver les augures d'une averse. Quelques gros nuages bourgeonnaient bien à l'horizon, mais pour le reste le ciel était d'azur et la mer de cobalt. Face au blanc éclatant des bâtiments du gouvernorat, la place Montarcher était le cœur battant de la ville, toute la bonne société s'y donnait rendez-vous pour voir les navires et admirer le paysage incomparable de la baie. Les enfants jouaient avec l'eau fraîche de la fontaine, les élégantes s'y promenaient sous leurs ombrelles et avec leurs soupirants accrochés au bras. D'immenses palmiers royaux étiraient longuement leurs stipes vers un toupet de palmes perché à plus de vingt mètres de hauteur. Pour l'ombre il fallait repasser mais Gabriel et Baptiste y avaient leurs habitudes. Leurs uniformes et leur jeunesse triomphante attiraient les regards des jeunes femmes et puis ils aimaient observer goguenards les manières affectées des bourgeois jouant aux aristocrates ou les gras négociants et les négriers à la peau écarlate qui se faisaient griller par le climat impitoyable de l'île.

La baie enveloppait amoureusement l'océan, sa surface ondulante se mouchetait de barques de pêcheurs et de chaloupes surmontées de dais de madras qui accostaient pour débarquer les nouveaux conquérants. La plupart étaient manœuvrées par des Noirs dont le rôle consistait exclusivement à répondre à toutes les exigences des Blancs. Des cohortes d'esclaves maniaient ainsi vigoureusement les rames afin que ces messieurs dames soient le plus rapidement possible débarqués sur la terre ferme. Ceci fait, d'autres esclaves s'affairaient en tous sens pour porter les bagages des bourgeois qui, pour la plupart, ne leur condescendaient même pas un regard et ne s'intéressaient à eux que pour les gourmander de leur nature trop dolente ou pour les menacer du fouet s'ils ne prenaient pas soin de leurs précieux chargements.

Au large, une demi-douzaine de bateaux était à l'ancre, des navires commerciaux pour l'essentiel, un ou deux négriers et des frégates militaires, dont *La Concorde* qui devait les convoyer vers la guerre. Mais si la foule se pressait sur l'esplanade en cette chaude matinée, c'était avant tout pour admirer le puissant carénage et l'incroyable mâture du *Ville de Paris*, un monstrueux trois-ponts de cent quatre canons, un de ceux qui avait redonné sa fierté à la Royale après les cuisantes défaites de la guerre de Sept-Ans. Gabriel et Baptiste n'y prêtèrent, eux, que peu d'attention, l'imminence de leur départ occupait trop leurs esprits. Ils achetèrent quelques fruits juteux à un petit marchand ambulant, un affranchi dont le parler créole mélangeait la gouaille parisienne, aux accents du golfe de Guinée et à l'espagnol, puis ils continuèrent à flâner en silence.

Baptiste se taisait, c'était suffisamment rare pour que Gabriel comprenne que quelque chose n'allait pas et qu'il se sente obligé de lancer la conversation. Il se mit à observer plus attentivement le ballet des chaloupes, le spectacle de la liberté et de l'esclavage.

— Le tableau habituel, dit Gabriel, un peu lassant tu ne trouves pas ? Il y aura davantage d'action et d'imprévu quand nous irons débusquer les Anglais sur la Navasse.

Baptiste haussa les sourcils mais ne répondit pas. Adossé à une des hautes colonnes de la fontaine, il triturait avec une nervosité inhabituelle les boutons en métal doré de son gilet. D'ordinaire si sûr de lui, le chirurgien paraissait fébrile, préoccupé. Gabriel se renfrogna, les manœuvres de son ami pour éviter de parler de la mission l'agaçaient, or lui voulait en discuter, partager son début d'enthousiasme, épuiser le sujet. Il tenta de le dérider un peu en lui rappelant sa mésaventure à bord du *Duc de Bourgogne*.

— Détends-toi, la dernière fois qu'un navire devait me conduire à la bataille, il s'est perdu. Tu n'auras peut-être qu'à soigner des bosses et des coliques.

Et il crut bon d'ajouter :

— Blague à part, j'espère que cette fois ce sera la bonne !

Baptiste lui décocha un regard qui balançait entre l'agacement et l'affliction, cela aussi, c'était nouveau. Il lança sa flèche d'une voix blanche.

— Blague à part, ce que tu dis là, Gabriel, c'est vulgaire, c'est con, ça ne te ressemble pas.

Gabriel resta un instant interdit, il n'avait pas vu venir le coup. Il le fixa d'un œil mauvais. Il n'entendait pas lui céder le terrain, ce cynisme tendait à gâcher son plaisir.

— Pardon mais que me vaut le jugement péremptoire de ta haute autorité morale ?

— Je veux dire que ce que tu appelles *la bonne* pourrait tout aussi bien vouloir dire la dernière.

Il s'assombrit encore un peu plus.

— Tu sais, Gabriel, je t'aime bien aussi parce que parfois tu dis vraiment n'importe quoi.

Il s'interrompit et parut chercher quelque chose du regard, puis il se tourna vers l'océan et désigna du doigt une grande chaloupe bondée de soldats qui s'apprêtait à accoster.

— Tiens, regarde et dis-moi ce que tu vois ?

Le genre de devinette qui tendait à irriter un peu plus Gabriel. Ce n'était pas ainsi qu'il avait envisagé la conversation.

— La même chose que toi, j'imagine !

Il commençait à s'énerver pour de bon.

— Une chaloupe, des soldats qui débarquent, des renforts sans doute, des hommes qui ont fait la guerre ou des hommes qui comme nous vont la faire.

— Très bien, moi, je vois des hommes morts, des unijambistes, des intestins qui se font la malle, des plaies qui s'infectent et toutes sortes d'autres joyeusetés qui font le charme d'une bataille.

Ce désenchantement, cette noirceur, qui prenaient tout à coup le dessus sur sa folle insouciance, c'était un trait de caractère que Gabriel ne lui connaissait pas.

— Tu te méfies de l'avenir désormais ? Ils n'ont pas l'air traumatisés tes morts en sursis.

La plupart des hommes plaisantaient, riaient, des chants de marins s'élevaient des bancs de nage.

— La vie est un risque, une aventure, je croyais que c'était davantage cela ta philosophie.

— Ça l'est, la plupart du temps. Toi, bien sûr, tu n'as pas peur de ce qui pourrait advenir ?

Peur ? Gabriel avait eu peur de bien des choses depuis qu'il avait quitté le manoir familial, mais l'idée de combattre pour l'honneur et pour la grandeur du royaume ne lui faisait pas peur, bien au contraire, cela excitait son courage. Peut-être que lorsque l'assaut serait lancé il aurait peur, mais ce temps n'était pas encore venu et pour l'heure il n'avait pas du tout intégré l'idée qu'il puisse y laisser la peau. Il était jeune et se sentait invincible, il était exclu de mourir dans ces conditions, c'était ainsi qu'avaient toujours pensé les d'Aymar. Et puis il n'était pas un risque-tout, depuis qu'il était enrégimenté il avait appris à évaluer les hommes, à soupeser leurs chances de vivre ou de mourir. Il en était arrivé à la conclusion irréfutable que les chiens fous mouraient les premiers, puis venait le tour des trouillards, trop occupés à éviter le danger pour survivre, et après celui des fanfarons qui se trouvaient obligés d'assumer leur mauvais rôle de héros. Objectivement, lui n'entrait dans aucune de ces catégories. Il saurait être froid et réfléchi au combat, audacieux mais sans trop s'exposer. Comme toujours, il croyait que sa seule volonté suffirait à maîtriser le cours des événements à venir et surtout, il n'acceptait pas que Baptiste, lui, puisse douter de cette certitude.

— Ici, tout de suite, non, je n'ai pas peur.

Il avait presque l'impression de devoir s'en excuser.

— Je devrais, j'imagine, ce serait raisonnable si je te suis bien, mais désolé, je suis franchement plus excité qu'effrayé.

Baptiste se pinça les lèvres et hocha doucement la tête. Il n'y avait pas en lui cette violence contenue, ce bouillonnement qu'il ressentait chez Gabriel.

— Je n'ai aucun doute là-dessus et c'est bien ce qui m'effraie. Il n'y a aucune duplicité en toi, Gabriel, pas d'arrière-pensée dans ce que tu dis ou dans ce que tu fais.

— Et c'est grave, docteur ? répondit-il ironiquement.

— Oui ça l'est, répliqua Baptiste, ça l'est parce que c'est dangereux, parce que la plupart des hommes que tu vois là, eux, font semblant.

— Ils font semblant ! Mais de quoi est-ce que tu parles ? Semblant de quoi d'ailleurs ?

— De se réjouir, d'être fiers, d'être braves ! Tiens, je pense même que tu es le seul qui ne fasse pas semblant, c'est sûrement ce qui est fascinant chez toi.

— Et toi, de quoi fais-tu semblant ? demanda Gabriel d'un ton contrarié.

— Euh...

Baptiste hésita, fit mine de réfléchir.

— Non, d'abord moi j'ai vraiment peur avant de partir dans une aventure où je pourrais laisser ma peau, ça me semble normal mais je sais le cacher, sauf à mes amis, vois-tu. Il sourit. Ce qui n'empêche que je ferai mon devoir.

— Pourquoi avoir choisi l'armée alors ? Tu pourrais exercer en ville, les risques seraient moins grands.

Chirurgien en ville, vivre comme un grand bourgeois avec femme et enfants, voilà bien une situation dans laquelle jamais Gabriel n'aurait imaginé son ami.

— Je n'ai pas choisi l'armée, j'ai choisi la chirurgie et l'armée m'a attrapé au vol sur l'injonction de mes chers parents, c'est très différent.

Il sourit à nouveau.

— Et puis ici je peux voyager et soigner autre chose que des furoncles et des crises de goutte. L'aventure quoi, tout ce dont tu rêves !

Il s'adoucissait, les traits de son visage s'étaient détendus.

— Sinon je fais semblant moi aussi, oui, pour plein

de choses, par exemple je fais semblant de croire que je peux rendre ce foutu monde meilleur.

Décidément Baptiste était imprévisible. Il était en train de chercher une porte de sortie mais Gabriel n'en avait pas fini avec lui. Il détestait ne pas avoir le dernier mot dans une conversation.

Il voulut répliquer mais n'en eut pas le temps, déjà son ami s'écriait avec une gaieté déroutante :

— Oh ! Gab, j'y crois pas, c'est magnifique !

Il semblait soudainement se désintéresser complètement de leur conversation.

— Quoi ? Écoute, je n'accepte pas…

Gabriel n'eut pas le loisir d'en dire davantage.

— Chuuut, on s'en fout après tout, c'est encore loin la guerre ! Tiens, retourne-toi et dis-moi ce que tu vois.

Il regardait désormais par-dessus l'épaule de Gabriel et désignait du menton un des rares coins ombragés de l'esplanade.

— Merde, tu ne vas pas recommencer !

Baptiste souriait de son air espiègle, c'était son sourire de vaurien, celui qui finissait le plus souvent par vous entraîner dans des situations invraisemblables. En tout cas il n'y avait plus aucune forme de gravité dans sa physionomie. Gabriel se retourna, blasé.

Trois charmantes mulâtres étaient assises sur un banc de pierre, à demi cachées par leurs éventails, deux d'entre elles gloussaient en écoutant les remarques que de jeunes officiers de marine leur glissaient à voix basse, la troisième semblait jeter des regards très appuyés vers eux.

— Je vois des ennuis potentiels, avertit Gabriel.

La jeune femme s'appelait Marie-Ange, une ancienne conquête de Baptiste qui n'avait jamais bien supporté son côté volage et qui le poursuivait pourtant encore de ses assiduités à chacune de leurs rencontres. Connaissant ses faiblesses, elle l'embringuait dans des soirées endiablées, le jeune médecin lui cédait quasiment à chaque fois en lui promettant la lune, non sans s'être soûlé dans des tavernes peu fréquentables. À la différence de tous les autres, l'alcool le rendait romantique, mais il regrettait le lendemain ses promesses d'amour éternel. Gabriel l'accompagnait en général de bonne grâce, il adorait lui aussi ces sorties entre chien et loup, c'était la vie, le rire, la jeunesse turbulente.

— Elle est quand même à croquer, tu ne trouves pas ? l'interrogea Baptiste.

Ses yeux brillaient, il avait complètement oublié le motif de leur querelle.

— Je ne te comprends pas, mon ami, insista Gabriel.

— Il n'y a rien à comprendre, c'est ça le concept, ou plutôt si, j'ai une théorie à te soumettre, j'aime trop les femmes et pas assez la guerre, et toi c'est l'inverse, allez viens, on va boire un rhum.

***

Trois jours plus tard les deux amis embarquaient sur *la Concorde* avec deux cents hommes de troupe.

Qu'est-ce qui avait bien pu conduire les Anglais à s'installer sur ce caillou ? C'était une telle aberration que l'état-major français craignait une diversion pour masquer une opération de plus grande ampleur contre les intérêts du royaume aux Caraïbes. Quoi qu'il en soit il fallait s'attendre à ce que les hommes retranchés sur l'îlot soient sacrément fêlés pour avoir accepté une mission pareille. Quelle que soit l'origine de cette absurdité, il n'en demeurait pas moins certain que l'affaire pouvait s'avérer périlleuse pour le corps expéditionnaire français. Un fortin de bois avait été construit à la hâte sur le morne et les futurs assiégés disposaient d'au moins deux batteries de canons. Il fallait par ailleurs faire vite car l'on supposait que l'escadre anglaise pouvait bien se trouver dans les parages.

Les officiers avaient jugé qu'il ne servait à rien de tenter la surprise. On arriva donc en plein jour, les étendards flottant au vent. La stratégie était des plus sommaires, on canonnait, on débarquait, on chargeait et on rejetait les Anglais à la mer. Lorsque l'îlot fut en vue et tandis que les bordées s'enchaînaient pour affaiblir la résistance ennemie, on mit donc les chaloupes à la mer et à Dieu vat ! Les artilleurs anglais firent quelques trous dans l'eau pendant que les Français souquaient ferme pour gagner le rivage escarpé. Le corps expéditionnaire débarqua sur la grève sans avoir subi le moindre dommage. Aux alentours de midi, les soldats montèrent à l'assaut des deux cents toises de dénivelé qui les séparaient de la position ennemie. Gabriel repensa à la conversation qu'il avait eue avec Baptiste, le danger lui paraissait minime.

Resté en arrière, le jeune chirurgien avait installé son poste médical sur la plage, la tente montée à la hâte attendait ses premiers blessés, les premiers emmerdeurs, comme il les appelait parfois. Ses instruments chirurgicaux, impeccablement alignés, brillaient d'un éclat vif argent sur le drap blanc de la petite table en bois qui servait de desserte.

Gabriel et ses hommes étaient à peu près à mi-pente du sommet du morne sur lequel les Anglais s'étaient regroupés quand ils entendirent tonner une salve tirée du gaillard d'avant de *la Concorde*, les boulets rougis les dépassèrent en sifflant au-dessus de leur tête. Le fracas de l'explosion fut tel qu'instinctivement la plupart des hommes se jetèrent au sol. Dans les secondes qui suivirent, une poussière opaque de terre et de fumée dévala la pente en un nuage suffoquant, habité de cris humains. Gabriel resta un temps désorienté et à moitié sourd, ses hommes n'étaient plus que des silhouettes qui se redressaient pour continuer vaille que vaille à grimper. L'excitation sauvage de la bataille s'était emparée d'eux. L'ouïe de Gabriel tarda à se rétablir, les éclats de la mitraille lui parvinrent en un claquement étouffé, comme s'ils avaient été enveloppés dans du coton. Quand enfin il retrouva son audition, il s'aperçut que les cris étaient devenus des hurlements, c'était un déchaînement de fureur qui s'abattait sur cet insignifiant îlot de la Navasse. Avant de s'évanouir dans la fumée, les ombres s'époumonaient : « Pour le roi ! Pour la France ! En avant ! »

Il essaya de ne pas se laisser submerger par l'exaltation et de se souvenir des leçons sentencieuses du vicomte de Maumont, *courage n'est pas inconscience, ce qui compte, c'est de garder les yeux bien ouverts, rester lucide même si, quand démarre la bataille, tout paraît basculer dans la folie.* Il se mit à courir, un peu au hasard, pour rejoindre la troupe, on devait y voir à quinze pas, guère plus. Garder les yeux bien ouverts ! Il en avait de bonnes le vicomte ! À grandes foulées, en bondissant par-dessus les taillis il se porta à l'assaut, il avait bien dû parcourir deux ou trois arpents quand il s'aperçut qu'il avait quitté la sente que la colonne devait suivre et qu'il se trouvait apparemment isolé au milieu de cette foutue végétation de lianes, de fougères et de yuccas. *Quel con je fais !* pensa-t-il. Il entendait tout autour de lui le tapage de la bataille qui s'engageait, des Anglais qui braillaient, des Français qui braillaient, des salves, des tirs isolés, le bruit de l'acier contre l'acier, un sacré merdier en somme, et lui restait planté là, incapable de se repérer.

Il aurait pu tenter de revenir sur ses pas, mais dans cette purée de pois il n'était plus très sûr de savoir d'où il était arrivé. Il essaya de réfléchir. Le désordre d'une escarmouche dans la forêt tropicale s'accommodait mal avec ses théories infaillibles sur l'art de combattre. Pendant un moment il se dit qu'il allait encore tout rater et que Baptiste aurait été content de le voir tout seul, paumé dans la jungle et à l'écart du combat. La fumée était encore alimentée par le crépitement d'un incendie que l'on devinait tout proche. Il marqua un temps d'hésitation puis décida de se frayer un passage à la machette, sur sa droite, pour tenter de se diriger vers l'endroit où le tumulte lui paraissait le plus grand.

Il s'apprêtait à tailler dans les branchages quand son regard accrocha l'ombre d'un mouvement dans l'épaisseur du taillis face à lui. Il jeta la machette et dégaina son épée. Il vit tout d'abord une silhouette grise, presque indistincte, qui se mettait à courir vers lui, puis les contours se firent plus nets et la tunique rouge de l'Anglais émergea du brouillard. Il recula instinctivement de quelques pas pour se donner du champ. Apparemment, un forcené lui fonçait dessus avec la ferme intention de lui trouer la peau, seulement le drôle était déjà, pour sa part, passablement amoché. Une large plaie lui barrait le front laissant abondamment couler un sang visqueux, mêlé de terre, qui lui maculait le visage, la totalité du côté gauche de son corps était ravagée, la manche arrachée de sa tunique dévoilait la chair brûlée du bras qui suintait en un liquide marron. Sur sa cuisse, le feu avait comme incrusté le tissu blanc de son pantalon dans sa peau à vif. Il gueulait comme un dément. Si ses jambes le portaient encore plutôt bien, l'homme devait être passablement désorienté car il titubait en décrivant de grands cercles avec la baïonnette de son fusil comme pour écarter la fumée devant lui. La lame miroitait faiblement dans les quelques rais de lumière obliques qui parvenaient désormais jusque dans le sous-bois. Gabriel entendit son cœur battre de plus en plus fort à mesure que l'Anglais se rapprochait et brusquement il lui sembla que chaque parcelle de son corps réagissait à l'urgence. Une grande bouffée de rage le submergea quand son ennemi fut à une dizaine de pas. C'était comme une violence animale, instinctive, qu'il fallait absolument évacuer. Quelques jours plus tard, ce fut en repensant à cet état de transe qu'il fut réellement effrayé, en comprenant qu'il avait alors cessé d'être maître de lui-même. Est-ce que ce fut l'instinct du prédateur ou son apprentissage des armes qui lui fit faire les bons gestes pour tuer ? Il n'aurait su le dire. En tout cas, quand cette espèce de pantin désarticulé fut sur lui et qu'il lança sa baïonnette en avant pour l'embrocher, Gabriel fit prestement un pas de côté tout en parant le coup avec son épée. Emporté par son élan l'Anglais trébucha pour s'étaler comme une chique au milieu d'un bosquet de fougères, dans le tintement grotesque du fer blanc de son quart et de sa gamelle. Tout blessé qu'il était le bougre se retourna vivement et s'empara de la dague qu'il portait à la ceinture. Sans plus y réfléchir Gabriel lui enfonça l'épée dans le flanc, il sentit la pointe buter contre les côtes avant de poursuivre inexorablement sa course, déchirant les entrailles, perçant les organes. L'autre poussa un râle misérable et saisit d'une main la lame qui fouraillait dans son corps, Gabriel retira brutalement l'épée et le sang gicla sur son pantalon. L'Anglais essaya une demi-seconde de s'agripper à la veste bleue de Gabriel qui observa dans le même temps son visage tordu par l'agonie, puis il se détourna en se dégageant d'un coup d'épée sur l'avant-bras. L'Anglais vomit une grande gerbe de sang, il s'étala à nouveau et mourut en un dernier spasme. C'était fait, c'était facile, l'un était mort, l'autre avait tué.

Ce n'était toutefois pas le moment d'intellectualiser cet acte primitif, il se précipita à travers les lianes. À quelques encablures le combat faisait rage, il prit conscience qu'il n'était plus seul, ses hommes étaient là, à ses côtés. Il s'avisa d'un coup d'œil de la situation, des corps étaient éparpillés un peu partout, les blessés gémissaient ou hurlaient, certains étaient évacués. Son premier sentiment fut qu'il devait faire bonne figure, il se mit donc à marcher lentement, tête haute comme un homme parfaitement maître de lui-même. Une cinquantaine d'Anglais continuaient de résister farouchement, ils s'étaient retranchés derrière un renflement du terrain et s'apprêtaient à tenter une sortie. Gabriel ne comprenait pas ces vies gaspillées, leur honneur était sauf, ils auraient pu se rendre dignement et ne pas mourir. Il rameuta ses soldats, les organisa sur deux lignes et vérifia le chargement de son pistolet, puis il attendit le dénouement. Quelques minutes s'écoulèrent encore, les blessés étaient soit rapatriés vers l'arrière soit morts, au moins ne se plaignaient-ils plus. Un silence pesant avait envahi le sommet étroit et pelé du morne qui tenait lieu de champ de bataille. Et puis brusquement – tant mieux car Gabriel détestait attendre – les derniers défenseurs sortirent de leur fossé baïonnette au canon. Lentement, il leva la main pour signifier à ses hommes de patienter, quand les Anglais furent à la bonne distance, il abaissa vivement le bras et commanda la salve.

Les *red coats*[1] tombèrent comme des quilles humaines. Il visa un jeune officier qui chargeait sabre au clair et qui reçut la décharge dans l'épaule, il le vit porter les mains sur sa blessure puis s'affaler après une pirouette qui ne manquait pas de style. Les survivants poursuivirent toutefois au pas de charge quand une seconde grêle de plombs, déclenchée sur leur flanc, vint stopper net leur élan. C'était terminé, la vingtaine d'hommes encore en état de combattre déposa les armes et leva les bras, ce confetti de la mer des Caraïbes était à nouveau français.

Il retrouva Baptiste le soir, assis sur son rocher, à l'écart des célébrations bruyantes. Le chirurgien fumait sa vieille pipe en terre, les volutes bleutées s'élevaient en petits nuages dérisoires tandis qu'à l'horizon le soleil plongeait dans l'océan et que le crépuscule s'enflammait d'intenses variations d'orange et de vermeil. Ses manches étaient relevées sur ses avant-bras musculeux, il ne s'était pas changé, son tablier restait barbouillé de sang comme celui d'un boucher derrière son billot. Gabriel s'assit à ses côtés, ses cheveux étaient collés par la sueur sur le front et les tempes, on aurait dit qu'il s'était maquillé la figure avec du charbon de bois et sur cette face de suie ses grands yeux marrons faisaient l'effet de deux pierres précieuses brillant intensément dans un écrin d'ébène. Il avait tout l'air d'un créole en uniforme, Baptiste l'accueillit en riant de bon cœur.

— *Jézu, Mari, Jozef !* ki jan yo rele ti gason sa ?[2]

— Arrête tes conneries, tu veux !

Gabriel l'attrapa d'un bras par le cou et lui frotta vigoureusement le crâne avec son poing resté libre, puis

1. « Tuniques rouges », surnom donné aux troupes britanniques.
2. En créole haïtien, *Jésus, Marie, Joseph, comment s'appelle ce garçon ?*

il se lança dans une série d'imitations créoles toutes plus affligeantes les unes que les autres. Quand enfin ils réussirent à sortir de ce long fou rire, le lieutenant interrogea le chirurgien.

— Alors, quelle est la note du boucher ?

— Chez nous ? Six morts, vingt-cinq blessés plus ou moins graves, dont un ne passera pas la nuit, quatre amputations, deux bras, deux jambes, histoire qu'il n'y ait pas de jaloux.

— Et les Anglais ? J'ai eu l'impression qu'ils avaient salement dérouillé.

— Vingt morts, une quarantaine de blessés, une quinzaine de prisonniers valides.

Gabriel soupira longuement.

— Merde, une grande et glorieuse victoire quoi.

21.

La Révolution n'avait pas la patience d'attendre que les épouses meurent, les deuils étaient trop nombreux et pour elle, toutes les morts ne se valaient pas. Il aurait fallu, pour bien faire, trier entre celles qui comptaient pour la Nation et les autres, inutiles à la Patrie et par nature contre-révolutionnaires. Alors seulement on aurait pu juger du bien-fondé du chagrin des proches, de leur droit ou non à rester affligés, de la période d'abstinence de ferveur révolutionnaire à laquelle ils pouvaient prétendre sans être inquiétés. On aurait bien trouvé quelques fanatiques pour mener à bien cette mission, en général les zélateurs des pires saloperies à faire subir aux autres ne manquaient jamais. C'était une théorie que Baptiste développait avec jubilation, il ne lui aurait pas déplu de la soumettre à ce club de jean-foutre où se réunissaient tous les soi-disant patriotes, en fait un ramassis de trouillards et de ratés qui trouvaient là un moyen de se venger de plusieurs siècles d'humiliation. Aucun doute, il aurait bien trouvé quelques abrutis pour juger que, décidément, c'était une excellente idée.

Le mardi 15 janvier 1793, Mathilde était au plus mal, le manteau de neige s'était épaissi d'une couche supplémentaire pendant la nuit, il gelait à pierre fendre. Gabriel s'abrutissait à couper du bois devant la grange. Débiter des stères et courir la forêt pour traquer les loups, il n'y avait plus que cela pour l'apaiser un peu. Les tas épars de bûchettes s'amoncelaient partout autour de lui. Mathilde avait tout le temps froid, Gabriel aurait sacrifié tous les arbres du parc si cela avait pu la soulager et la réchauffer un peu mais rien n'y faisait vraiment, d'immenses feux pouvaient bien danser dans toutes les cheminées de Fondorat, la chaleur de la vie quittait inexorablement son corps. Le chien était assis aux côtés de son maître, il ne le quittait plus guère, l'attaque du loup l'avait assagi et il semblait désormais prendre son nouveau rôle de gardien très à cœur. Aussi incroyable que cela puisse paraître, l'animal n'avait développé aucun des symptômes de la rage, le collier anti-loup l'avait efficacement protégé et il avait su parer la plupart des morsures. Les potions à base de poudre de valériane et les cataplasmes de camphre qu'Angèle avait appliqué sur ses blessures l'avaient apparemment préservé de la maladie. L'Indienne avait supplié Gabriel de ne pas l'abattre et il avait cédé, soulagé en fait de ne pas avoir à exécuter une bête aussi attachante et à laquelle ils devaient tant. Il savait pourtant, et Angèle le savait elle aussi, qu'aux premiers signes de la rage il lui faudrait prendre son fusil et ôter la vie du chien. Les signes ne vinrent jamais et ils acquirent la certitude que l'animal n'avait pas été infecté.

Le pas lourd des chevaux sur le chemin pavé qui longeait le domaine l'alerta de l'arrivée imminente de visiteurs. Le moment ne pouvait pas être plus mal choisi. Il n'était pas sûr de pouvoir se contrôler, un feu immense nourri de désespoir et de rancœur couvait en lui, il ne manquait qu'une étincelle pour qu'il se déchaîne et détruise tout ce qui se trouverait sur sa course. La Raison, qu'il envisageait encore peu de temps auparavant comme la solution magique à tous ses problèmes, n'avait désormais plus voix au chapitre dans son quotidien. Un brouillard opaque envahissait sa conscience, le laissant complètement perdu dans le dédale de ses lignes de vie. En temps normal, son imagination et son caractère le portaient vers des horizons lointains, mais existerait-il encore un jour des temps normaux ? Il ne voyait désormais pas plus loin que la prochaine minute, la prochaine seconde, le prochain filet de vie que Mathilde laisserait s'échapper.

Quelques minutes s'écoulèrent avant que les deux émissaires que la société des amis de la Constitution avait dépêchés à Fondorat ne se présentent devant lui. Ils n'avaient l'air ni très à l'aise ni très rassurés. Gabriel leva à peine les yeux sur les deux hommes, il les connaissait bien, depuis toujours. Ils avaient usé leur enfance et une partie de leur jeunesse à jalouser les fils de la noblesse locale et si le lieutenant d'Aymar était devenu une sorte de héros du cru pour sa contribution à la guerre d'Amérique et à la Révolution, ils comptaient bien dérouler dans les grands accidents de cette fin de siècle, le long fil de leur revanche.

Puyramont, chapelier de son état, le détaillait en fronçant les sourcils. C'était un grand dadais hâbleur, sec et tout en nerfs. Gabriel s'était souvent demandé comment un homme aussi affable et rieur avant la Révolution avait pu devenir à ce point terne et suspicieux. Puyramont se donnait désormais de grands airs d'inquisiteur pour ne pas risquer d'être un jour dévoré à son tour par des loups plus malins que lui. Car malin, il ne l'était pas vraiment, trop impulsif, trop bavard, il ne faisait guère de doute que les choses finiraient un jour ou l'autre par mal tourner pour lui. Comme n'importe quel idiot il serait à coup sûr le dernier à s'en apercevoir. Il n'avait en rien l'art de faire illusion à la différence de celui qui se tenait à ses côtés.

Lacombe, le commissaire du tribunal de district, se donnait l'air le plus affable possible, il observait Gabriel d'un œil faussement bienveillant, avec une touche de fausse humilité dans l'attitude et un petit sourire faussement sympathique. En le voyant ainsi devant lui, avec sa bouche pincée et son visage sans relief, Gabriel s'était immédiatement dit qu'il lui faudrait faire preuve d'un grand sang-froid pour résister à l'envie de les chasser à grands coups de pied au cul. Il lui semblait pourtant que cela l'aurait soulagé mais il craignait de troubler le repos de Mathilde qui lui avait fait jurer de ne pas céder à ses pulsions destructrices.

Ses aventures et les affres de sa vie d'avant l'avaient en grande partie guéri de sa candeur et de toute façon il avait toujours su flairer les manipulateurs et les faux gentils. Lacombe était de ceux-là, un de ces charognards de la pire espèce enfantés par la Révolution. Gabriel n'avait jamais été dupe, malgré son ton mielleux et sa sollicitude à la con.

— Hum, hum ! toussota le commissaire. Bonjour citoyen !

— Qu'est-ce que vous venez foutre chez moi ? grogna Gabriel en guise de bienvenue.

Ça s'annonçait mal, Lacombe se méfiait de Gabriel car il savait n'avoir aucune prise sur lui. Deux choses en fait l'amenaient à le détester profondément. La première, celle qui l'inquiétait le plus, c'était qu'il ressentait de façon certaine que Gabriel ne serait jamais dupe de ce qu'il était vraiment. La seconde, c'était que l'ancien lieutenant de louveterie incarnait finalement tout ce qu'il n'était pas, une révolution naïve, un soldat, la modernité, la faculté de s'affranchir de l'opinion des autres, tout cela l'agaçait prodigieusement. Ces gens-là, les purs, ceux qui jouaient les justes, le commissaire les connaissait bien, ils étaient dangereux car incapables de s'adapter aux bassesses ou même aux imperfections du monde qui venait de naître, ils empêchaient les hommes comme lui de prospérer et d'amener l'opinion là où ils souhaitaient la conduire. Pour toutes ces raisons Lacombe avait fait de Gabriel une cible, mais il n'ignorait pas que l'ancien lieutenant de la Royale restait très populaire et respecté parmi ses concitoyens. Il avait mené bravement la garde nationale de la cité, conduit les fédérés à Paris, mais certains disaient aussi qu'il avait fait preuve de faiblesse, que son bras avait tremblé quand était venue l'heure de fait rendre gorge aux aristocrates et aux traîtres qui peuplaient les prisons parisiennes. Depuis quelques semaines, Lacombe avait commencé à enfoncer discrètement un coin dans la réputation de Gabriel, il s'en était ouvert dans sa correspondance aux députés du département à la Convention, prudemment, en se gardant bien de critiquer trop ouvertement le citoyen d'Aymar, en lui trouvant des excuses, mais des excuses qui paraissaient toujours un peu insuffisantes pour contrebalancer les fautes présumées du lieutenant. Le commissaire avait instillé le doute, un poison à diffusion lente, il en avait irrigué le corps civique jusqu'à ce que, sans s'en apercevoir vraiment, la majorité de ses concitoyens se mettent à avoir une mauvaise opinion du ci-devant chevalier d'Aymar, aristocrate et indulgent, bientôt suspect, un jour ennemi.

— Citoyen, les gens se posent beaucoup de questions.

Puyramont avait pris la parole, il se sentait obligé de prouver au commissaire du tribunal de district qu'il n'était pas un lâche et n'avait donc pas la prudente retenue de son compagnon.

— Ah ? Très bien, il est bon de se questionner, de toujours tout confronter au doute, répondit ironiquement Gabriel.

— Comment se porte ton épouse, citoyen ?

Lacombe prit le relais d'un ton de miel.

— Il se dit en ville qu'elle est souffrante et que c'est la raison pour laquelle tu as délaissé le commandement de nos troupes et les réunions du club au cours de ces dernières semaines. Si c'est le cas, nous pouvons bien sûr comprendre que tu sois durement affecté, la famille contribue à notre équilibre à tous, il faut la préserver.

— Elle se porte à merveille.

Gabriel posa une nouvelle bûche de hêtre sur le billot et la fendit en deux d'un puissant coup de hache.

— Et les vôtres, comment vont-elles ?

Il recommença la même manœuvre sans leur prêter plus d'attention.

Quand Puyramont sentait que l'on se moquait de lui il devenait assez vite hargneux.

— Étais-tu au courant du libelle qu'elle a placardé un peu partout en ville et qui y a causé grand scandale ? Beaucoup disent qu'elle a perdu le sens commun, les citoyennes ont un rôle important pour soutenir les patriotes mais chacune d'entre elles devrait savoir où se situe sa place.

Le chien, qui observait jusqu'alors tranquillement la rencontre, dut percevoir que cette saillie du chapelier n'avait rien d'amical, il se redressa et se mit à grogner sourdement. Il était investi de nouvelles responsabilités et entendait bien le faire comprendre aux intrus.

— J'étais au courant, je l'ai encouragée à le faire et

je n'aurais pas enlevé une virgule à ce qu'elle a écrit, dit Gabriel. Tu as peur du pouvoir des femmes, citoyen ?

Il n'avait toujours pas levé son regard sur eux, il parlait à voix basse, d'un ton inquiétant et le choc mat de la cognée contre les bûches couvrait en partie ses mots.

— Qu'est-ce que tu racontes, citoyen ?

Puyramont fulminait même s'il n'était pas franchement certain d'avoir bien saisi toute l'ironie dont Gabriel enrobait chacun de ses mots.

— Ce n'est pas de moi dont il est question !

Le chapelier se fit plus menaçant.

— Ce n'est pas moi qui suis la cible des accusations que l'on entend monter en ville.

— Grand bien te fasse alors, citoyen !

Une nouvelle bûche vola en éclats. Puyramont s'emporta pour de bon.

— Méfie-toi, citoyen ! Nous sommes tous engagés envers la Révolution et nul n'est intouchable, ton devoir est de mener les fédérés, il semble que tu l'aies oublié.

Cette fois Gabriel leva les yeux et darda sur le chapelier un regard où le mépris se disputait à l'envie de tuer.

— Allons citoyen, cesse de faire du bruit inutilement et retourne façonner tes feutres, ce sera sans aucun doute ta plus grande contribution à l'œuvre révolutionnaire.

Une colère froide suintait de chacun de ses mots mais il aurait suffi que Puyramont gratte encore un peu le vernis qui la contenait pour qu'elle explose en un déchaînement de violence.

Le chapelier serra les poings, Lacombe étendit son bras pour l'empêcher d'avancer, il était bien plus malin que son collègue et percevait cette tension destructrice émanant de Gabriel, il ne voulait pas pousser plus avant cet entretien qui menaçait de dégénérer à tout moment en affrontement. Il avait de toute manière suffisamment d'éléments pour compromettre un peu plus le lieutenant d'Aymar et il n'était pas nécessaire de l'amener à se découvrir davantage. Il temporisa.

— Allons, allons, il est inutile de se chicaner ainsi, nous n'allons pas te déranger plus longtemps, nous poursuivrons cette conversation à un autre moment. Nous avons convoqué une séance extraordinaire vendredi prochain, nous comptons sur ta présence. En attendant, pouvons-nous faire passer un message de ta part aux frères du Club et aux fédérés, que tu es toujours censé diriger ? Cela permettrait sans aucun doute de les apaiser.

— Mais bien évidemment !

Il cessa brusquement de frapper avec son merlin, se redressa et les fixa d'un regard haineux. Dans le même temps, le chien avança de quelques pas en grondant et en découvrant ses crocs luisants.

— Surtout, dis bien à tous les lâches et à tous les vautours qu'on y rencontre d'aller se faire foutre, transmets mes amitiés aux gens de bien. Tu sauras faire le tri j'espère, citoyen ?

Il s'interrompit, avança à son tour de quelques pas, puis décida finalement de leur tourner ostensiblement le dos. Il amorça quelques pas vers le manoir mais s'arrêta presque aussitôt et leur fit à nouveau face.

— Mathilde agonise, la rage, elle sera morte d'ici peu.

Sa voix paraissait distante, tel l'écho d'un pays lointain.

Ils restèrent interdits, jetèrent un coup d'œil furtif au chien qui n'avait pas bougé d'une oreille et n'attendait qu'un signe de son maître pour leur sauter à la gorge. Lacombe essaya encore de bredouiller quelques mots de réconfort d'un timbre onctueux, Puyramont cessa toute gesticulation pour se figer, comme pétrifié sous le coup d'une angoisse irrépressible. Ils reculèrent ensuite prudemment en prenant soin de ne pas tourner le dos au chien, poussés par la crainte que leur inspirait cet homme aux abois et son corniaud probablement enragé. Gabriel revint tête basse à hauteur du billot, il replaça une bûche sur l'énorme souche en chêne et la fendit en deux d'un coup puissant.

Le chien se coucha, apaisé et Gabriel marmonna encore entre ses dents.

— Rentrez chez vous maintenant, occupez-vous de vos femmes et de vos enfants, laissez-nous, oubliez-nous !

Il semblait tout à coup très las et résigné. Le soir même Lacombe établissait un rapport circonstancié sur les agissements et les propos scandaleux du citoyen d'Aymar.

22.

À son retour au Cap-Haïtien, Baptiste fut aussitôt mobilisé pour une mission de deux mois comme chirurgien embarqué à bord de *l'Intrépide*, un vaisseau de ligne de soixante-quatorze canons, qui devait participer au siège de Gibraltar. Le moral de Gabriel en fut durement affecté et son quotidien sombra à nouveau dans la morosité. Il entra alors dans une phase de profonde réflexion sur les actions accomplies lors de la prise de la Navasse. Le premier enseignement qu'il en tira fut qu'il savait se battre, mais il n'avait jamais vraiment eu de doute à ce sujet. Il avait pu éprouver sa force et son corps désormais adulte, un corps solide, plein de vigueur. Il s'étonna par ailleurs qu'il n'y ait pas en lui de sentiment de culpabilité. C'était comme si Baptiste, bien qu'absent, avait fini par le convaincre de la vacuité de ses anciennes certitudes. L'honneur n'était finalement pas grand-chose sur un champ de bataille, il n'y avait pas d'honneur à tuer, c'était sale et vide. La troisième leçon, la plus rude, fut que l'impression de déshumanisation que la guerre portait en elle l'avait troublé encore davantage que la pensée d'avoir ôté la vie au cours d'une bataille. Oui, le pire, c'était bien cette bestialité qui l'avait dévoré lorsque l'Anglais s'était rué sur lui et qui depuis le hantait. Il s'était senti tout-puissant sur le moment et plus tard il s'était senti avili, il brûlait de retourner au feu pour revivre cette euphorie et pourtant il était révulsé à l'idée de perdre à nouveau le contrôle. *Encore de nouvelles contradictions, c'est un combat de l'instinct contre la pensée*, se dit-il.

Il en arriva à la conclusion que seule la Raison le sauverait et que, quelles que soient les circonstances, il ne fallait jamais renoncer à l'humain. Même si le combat paraissait rendre cette idée vaine, il devait trouver dans le reste de sa vie un moyen de ne pas renier cet idéal. Lui qui était déjà très sensible aux injustices, se mit alors à porter un regard plus acéré sur les bourreaux et plus empathique pour tous les opprimés, esclaves, femmes, tous ceux auxquels on finissait toujours par refuser, un jour ou l'autre, l'égalité.

Le retour de Gabriel coïncida avec la période des fièvres insurrectionnelles qui balayaient chaque année la colonie. Aux quatre coins de Saint-Domingue des flambées de violence secouaient les plantations, certains esclaves n'acceptaient plus leur sort de sous-hommes, ce que les propriétaires ne pouvaient pas concevoir. Le Code noir cristallisait particulièrement la haine contre les Blancs et les planteurs faisaient de plus en plus appel aux troupes du gouverneur pour calmer les ardeurs des Noirs.

En une année sur l'île, Gabriel avait eu tout loisir de constater que les régiments coloniaux étaient pour l'essentiel un ramassis de soudards et de canailles, qui ne demandaient qu'à maltraiter de plus malheureux qu'eux. Cela leur permettait apparemment de se croire plus importants et mieux placés sur l'échelle de la misère. Les autorités de la colonie missionnaient ainsi les pires des salopards pour ce genre d'opérations de représailles car elles savaient qu'ils n'auraient aucun scrupule à accomplir les plus basses œuvres, à condition que l'on ferme un peu les yeux sur la rapine et sur les viols. Les volontaires ne manquaient jamais et certains groupes s'étaient spécialisés dans les expéditions punitives. Leurs troupes fondaient sur les villages de cases rebelles pour y faire régner la terreur, ils traquaient sans pitié les fuyards et les déserteurs, leur coupaient les oreilles, le nez ou les tendons, les torturaient et les tuaient si le propriétaire estimait que la perte de sa mise initiale n'était pas trop préjudiciable à son exploitation. Gabriel n'avait encore jamais pris part à ces opérations, on choisissait en général pour encadrer ces troupes des officiers plus arrangeants, plus âgés, et moins à cheval sur les principes, mais l'insurrection couvait un peu partout et il ne fallait plus mégoter.

La situation n'avait fait qu'empirer dans le secteur de Sainte-Rose, de nombreux hommes étaient déjà partis pour rétablir l'ordre. Un planteur de la paroisse de Vallière appelait maintenant au secours pour mater la rébellion d'une partie de ses esclaves. Le gouverneur cherchait de jeunes pigeons pour faire le sale boulot. Le colonel n'avait pas laissé le choix à Gabriel, il lui confiait le commandement d'une troupe de cinquante soldats avec pour mission de ramener le calme à tout prix et d'éviter que l'insoumission ne devienne une tolérance.

— Force doit revenir au droit dans un monde civilisé, avait-il dit, et le droit en la matière c'est le Code noir, si les esclaves ne sont pas contents de leur sort, ils n'ont qu'à se plaindre auprès des juges locaux.

En matière de cynisme le colonel était une sorte de champion, ou peut-être croyait-il vraiment à ses sornettes, il était difficile de trancher. En tout cas il avait manifestement eu quelques échos de la proximité de

Gabriel avec Baptiste, dont les opinions affichées sur le sujet scandalisaient au sein du régiment.

— Toute forme illégale de contestation de l'autorité des maîtres doit être punie avec la plus grande rigueur, vous vous êtes fort bien conduit à la Navasse m'a-t-on dit, je vous fais entièrement confiance pour restaurer l'autorité du roi dans la plantation.

Le fond de sa pensée, ce que Gabriel aurait vraiment aimé dire au colonel, c'était en substance :

— Foutez-moi la paix avec votre mission à la con ! Tout ce que je voulais moi, c'était voyager, être un héros de roman, un chevalier.

Mais il était soldat et ses états d'âme ne comptaient pas, il ne pouvait qu'acquiescer, saluer et tourner les talons. Le lendemain il partait pour le canton de Ravine-à-Mulâtre, dans la paroisse de Vallière, à une dizaine de lieues au sud-est du Cap-Haïtien.

Les funérailles de ses rêves de gloire n'en finissaient plus. Pour ne rien arranger Baptiste était loin. Il n'avait donc plus guère de soutien au sein du régiment, ni d'oreille attentive à laquelle confier ses doutes. Or, cette fois, il avait réellement peur. Ce qui l'inquiétait le plus, c'était la composition de l'escadron qu'on lui avait confié. Si la majorité des hommes étaient de pauvres bougres qui obéiraient sans discuter, il y avait dans le lot un noyau de brutes sans foi ni loi, du gibier de potence qui trouvait dans l'armée le moyen le plus sûr d'échapper à la corde tout en assouvissant leur haine viscérale envers les Noirs. Gabriel connaissait bien les plus dangereux et les plus imprévisibles de cette engeance, il savait que son autorité sur eux n'était qu'une illusion. Beaucoup le regardaient comme un jeune coq et ils détestaient l'aristocratie presque autant que les nègres. Ils s'étaient affublés entre eux de sobriquets peu flatteurs, dont ils se rengorgeaient pourtant comme si cela les rendait visibles en les faisant enfin exister aux yeux des autres. Il y avait Gros Pierre, pas le plus méchant sans aucun doute, un peu simplet mais avec des bras comme des battoirs, Garri[1], fourbe et mesquin avec son museau de souris, Jambe-pourrie dont les ulcérations eczémateuses au mollet ne guérissaient jamais, Rocambole, poilu comme un sanglier ou encore P'tit Biniou avec son vermisseau dans le pantalon. Le pire, c'était que cette bande d'abrutis s'était trouvé une sorte de chef, un homme qui synthétisait en lui tous les penchants les plus vils et toutes les déviances de ses séides. Il n'avait lui pas de surnom désobligeant, en signe de respect on l'appelait par son nom, Rauvan.

Rauvan, c'était un vrai dur, du moins si l'on se fiait aux cicatrices qu'il aimait exhiber. Le quidam ne se faisait d'ailleurs pas prier pour conter l'histoire de chacune d'entre elles avec force détails héroïques. L'ensemble donnait un corpus assez peu vraisemblable, mais l'essentiel, c'était que les autres y croient. Car Rauvan, c'était surtout un Parisien grand gueulard, habile avec un couteau, l'œil mauvais, le nez camus et le menton en galoche, un vétéran des guerres indiennes certes, mais une brute avant tout, une brute qui avait l'intelligence du mal, ce que les autres lui enviaient et ce qui le rendait d'autant plus redoutable. Toute une vie dans l'armée à mijoter de sales coups et à manipuler de jeunes recrues pour en faire ses chiens de garde.

Entouré d'une telle bande de voyous, l'opération dans la plantation de Vallière s'annonçait très périlleuse pour Gabriel. Le propriétaire avait eu la brillante idée d'y faire

1. Désigne un rat en occitan provençal.

pendre deux esclaves fugitifs ayant cherché à rallier une bande de marrons dans les montagnes de Bahoruco. Ces insoumis formaient depuis quelques mois une sorte de communauté autonome, communauté que les Français avaient laissé prospérer faute de pouvoir totalement la réduire. Les hommes de main du régisseur avaient très vite rattrapé les fuyards et malgré les protestations des Noirs et leur appel à la justice royale, le planteur n'avait rien voulu entendre. Les deux hommes avaient été pendus séance tenante. L'article 43 du Code noir interdisait théoriquement au propriétaire de mettre à mort un esclave, cet insigne privilège demeurait associé à la justice du Roi, mais qui s'en souciait encore quand on connaissait la complicité qui unissait les riches possesseurs de terres aux juges locaux? La nuit suivante, faute de justice, le village s'était embrasé. Le régisseur avait été massacré en essayant de rétablir l'ordre et le propriétaire s'était enfui avec femme et enfants pour finalement revenir le lendemain avec une équipe de mercenaires et reprendre péniblement le contrôle de son exploitation. Depuis cette flambée de violence, tout travail avait cessé et la situation menaçait à tout moment de dégénérer.

La troupe se présenta à la plantation en milieu de matinée et le maître des lieux exigea de s'entretenir sur-le-champ avec Gabriel. Il l'attira à l'écart dans la vaste galerie couverte sur laquelle s'ouvrait la maison coloniale. Le ciel avait été envahi de gros nuages qui filaient à toute vitesse en laissant régulièrement échapper de lourdes averses tropicales, un vent chaud chantait dans les champs de canne à sucre désertés, son souffle humide s'engouffrait dans l'enfilade de la terrasse et l'odeur âcre du bois brûlé se mêlait aux doux arômes de caramel qui provenaient de la sucrerie toute proche. Gabriel détailla du regard celui qu'il jugeait responsable du merdier dans lequel il se trouvait engagé. Le propriétaire de la plantation tenait à la main un étrange chapeau colonial noir à très larges bords. Son costume était plutôt soigné, une culotte de serge couleur crème et un justaucorps bleu pastel coupé dans une jolie étoffe. Pour le reste, l'homme avait franchement l'air d'une brute. Il devait bien avoir quarante-cinq ans et paraissait encore solide, il était trapu, ne portait pas de perruque et avait des cheveux grisonnants coupés en brosse. Deux vilaines cicatrices lui barraient l'une la joue, l'autre le front, et son nez avait dû être cassé plusieurs fois à en juger par l'angle improbable que formaient l'os et les cartilages. Le reste de son visage semblait avoir été taillé dans un bloc de granit. Sans le costume, il n'aurait certainement pas dépareillé au bagne à Brest. Il parla à Gabriel sur le ton de la confidence, il semblait tenir pour une évidence qu'ils appartenaient au même monde, celui des Blancs, celui des maîtres de ce nouveau monde, les autres, les esclaves, étaient des animaux qui venaient de mordre la main de celui qui les avait nourris.

— Lieutenant, je vous conseille de ne pas transiger avec les esclaves, la branche est pourrie désormais, il faut trancher dans le vif pour ne garder que la partie saine. Je revendrai une partie des moins turbulents, pour ceux qui refusent mon autorité je vous donne carte blanche, tuez-les au besoin, ils sont perdus pour le travail de toute façon.

Gabriel le toisa du regard, il avait bien compris de quel genre d'homme il s'agissait, une sorte de Rauvan qui aurait réussi dans les affaires. Une tension de violence contenue s'installa entre eux, mais Gabriel jugea qu'il n'avait pas à avoir avec lui les pudeurs qui le retenaient d'envoyer balader ses supérieurs, alors il se soulagea en lui exprimant sans ménagement le fond de sa pensée.

— Monsieur, ma bonne éducation m'interdit de vous dire crûment où vous pouvez vous carrer vos conseils, en tout cas vous avez fait appel aux troupes du Roi, je suis ici pour restaurer son autorité, la vôtre je m'en lave les mains, si ce n'était que de moi vous seriez déjà aux fers en train de pourrir dans une geôle du Cap-Français pour avoir violé la loi.

L'homme resta quelques instants interdit, sûrement le temps de se demander qui pouvait bien être ce jeune merdeux arrogant, Gabriel en profita :

— Quoi qu'il en soit, je vais ramener l'ordre dans votre plantation, d'une manière ou d'une autre. Restez à l'écart, vous ne feriez qu'attiser la haine. Quand le calme sera revenu, je laisserai une dizaine d'hommes pour m'assurer que la justice royale est rétablie et respectée par les esclaves.

Il s'interrompit, ses yeux étaient comme deux poignards qui fouillaient au plus profond de l'âme mauvaise du planteur.

— Et surtout par vous ! rajouta-t-il d'une voix sourde.

Le planteur n'était pas du genre à se débiner, lui aussi avait fait la guerre, lui aussi avait tué, c'était un de ces aventuriers qui avaient trouvé outre-mer une opportunité inespérée, celle de devenir riche. Il ne se laissa pas emporter par la colère et afficha un petit sourire moqueur.

— Dans quel monde vivez-vous, lieutenant ? Vous avez fait tout ce chemin pour venir m'insulter et me menacer ici, chez moi. Vous vous croyez meilleur que moi ? Vous voulez jouer au justicier, au héros ? Vous avez des ordres, c'est pour cela que vous êtes venu il me semble, alors obéissez comme le gentil garçon que vous êtes, et épargnez-moi vos leçons de morale foireuses.

Gabriel tremblait de colère, il fit un violent effort pour se contenir.

— Écoutez, je suis pressé, si vous jugez que nous avons un compte à régler, dites-le-moi rapidement, nous pouvons solder notre différend sur-le-champ, dans le cas contraire, je vais prendre congé et aller nettoyer votre merde.

Le planteur lui jeta un regard provocateur, il se doutait qu'il n'aurait pas le dessus, Gabriel était plus jeune, plus fort, plus entraîné et puis il avait trop besoin de l'intervention des soldats. Il tourna les talons en ricanant et gagna l'entrée de la maison. Arrivé sur le seuil, il l'apostropha.

— Hé lieutenant ! Obéis aux ordres, c'est tout ce que tu as à faire. Ta bonne éducation ne te servira à rien ici.

L'indignation et la peur tordaient les tripes de Gabriel, le planteur avait raison, au fond, il n'était sans doute pas meilleur que lui.

Dans le village de cases l'agitation était déjà à son comble, une soixantaine de Noirs, torses nus, couraient en tous sens en criant. Certains portaient des torches, d'autres brandissaient des outils très hétéroclites, gourdins, machettes, houes mais aucun fusil ni aucune arme qui aurait pu donner à craindre à une troupe de soldats réguliers. L'ensemble ressemblait davantage à un grand défoulement plutôt qu'à une émeute. La première chose que Gabriel pensa en découvrant le tableau fut : *qu'est-ce que c'est que ce bordel ?* et tout de suite après, *si je lâche les chiens qui m'accompagnent ça va être un carnage.* Des femmes à moitié nues observaient la scène dans l'embrasure des cases, des enfants se poursuivaient en riant, des animaux de basse-cour affolés couraient eux aussi, plus aucune règle ne semblait en vigueur sur cette parcelle de l'île. C'était un tourbillon sans fin, les corps erraient sans but précis, ils se regroupaient parfois en petits groupes pour mener de brefs conciliabules avant de replonger dans leur grand carnaval.

Quand ils virent approcher les soldats, la plupart des esclaves filèrent pour se mettre à l'abri dans leurs cases. Il ne resta plus face au détachement qu'une quinzaine d'hommes, armés de bric et de broc, et qui brandissaient une vieille loque nouée sur une branche morte en guise de drapeau blanc. Tandis que la troupe, sur ordre, faisait halte l'arme au pied, Gabriel fit volter son cheval pour se diriger vers les Noirs. Un petit homme à la peau d'ébène sortit alors du groupe pour s'avancer à sa rencontre. Il devait avoir trente ans mais en paraissait bien cinquante tant son corps était décharné et son visage couvert indistinctement de rides et de cicatrices. Sa peau était sans éclat et desséchée, ce qui contrastait fortement avec celle des esclaves demeurés en retrait et dont le cuir luisant de sueur donnait encore davantage de relief à leurs corps musculeux. On aurait dit que sa petite tête squelettique n'arrivait plus à contenir ce qui se trouvait à l'intérieur, le crâne rasé était trop volumineux par rapport au peu de chair du visage, le blanc de ses yeux exorbités était sillonné de petits vaisseaux sanguins prêts à éclater. Il portait une chemise cendrée qui avait dû être blanche un jour et un vieux pantalon de mauvaise toile marron clair qu'il avait retroussé jusque sous les genoux. Un coutelas rouillé était glissé sous sa ceinture de corde. Il allait pieds nus en souriant de ses belles dents blanches et ce sourire charmant contrastait méchamment avec le reste de sa physionomie repoussante. Arrivé à quelques pas de

Gabriel il s'arrêta pour exécuter une manière de révérence suivie d'une tentative de salut militaire.

Gabriel aurait volontiers souri s'il ne s'était senti aussi anxieux, il se contenta de hocher la tête en se disant qu'il allait être bien compliqué de faire entendre raison à un tel olibrius.

— Es-tu le chef de cette bande ? demanda-t-il en détachant bien tous les mots pour s'assurer d'être compris.

— Je m'appelle Joshua, mon lieutenant.

Il lui parlait tête basse en signe d'humilité, de soumission.

— Les animaux n'ont pas de chef, ils aiment vivre libres en suivant les lois de la nature.

Gabriel l'observa avec curiosité, l'homme s'exprimait presque sans accent, dans un français impeccable et non l'un de ces charabias créoles si difficile à déchiffrer.

— Les loups comme les moutons suivent un des leurs, dit Gabriel, mais je ne crois pas que vous soyez plus des animaux que nous le sommes nous-mêmes. Je vois surtout des hommes, des femmes et des enfants qui risquent leur vie. Si tu as quelque autorité sur eux, il désigna du doigt le groupe des jeunes Noirs armés, dis-leur que c'est terminé et qu'il faut retourner dès demain au travail. Je ne veux pas faire couler inutilement le sang, votre maître a eu tort, je demanderai réparation en votre nom au juge local et au gouverneur mais ce qui est fait est fait, vous ne réparerez rien par la violence.

Joshua ferma les yeux quelques secondes et sourit, puis il rouvrit lentement les paupières et posa un regard doux et humble sur Gabriel.

— Sauf votre respect, mon lieutenant, la justice n'est pas pour les nègres, je pense que vous le savez aussi bien que moi.

C'était bien la première chose sensée que Gabriel entendait depuis que Baptiste était parti. Joshua poursuivit :

— J'ai servi dans beaucoup de plantations, j'ai rencontré des Blancs très bons pour leurs esclaves, d'autres qui les traitaient au moins comme des êtres humains mais le maître de celle-ci est une mauvaise personne. Il porte le Mal et la haine en lui, il traite mieux ses chiens que ses esclaves, qui peut accepter de vivre ainsi ?

Gabriel se sentit extrêmement mal à l'aise. Son système de pensée était très simple, il y avait ce qui était juste et ce qui ne l'était pas, il cherchait à organiser chacune de ses actions par rapport à ce principe élémentaire. Cette fois pourtant, il allait falloir transiger avec ses convictions.

— Je demanderai justice, le maître sera puni.

Il n'était lui-même pas convaincu et sans doute que cela se voyait, alors l'esclave rebelle enfonça le clou.

— Pardon, mon lieutenant, mais je crois que vous n'en ferez rien, nous savons tous les deux que cela ne servirait à rien. Si nous voulons un jour la justice, nous devrons la prendre par nous-mêmes.

Il rentra la tête dans les épaules comme pour se préparer à recevoir un coup. Voyant que rien ne venait il marqua un nouveau temps d'arrêt et tourna la tête vers le village, vers sa misère. Une tristesse infinie se lisait maintenant sur ce visage étonnamment expressif. Il soupira.

— Vous avez raison, cela doit cesser, je n'ai pas d'autre choix que de croire que les choses vont changer après votre départ et que le maître sera devenu raisonnable.

Peu probable, pensa Gabriel.

— Je laisserai des hommes pour s'assurer qu'il n'y ait aucun abus. Pour l'heure j'ai besoin de gages, je vais devoir te garder comme otage, si le couvre-feu n'est pas respecté tu resteras notre prisonnier, si la trêve est rompue et que les violences reprennent…

Il s'interrompit, regarda à nouveau l'esclave droit dans les yeux, un regard franc mais qui semblait lui dire pardon, comme si l'histoire était déjà écrite.

— Tu connais l'issue dans ce cas je suppose ?

Joshua passa et repassa sa main osseuse sur son crâne fripé de rides et de cicatrices.

— Je la connais, répondit-il à mi-voix, ma vie ne vaut pas grand-chose, vous savez ?

Il suffit parfois d'une demi-phrase pour rompre un sortilège ou pour ruiner un plan méticuleusement préparé, or les deniers mots de Joshua avaient sonné tellement faux que Gabriel eut subitement une conscience aigüe de la duplicité de l'homme auquel il avait affaire. Il détailla plus attentivement cet être étrange, l'enveloppe de ce corps maladif qui paraissait héberger une force redoutable. Cet homme, c'était l'eau que l'on croit inoffensive et qui finit par soumettre à ses caprices les roches les plus dures, Joshua avait en lui le pouvoir de persuader et d'entraîner les hommes. Cette humilité trop affichée, ce mépris sentencieux de soi-même, ce n'étaient en fin de compte que les moyens de négocier au mieux la paix pour préparer les combats à venir. Gabriel voulut lui faire comprendre qu'il y voyait clair désormais.

— Je pense que tu as compris depuis longtemps que ta vie vaut autant que la mienne, et sans doute plus que celle de chacun de ceux qui nous observent en se cachant, plus que celle de chacun de ceux que j'ai amenés.

Il le fixa avec dureté.

— Parle-leur, je ferai une annonce quand tu leur auras expliqué la situation.

Joshua, qui jusque-là avait évité de croiser le regard de Gabriel, planta cette fois ses yeux globuleux dans ceux du lieutenant. La haine y avait remplacé l'expression de résignation et de bonhomie de leur premier échange, son petit sourire s'était mué en un rictus arrogant. Les masques tombaient les uns après les autres.

Gabriel vit alors clairement quel était le chemin, un homme ou plusieurs devraient certainement mourir. Cet esclave avait l'âme d'un homme libre, sa pensée était limpide, presque prophétique, mais elle était aussi vénéneuse et subversive. C'était la clé, il devait en débarrasser la plantation et la révolte s'éteindrait d'elle-même faute d'un idéal, d'un espoir. S'il fallait en sacrifier un pour sauver les autres, il n'y avait pas à hésiter.

En début d'après-midi le calme était revenu dans le village de cases, du moins en apparence. Gabriel fit rassembler tous les habitants sur l'espèce d'esplanade en terre battue qui tenait lieu de place centrale. Quelques arbres rabougris, un peu d'herbe folle et une minuscule chapelle en rondins surmontée d'une croix de fer, c'était là tout le décor. Posté quelques pas en retrait de leur officier, le clan de Rauvan défiait le groupe des esclaves révoltés avec des regards provocateurs. Perché sur son alezan le lieutenant d'Aymar commença à parler d'une voix forte pour couvrir le brouhaha qui régnait sur l'esplanade, des dizaines de paires d'yeux méfiants convergèrent vers lui.

— Écoutez-moi tous s'il vous plaît! cria-t-il d'une voix éraillée.

La rumeur qui agitait la place ne cessait pas.

— Écoutez-moi !

Il hurla pour de bon et le bruit ambiant disparut d'un coup, on n'entendit plus alors que le silence assourdissant de toutes les haines qui s'entrechoquaient.

— Nous sommes venus ici pour faire appliquer la loi du Roi, elle seule peut vous protéger, vos armes ne le peuvent pas. Ce soir il y aura un couvre-feu, personne ne doit sortir des cases jusqu'à demain matin. J'ai donné l'ordre à mes hommes de tirer à vue sur tout individu qui ne respectera pas ce couvre-feu, ils patrouilleront toute la nuit. Si de nouveaux troubles éclatent, si vous choisissez une nouvelle fois la voie de la rébellion, nous devrons utiliser la force. C'est bien compris ?

Un grondement monta de la foule massée face à lui, des cris de protestation, des insultes. Dans son dos il entendit distinctement un soldat maugréer.

— Dix lieues à pied pour venir s'assurer que des sauvages restent bien en sécurité ! M'étonnerait pas qu'il ait négocié deux ou trois négresses.

Il se retourna vivement, certains baissèrent les yeux, d'autres ne cillèrent pas. Il pensa un instant que tout allait dégénérer et posa machinalement la main sur la garde de son épée. L'agitation cessa pourtant peu à peu, une vaste supercherie, il s'en doutait bien mais il fallait quand même croire que tout allait s'apaiser.

Le soir venu, les Noirs étaient rentrés dans leurs cases, une nuit d'angoisse se préparait. Il avait été très clair avec ses hommes :

— Ceux qui salissent l'uniforme ou ne se plient pas à mes ordres seront punis avec la plus grande sévérité, j'attends de vous que vous protégiez tous les habitants de cette plantation, Blancs et Noirs, maîtres et esclaves, nous ne sommes pas ici pour jouer à la guerre ou pour venger qui que ce soit.

Cette fois aucun n'avait mouf té mais il avait bien saisi les regards mauvais de Rauvan et de ses comparses. Il s'y attendait, ils ne le défieraient jamais ouvertement, mais il n'était pas interdit de penser qu'ils fomentaient un de leurs sales coups. Quitter le village dignement sans avoir tué, incendié ou violé était sûrement pour eux une perspective trop difficile à admettre.

23.

Le 18 janvier 1793, le jour où ils furent informés de la condamnation à mort du roi Louis XVI, une épaisse couche de neige avait recouvert la campagne. Mathilde adorait ces paysages ouatés presque irréels, c'est alors que son état se dégrada brutalement. Le lendemain ils décidèrent qu'Angèle et Jeanne partiraient s'installer chez Baptiste jusqu'à l'issue finale, la jeune Indienne, Marie et le docteur feraient des allers-retours entre la ville et Fondorat. Angèle avait compris depuis longtemps, Gabriel n'avait même pas eu à lui expliquer, elle lisait en lui comme dans un livre, un regard échangé leur suffisait pour se révéler mutuellement toutes leurs pensées. Pour Jeanne c'était plus délicat, c'était une petite fille d'une gaieté éclatante, sautillante et fraîche comme la Traverse balayant le pays au printemps, mais elle était fragile, un peu précieuse aussi. Jeanne avait cette aptitude infinie à apporter de la gaieté, parce qu'elle était encore la seule dans la famille dont la vie n'avait été faite que de bonheurs, ils voulurent la préserver un peu plus. Ses parents ne lui cachèrent pas la gravité de l'état de sa mère mais personne, pas même Angèle, n'eut le courage de lui avouer qu'il n'y avait plus aucun espoir. Le 20, Mathilde la fit venir à son chevet, elle ne savait pas trop quoi lui dire, elle refusait de céder à l'affliction, à la peur de l'après, ce qu'elle voulait, c'était lui donner de l'espoir et de la force, alors elle lui parla surtout de la femme qu'elle devrait être, du caractère qu'il lui faudrait se forger pour ne pas subir sa vie, ce qui était à son sens la condition absolue du bonheur. C'était un adieu et sans doute la fillette le comprit-elle intuitivement lorsque, main dans la main avec Angèle, elle franchit le seuil du manoir familial pour s'enfoncer dans l'allée enneigée.

Baptiste les avait prévenus, tout irait ensuite très vite. Bientôt Mathilde ne fut plus vraiment en mesure de quitter le lit, elle peinait à déglutir et les crises de convulsions devinrent de plus en plus fréquentes. Des hallucinations terrifiantes la gardaient éveillée toute la nuit, les douleurs musculaires ne lui laissaient plus de répit. Seul le laudanum avait le pouvoir de l'apaiser un peu mais elle sentait qu'elle deviendrait sous peu son esclave. Le 25 janvier, la neige fondait en une gadoue déprimante, elle décida qu'il était temps d'en finir.

Le 26, Baptiste se présenta dans la chambre en fin de matinée, Mathilde divaguait dans un état de demi-conscience. Assis sur un cabriolet à côté du lit, Gabriel s'était assoupi, la tête appuyée contre le montant du baldaquin. Le chirurgien l'éveilla en lui pressant délicatement l'épaule.

— Je suis là Gab, dit-il dans un souffle.

Gabriel ouvrit lentement les yeux, il poussa un énorme soupir et regarda sa femme. La mécanique de la mort n'avait plus de secret pour lui, il ne fallait plus attendre, la maladie s'en prenait désormais à sa beauté. Ses cheveux avaient perdu de leur éclat soyeux, ses yeux si profonds eux-mêmes commençaient à se ternir et le velouté merveilleux de sa peau aurait bientôt disparu. Elle tourna la tête et leur sourit faiblement à tous les deux, Gabriel l'enlaça, il voulait la serrer, la garder. Elle murmura avec peine :

— Je suis prête, laisse-moi partir maintenant.

Il desserra à regret son étreinte tout en embrassant délicatement son front perlé de sueur. Sur la table de chevet, il attrapa le billet sur lequel il avait écrit la promesse à laquelle elle tenait tant : *par amour pour toi, je ne sombrerai pas, jamais. Pars en paix, ma bien-aimée.* Il plia le papier, le lui glissa dans le creux de la main, sa peau était très froide, il garda cette main dans la sienne jusqu'à son dernier souffle.

Sur le petit guéridon près de l'âtre Baptiste avait sorti ses potions. La mort douce tenait dans trois petites fioles et quelques gouttes de liquide. Gabriel leva légèrement la main gauche pour lui signifier d'approcher, Baptiste déboucha le premier flacon, porta le goulot aux lèvres de Mathilde. Il les regarda tour à tour pour s'assurer une dernière fois de leur assentiment, ils acquiescèrent et elle but d'une traite la forte dose de laudanum qu'il devait d'abord lui administrer. Elle ferma les yeux et ne les rouvrit jamais, puis Baptiste retourna à la table et revint pour lui faire absorber le contenu du deuxième puis du troisième flacon. En quelques instants les battements du cœur et la respiration devinrent presque imperceptibles sous l'effet du curare et de l'alcali végétal. Dix minutes plus tard elle était passée, paisiblement. Gabriel se leva pour se diriger comme un automate vers la coiffeuse installée près d'une des deux grandes fenêtres de la pièce, il ouvrit un des tiroirs du meuble, attrapa une paire de petits ciseaux et s'approcha à nouveau du lit. Il se pencha, lui déposa un baiser sur le front et, avec une infinie délicatesse, il prit entre ses doigts une boucle dorée des cheveux de Mathilde et la coupa pour la placer dans la petite enveloppe qui contenait le billet de la diligence. Il resta de longues minutes à la regarder, il n'en revenait pas, c'était fini et elle avait gagné. Ce serait toujours pour lui la plus belle des héroïnes, la plus incroyable des révolutionnaires.

24.

Il y avait dans le village, à la lisière des champs de canne, un peu à l'écart du reste des habitations, un îlot de trois cases mal bâties. L'une d'entre elle était occupée par la veuve d'un des deux esclaves pendus. Sa fille de quatorze ans vivait avec elle, elles était fraîche, innocente. Rauvan n'avait pas tardé à le découvrir, il n'avait pas son pareil pour flairer un mauvais coup, débusquer sa proie et savoir immédiatement où devait s'exercer sa malfaisance. C'était en lui, une obsession, il lui suffisait d'observer, de prévoir et il savait en quelques heures où il allait frapper, comment il arriverait à ses fins. Dans son domaine il était intelligent, froid, calculateur.

Lorsqu'il avait fallu répartir les patrouilles de nuit il s'était arrangé pour que personne d'autre que lui, Garri et Rocambole, ses deux complices les plus fiables, n'ait à surveiller ce secteur. La mère était une vieille peau aux seins flétris, on lui ferait son affaire si elle opposait la moindre résistance. Qui pleurerait la mort de la veuve d'un esclave fugitif ? Ils se réservaient la jeune fille qui elle, en revanche, était tout à fait à leur goût.

Au milieu de sa cour, Rauvan n'avait fait aucun mystère de ses intentions.

— Ce putain de lieutenant va quand même pas nous empêcher de nous amuser un peu. C'est pas un merdeux comme lui qui va nous apprendre comment faut traiter les nègres.

Il était ce soir-là particulièrement hargneux et décidé, contrarié de devoir composer avec un intransigeant, un aristo qui les humiliait avec sa morale de philosophe à la con et sa vertu trop parfaite pour être honnête.

— Écoutez, quand on en aura fini avec la gamine on la laissera partir, elle s'ra p't-être bien un peu chamboulée quand ils vont la trouver, vous croyez pas ?

Il se tourna vers Gros Pierre qui, son énorme tête reposant dans une de ses énormes mains, ne voyait manifestement pas du tout où il voulait en venir.

— Et alors là, il va se passer quoi à ton avis ?

Le colosse gonfla les joues en signe de perplexité, c'était bien la première fois que Rauvan s'intéressait à son opinion. Il fit mine de réfléchir un peu, pensa à part lui, *j'en sais foutre rien, pourquoi qu'y m'demande à moi le chef, si ça t'nait que d'moi j'resterai peinard près du feu plutôt que d'arpenter ce maudit village toute la nuit*. Il imaginait que les Noirs ne seraient pas contents, il risqua une réponse de bon sens, c'était bien tout ce dont il était capable.

— Ben, y vont pas trop aimer, les nègres, s'y retrouvent la p'tite tout amochée, pourquoi q'tu veux la laisser filer après q'tu l'aies eue ?

Rauvan siffla comme pour montrer qu'il était impressionné.

— C'que t'es intelligent, Gros Pierre !

Il prit le reste de la bande à témoin.

— Pas vrai, les gars, que c'est une lumière le Gros Pierre ?

Ils partirent tous d'un grand rire, Gros Pierre y compris, ce rire de ceux qui sont ensemble et se sentent protégés.

— C'est sûr qu'y s'ront pas contents, mon couillon ! reprit Rauvan, alors on va bien rigoler, vont tous rappliquer avec leurs coupe-coupe et leurs bâtons ces sauvages, et là on verra bien ce que le lieutenant a dans le froc ! Nous on s'ra prêts en tout cas et à mon avis y sera bien content de nous avoir sous la main pour régler leur compte à ces fumiers !

Ils opinèrent tous du chef en regardant Rauvan d'un air admiratif, ils vivaient dans la peur et ils se sentaient en sécurité avec lui. Avec la complaisance de sa bande de voyous et en intimidant les plus timorés il était à peu près certain de n'être pas dérangé. Jambe-pourrie et P'tit Biniou devaient prétexter des mouvements suspects à l'autre bout du village pour attirer le lieutenant loin de ses affaires.

La nuit était déjà bien avancée quand Rauvan, Garri et Rocambole gagnèrent la lisière des champs. Ils prirent bien soin de contourner le village par une sente qui traversait les bois de taillis alentour, il n'y avait plus un souffle d'air, la terre chaude et humide exhalait son odeur entêtante, sauvage. Ils progressaient accroupis, dans cette végétation basse, une demi-lune suffisait amplement à s'orienter en esquivant les torches et les lanternes des sentinelles. Le silence n'était troublé que par les pas assourdis, les voix chuchotantes des patrouilleurs et le cri des oiseaux nocturnes qui veillaient sur la nuit tropicale. À l'approche de la case en revanche tous ces bruits interlopes s'étaient tus, la clarté lunaire faisait des ombres de ces hommes malfaisants, comme si la nuit elle-même se rendait complice des crimes à venir. L'endroit était désert, le message était parfaitement passé. Ils se coulèrent contre le mur de branches tressées, Garri fit jaillir l'étincelle de la pierre à briquet pour allumer la lampe à huile.

Rauvan poussa la porte tranquillement et entra dans la case. Pressentant peut-être le danger, la vieille se dressa sur son séant. Immédiatement il lui allongea une formidable gifle, sa tête bascula en arrière et alla violemment heurter le sol, à peine amortie par la jonchée qui leur servait de couche. Elle n'eut pas le temps d'émettre un cri que déjà la lame du poignard lui sectionnait net la carotide. Elle écarquilla ses yeux, incrédule, porta les mains à sa gorge. Comme c'était simple, rapide, en quelques secondes sa vie s'était achevée. La jeune fille n'eut pas non plus le temps de hurler son effroi, Garri lui appliqua sa main calleuse sur la bouche avant de la bâillonner, puis il lui attacha prestement les deux mains derrière le dos. Il lui montra son coutelas dont la lame miroitait dans le faible rayon de lune que laissait filtrer la petite ouverture qui tenait lieu de fenêtre. Il lui posa l'index sur la bouche et le fil de l'acier froid sur la gorge. Elle hoqueta, poussa un râle suppliant, il crut un instant qu'elle allait vomir, sa respiration se faisait de plus en plus violente et saccadée, les larmes coulaient maintenant à flots sur ses joues cuivrées. Rocambole, goguenard, passa la tête à travers l'entrebâillement de la porte et s'enquit d'un coup d'œil de la situation. Rauvan le chassa d'un geste menaçant et l'autre, tout penaud, retourna monter la garde. Rauvan s'approcha doucement de la fille, il inclina la tête d'un côté, puis de l'autre, comme pour mieux détailler sa proie de son regard sadique. Sans même se donner la peine de se retourner vers lui, tout entier accaparé par sa pulsion, il s'adressa à Garri dans un murmure malfaisant :

— Cassez-vous maintenant ! Le lieutenant doit être à quatre pattes avec les autres en train de fouiller les buissons, allez faire un tour au large, je voudrais pas que vos sales gueules traumatisent la petite pour sa nuit de noces. Vous me laissez une bonne demi-heure avec elle le temps que j'en fasse une femme.

Garri obéit sur-le-champ, il avait pour son chef une fascination malsaine qui le troublait. En sortant il chuchota un mot salace à l'oreille de Rocambole et les deux s'éloignèrent avec des rires étouffés et en se poussant du coude.

Quand Jambe-pourrie et P'tit Biniou vinrent pour alerter le lieutenant, les deux compères avaient fini par se persuader eux-mêmes, du haut de leur stupidité, qu'il y avait peut-être bien des mouvements suspects dans les taillis près du ruisseau que leur avait indiqué Rauvan. Aussi furent-ils d'abord inquiets que le lieutenant ne puisse pas les accompagner pour vérifier cela avant de réellement soupeser ce que cette absence pouvait avoir de conséquences néfastes pour le coup que préparait Rauvan. Le lieutenant était parti rendre compte de la situation au planteur, seul le sergent Roussel restait en faction avec quelques soldats dans le camp principal. Malgré la confusion de leurs explications le sergent, qui était un consciencieux, se proposa de les accompagner pour s'assurer que les faux bruits qu'ils avaient entendus n'auguraient pas d'un sale coup que les nègres préparaient en douce. Jambe-pourrie et P'tit Biniou hésitèrent un instant, Roussel fronça les sourcils, ils se concertèrent de leurs regards bovins tandis que le sergent s'impatientait. Rauvan risquait de ne pas vraiment apprécier, mais après tout leur mission consistait à éloigner le lieutenant, or celui-ci était bel et bien parti au diable, il n'y avait donc aucun risque que le chef puisse le leur reprocher. Jambe-pourrie avait déjà bien trop utilisé son cerveau pour comprendre ce que le chef attendait d'eux, il poussa P'tit Biniou en avant d'une grande tape dans le dos et ils partirent tous les trois en direction du ruisseau.

Dans la case la jeune fille tremblait de tout son corps, Rauvan se défroqua et lui arracha sa chemise de nuit. Il s'allongea pesamment sur elle et lui lécha la joue d'un grand coup de langue. Elle se débattait mais il savait qu'elle allait s'épuiser, cette lutte inégale l'excitait, le contraire aurait été trop facile. Ce n'était qu'une question de temps, il allait la forcer, il lui bava dans l'oreille en susurrant :

— Allez, je sais que t'en as envie autant que moi, bouge plus, je pourrais te faire mal, tu sais.

Il ressentit un léger souffle d'air chaud sur sa nuque et un vague signal d'alarme retentit dans une partie reculée de son cerveau sans qu'il y prête attention. Il n'entendit pas non plus les pas feutrés dans son dos ni le bruit discret de la sangle de cuir du fusil venant frotter contre la culasse.

Un nouveau souffle d'air, cette fois accompagné d'un sifflement à son oreille droite, une petite voix lui dit de se méfier mais il s'en fout, il va l'avoir cette salope, il va y arriver, il y est presque ! Merde ! Son crâne explose sous la violence du coup de crosse, le sang mêlé à la matière blanche éclabousse la paillasse. La jeune fille suffoque, elle ne comprend pas ce qui se joue, le Blanc, celui au regard noir et doux à la fois, est là devant elle. Son couteau tranche les liens qui lui entravent les mains, il lui enlève le bâillon et lui aussi met aussitôt son index sur sa bouche, encore, qu'est-ce qu'ils ont tous ? Non, elle ne veut pas se taire, elle veut hurler mais pour cela elle doit d'abord s'échapper. Peut-être a-t-il tué l'autre pour l'avoir elle pour lui tout seul. Elle repousse de toutes ses forces le corps pesant qui gît inerte sur elle, elle tourne la tête, sa mère est étalée sur le sol au milieu d'un lac de sang, sa gorge s'élargit en une plaie béante, ses yeux sont ouverts dans une expression d'effroi, elle pousse un cri strident, elle vomit. Assise désormais, ses prunelles dilatées se mettent à bouger en tous sens, elle est terrifiée, comme un animal pris au piège, elle cherche une issue. Que veut-il celui-là ? L'instinct de survie lui dit de fuir. Il se retourne un bref instant pour regarder l'homme qu'il vient de tuer, comme s'il était encore une menace. C'est le moment qu'elle choisit. En un bond elle est sur ses jambes et elle n'hésite pas un instant, elle court, passe la porte, c'est une bête affolée. Dehors, l'air est chaud mais elle a froid, ses poumons s'emplissent, un rayon de lune lui rappelle sa nudité, elle regarde ses mains maculées de sang visqueux, alors seulement elle se rappelle qu'il faut hurler, un long cri inarticulé et perçant qui s'éteint pour renaître aussitôt. Personne ne l'entend ou quoi ? Personne ne vient à son secours ? Elle arrive sur la place quand sur sa gauche un éclair fuse de derrière les broussailles, la détonation claque, une brûlure fulgurante lui traverse le cou et elle tombe sans comprendre. Le monde autour se met à danser, il tourne, tourne de plus en plus vite, son corps ne répond plus, elle ne peut que gratter la terre humide avec ses ongles, un liquide chaud et ferreux coule dans sa gorge, elle respire mal, elle s'étouffe comme quand le Blanc s'est couché sur elle tout à l'heure. Dans le flou qui s'étend ses yeux voient encore des feux qui s'allument un peu partout sur la terre, ou peut-être est-ce dans le ciel ? Le monde tourne. Ce sont ses frères qui sortent de leurs cases, ils vont la secourir, la faire respirer, la libérer, on en a tant parlé depuis la mort de papa, nous serons libres, libres. Tout s'éteint autour d'elle, non c'est elle qui s'éteint, elle flotte, c'est une rivière ou un lac brûlant, elle se laisse aller, elle n'appartient plus à personne, elle va pouvoir dormir un peu plus maintenant, oublier tout cela.

25.

« Considérant que le peuple français ne peut reconnaître d'autres signes privilégiés que ceux de la loi, de la justice et de la liberté ; d'autres cultes que celui de la morale universelle ; d'autres dogmes que celui de la souveraineté et de sa toute-puissance. Tous les citoyens morts, de quelque secte qu'ils soient, seront conduits au lieu destiné pour la sépulture commune, couverts d'un voile funèbre, sur lequel sera peint ou brodé une figure du Sommeil. »

Le surlendemain du décès de Mathilde, l'officier public était monté jusqu'à Fondorat pour faire lecture de l'arrêté que Gabriel se rappelait fort bien avoir applaudi en séance au Club des Jacobins, quelques semaines auparavant. Jamais il n'aurait pensé alors être aussi rapidement confronté à ces nouvelles exigences révolutionnaires. Le texte affranchissait la mort des superstitions religieuses et de leurs fables consolatrices, c'était sans aucun doute l'une des dernières décisions révolutionnaires avec laquelle Gabriel s'était trouvé pleinement en accord. Il avait toutefois fermement refusé que l'on inhume son épouse dans le cimetière communal, rebaptisé depuis peu « Champ du sommeil éternel ». L'officier public, un homme de cœur sous ses airs sévères, avait vainement tenté de plaider l'implacable universalité de la loi, mais il avait fini par céder en tolérant que l'on puisse enterrer Mathilde d'Aymar dans l'antique cimetière de l'ancienne châtellenie de Fondorat. Le lieu n'était plus guère usité et les outrages du temps n'incitaient guère à vouloir l'occuper à nouveau, sauf si, comme Anne et Guillaume d'Aymar, on appréciait le charme désuet de ces pierres inégales émergeant des herbes folles. Les parents de Gabriel s'y étaient fait inhumer. En 1785, pour son dernier voyage, Anne avait été la première à renouer avec la tradition ancestrale. Guillaume, qui s'en voulait un peu de n'avoir pas été précurseur en la matière, avait survécu trois ans à son épouse, puis il l'avait rejoint dans la tombe, terrassé par une attaque alors qu'il tentait une nouvelle hybridation sur ses roses. La petite chapelle funéraire qu'ils s'étaient fait ériger était pour tout dire d'un assez mauvais goût, son décor aux illusions baroques avait de quoi surprendre au milieu des croix ébréchées et des pierres tombales moussues aux épitaphes parfois illisibles. Mathilde elle aussi aimait bien cet endroit pittoresque et ensoleillé, qui sentait bon le foin et les fleurs des champs, elle refusait par ailleurs qu'on la place dans l'horrible cimetière municipal qui dominait la ville de son ombre glaçante. Surtout, elle voulait qu'après sa mort on la laisse en paix, peu lui importait le décorum, elle souhaitait une pierre toute simple et que l'on déplace le moins de monde possible pour voir sa boîte de bois descendre bêtement dans son trou.

Elle aurait été satisfaite de constater que le jour de ses funérailles ses volontés avaient été respectées. Ils ne furent pas bien nombreux sur les chemins enneigés de l'ancienne seigneurie de Fondorat pour escorter Mathilde vers le petit cimetière. C'était l'avantage de mourir en plein hiver et en pleine révolution. Ce jour-là, tout était morne et c'était bien ainsi, le ciel bas sans horizon, les croassements énervés des corneilles qui s'envolaient lourdement au passage du convoi et les troncs noirs des arbres dénudés. Gabriel avait bien fait savoir qu'il entendait enterrer son épouse dans la plus stricte intimité. Tous ceux qui n'auraient pas été choisis par lui auraient vite compris à quel point ils étaient indésirables si jamais il leur était venu l'idée saugrenue de venir quand même. Il ne voulait pas non plus verser dans tout le tralala civique qui avait supplanté les *de profundis* et autres incantations religieuses censées ouvrir au défunt les portes du paradis. Ses derniers mots, son dernier hommage, il les avait réservés à sa femme quand la vie s'écoulait encore en elle. Mathilde n'attendait d'ailleurs rien de la mort sinon la fin de ses douleurs, elle était fermement convaincue que rien de ce qui faisait l'être ne montait vers le ciel, que l'âme ne perdurait que dans le souvenir et qu'à ce titre la vraie mort se nommait en fait l'oubli. Pour que son souvenir vive chez ceux qui l'aimaient, il n'était point besoin d'oraisons funèbres à sa gloire. C'étaient ses dernières volontés et Gabriel entendait qu'elles soient scrupuleusement respectées, aussi personne n'osa lui dire que tout cela n'était ni très catholique ni très révolutionnaire.

Jeanne et Gabriel, tête basse, main dans la main, suivaient les premiers la bière qui progressait péniblement sur la voie menant à l'enclos funéraire, un chemin chaotique que la neige collante des dernières heures avait rendu presque impraticable. Un rang derrière le père et sa fille venaient Suzanne, la sœur de Gabriel, accompagnée de son époux et de ses trois enfants, c'était elle qui avait brodé une délicate allégorie du Sommeil sur le voile mortuaire. Angèle, quant à elle, avait refusé de se tenir au premier rang, estimant que ce n'était pas sa place. Elle s'en voulait pour tout dire un peu d'avoir toujours nourri à l'égard de Mathilde des sentiments ambivalents, de ne pas l'avoir assez aimée. L'affection et le respect qu'elle lui avait témoignés poliment le disputaient toujours au fond d'elle-même à la jalousie qu'elle pouvait ressentir envers cette femme avec laquelle elle devait partager l'amour d'un même homme. Elle n'avait jamais vraiment considéré Gabriel comme un père, il n'avait qu'une douzaine d'années de plus qu'elle, de même que Mathilde n'avait jamais été pour elle une mère de substitution. Gabriel, c'était *Maïata*, l'homme venu d'ailleurs qui lui avait redonné l'espoir et le goût de vivre. Ses sentiments n'avaient rien à voir avec ceux de l'amour filial, elle s'en rendait compte avec une acuité nouvelle depuis qu'elle était sortie de l'enfance. Mathilde elle non plus n'avait jamais pu s'empêcher de jalouser Angèle car elle s'était sentie très tôt exclue de la relation presque parfaite que la jeune Indienne partageait avec Gabriel. Et puis la petite fille était rapidement devenue une jeune femme splendide. Elle allait avoir vingt-deux ans, elle envoûtait les hommes de la beauté sauvage du monde nouveau où Gabriel l'avait recueillie. Par honnêteté envers ses sentiments, Angèle se tenait donc un peu plus en retrait, aux côtés de Baptiste et de Marie, ses yeux lançaient des éclairs d'émeraude sous sa mantille noire de deuil. Quelques cousins traînaient les pieds un peu plus loin, contents de se revoir quelles que soient les circonstances, ils se remémoraient à voix basse de vieilles histoires. Deux oncles presque séniles et une grand-tante accompagnée de sa catherinette de fille les suivaient en pleurnichant pour se plier aux traditions et parce que chaque enterrement leur murmurait que ce serait très bientôt leur tour. Les anciens métayers clôturaient le cortège, une trentaine d'hommes rudes et de femmes encore pires, tous sincèrement affligés du drame qui avait frappé la famille d'Aymar. Les liens tissés par des générations ne s'effaçaient pas d'une signature au bas d'un décret révolutionnaire, ils étaient là pour ceux qui avaient été leurs seigneurs.

Comment l'homme pourrait-il posséder la terre ? avait un jour demandé à Gabriel un vieil éclaireur cheyenne rencontré en Amérique, *c'est la terre qui possède les hommes et non l'inverse.* Ce principe de bon sens l'avait profondément marqué et dès l'été 1789, il avait permis aux métayers de devenir propriétaires de leurs terres. Pour ce faire, il les leur avait soit revendues pour une bouchée de pain, soit cédées à titre gracieux, conforté par la certitude qu'elles étaient entre de bonnes mains et qu'elles ne seraient pas délaissées. Ces hommes d'honneur formaient un contingent d'infatigables paysans limousins, rudes mais chaleureux, au cuir épais et aux mains de pierre, avec lesquels il avait mené bien des battues au loup, partageant avec eux le casse-croûte et le vin paillé. Leurs mères l'avaient nourri et langé, Gabriel avait grandi à leurs côtés, partageant leurs jeux, mesurant sa force à l'aune de leur formidable robustesse. Dans leur univers, la Révolution passait, on l'applaudissait, mais les liens séculaires de ce clan-là ne pouvaient si aisément se dissoudre. Il ne suffisait pas de décréter que l'ancien monde était mort pour que le mythe égalitaire surgisse en majesté de ses décombres. Leur loyauté envers les anciens seigneurs était demeurée indéfectible et ces quelques familles se montraient bien davantage reconnaissantes envers les d'Aymar qu'envers la Révolution. Seul comptait d'ailleurs pour eux le quotidien, ils méconnaissaient les grands principes pour ne croire qu'aux rudes leçons de la réalité et ils voulaient par-dessus tout continuer à les ignorer.

Dans le cimetière minuscule, l'enterrement fut d'une simplicité navrante pour ceux qui se remettaient mal de la disparition des funérailles d'antan. Difficile d'accepter que le temps des curés sentencieux, des goupillons, des chants liturgiques et des pleureuses fut bel et bien révolu. Comble de l'indélicatesse, Gabriel ne se donna même pas la peine d'organiser un repas funéraire au manoir. Frustrée, la grand-tante pourrait confier plus tard aux *clampes* dont elle avait l'oreille que *ç'avait été un enterrement d'une tristesse à mourir*. La très grande majorité des vivants qui se gelaient les pieds dans la neige ce jour-là, ne demanda de toute façon pas son reste et piqua des deux aussitôt que la tombe fut refermée pour regagner ses pénates auprès d'un bon feu. Gabriel, Jeanne et Angèle demeurèrent encore un long moment devant la dalle à partager des souvenirs heureux. Baptiste et Marie restèrent eux aussi, ils devaient séjourner quelques jours au manoir, le temps que chacun puisse surmonter un peu le deuil qui venait de les frapper.

Lorsqu'ils se décidèrent enfin à rentrer, la lumière du jour déclinait déjà doucement, le vent du nord avait forci, il soulevait de petits tourbillons de neige glacée et le froid plus vif qui l'accompagnait leur mordait le visage. Ils se mirent en route silencieusement, traversèrent à nouveau les champs enneigés et les bois profonds. La forêt s'était tue elle aussi, comme eux elle se retenait de crier tandis que l'épais manteau blanc étouffait les bruits de son peuple animal. Il planait dans ces bois une atmosphère fascinante de contes pour enfants, l'indicible intuition d'un monde parallèle vers lequel Gabriel, même devenu adulte, aimait s'évader et dans lequel sa vie n'était plus sa vie. Il rêvassait ainsi tout en marchant, s'inventait des histoires fantastiques qui, comme sa propre existence, étaient souvent peuplées de loups, d'enfants égarés et d'hommes malfaisants. Avec la mort de Mathilde il avait compris qu'il lui faudrait à nouveau trouver les clés de son esprit et explorer l'infinie étendue de son imagination s'il voulait survivre à ce drame.

Quand ils furent arrivés aux portes du domaine, il sortit brutalement de sa torpeur et remarqua presque immédiatement que quelque chose clochait. Des pas qui n'étaient pas les leurs avaient souillé la fine pellicule de neige fraîche tombée depuis leur départ, il croisa le regard d'Angèle, une lueur de détresse passa dans le vert profond de ses yeux. Ils venaient sans doute d'avoir le même pressentiment. *Le Nano* n'était pas venu les accueillir en jappant et en bondissant comme un fou, or depuis quelque temps le chien ne s'éloignait plus du château et la fête qu'il leur réservait après quelques heures d'absence était devenue un rituel qu'il ne manquait jamais. D'un geste nerveux de la main, Gabriel fit signe aux autres de s'arrêter.

— Ne bougez pas d'ici ! Baptiste, viens avec moi !

Voyant qu'Angèle s'avançait elle aussi, il lui ordonna d'un ton qui se voulait sans réplique :

— Non Ozalee, tu restes avec Jeanne et Marie !

S'il y avait bien une chose avec laquelle Angèle avait toujours eu du mal, c'était l'autorité. Elle protesta vivement.

— Pas question ! Je viens avec toi, Maïata.

Gabriel ne voulait pas qu'elle quitte Jeanne, il fallait qu'elle la protège de toute autre forme de peine, il ne voulait pas non plus qu'Angèle souffre en découvrant ce qu'il s'attendait à trouver.

Il lui parla plus fort cette fois et d'un ton plus sec.

— Non ! Tu restes ici !

Elle eut un geste d'humeur et se retint de dire qu'elle n'acceptait pas qu'on lui dise ce qu'elle devait faire.

Baptiste et Gabriel remontèrent l'allée, le chien demeurait invisible, aucune trace, aucun aboiement. À une cinquantaine de mètres de la maison, Gabriel aperçut sans peine les traces de poudre noire sur le blanc immaculé de la neige. Il porta son regard un peu plus loin, une longue traînée de sang menait en ligne droite jusqu'au perron du manoir. Ils approchèrent prudemment, la colère submergeait Gabriel, il savait à peu près ce qu'il allait découvrir. La dépouille mutilée du chien reposait sur le perron du manoir, il avait été abattu de plusieurs coups de fusil, puis on lui avait tranché la tête. Le corps raidi était allongé en travers du seuil, sur le flanc on avait placé une pancarte sur laquelle il était écrit en lettres rouges « suspect », un peu plus loin sur la tête coupée, un autre message, « coupable ».

— Je les tuerai, Maïata, tu m'entends, je les tuerai tous pour ça !

La voix éraillée par les sanglots les fit sursauter, Angèle les avait suivis, à pas de loup, en bonne éclaireuse indienne, sans qu'ils aient pu déceler le moindre mouvement derrière eux. Elle arracha brutalement sa mantille, une bourrasque lui ramena les cheveux dans la figure, elle avait l'air plus effrontée et plus farouche que jamais. Gabriel s'approcha d'elle, il la prit tendrement dans ses bras, elle cala sa joue contre sa poitrine tandis qu'il lui caressait la nuque et qu'elle continuait à déverser son chagrin et sa fureur, la voix tremblante.

— Trop de peines, de souffrances, c'était mon ami,

un frère animal, je veux le venger, promets-moi qu'ils paieront pour ça !

— Je te le promets, répondit doucement Gabriel, Ozalee, retourne auprès de Jeanne et de Marie maintenant, elles doivent être inquiètes, contourne la maison en passant par le parc et rentre avec elles par la terrasse, nous allons nous occuper du chien avec Baptiste.

Elle resta encore quelques longs instants blottie dans ses bras, elle ne voulait pas s'arracher à la chaleur de ce corps qui la rassurait tellement.

Quand enfin elle s'éloigna, Baptiste s'approcha de son ami, il avait l'air grave. Gabriel ne se rappelait pas l'avoir jamais vu aussi manifestement inquiet, à croire que la Révolution finissait par assombrir même les plus insouciants des hommes.

— J'ai peur pour vous, Gab, vraiment.

— Ce n'est pas la première fois il me semble, répondit Gabriel.

Il faisait des efforts immenses pour ne pas déverser sa colère et sa peine.

— J'ai souvent eu peur pour toi dans le passé mais tu n'es plus seul désormais, tu as une famille. Le temps n'est pas aux menaces en l'air, la violence s'assume sans crainte désormais. Tu as une idée de qui peut bien avoir fait ça ?

C'était plus qu'une idée qu'avait Gabriel, l'évidence était tellement stupide.

— Bien sûr que je sais, c'est Puyramont, il est venu la semaine dernière, je l'ai envoyé paître et *le Nano* n'a pas été plus amical, j'ai évoqué Mathilde, la rage.

Il jeta un coup d'œil navré à la dépouille.

— Pauvre bête, avoir affronté tout ça pour crever aussi misérablement, il ne méritait pas de finir ainsi.

Baptiste ne comprenait pas bien, il se tenait depuis

trop longtemps à l'écart des débats locaux et des luttes intestines qui gangrénaient les sociétés patriotiques.

— Puyramont, le chapelier ? Mais qu'est-ce qu'il est venu foutre ici ?

— Il est venu avec Lacombe pour me demander pourquoi j'étais en train d'abandonner la partie, pour me lancer un avertissement, j'imagine.

— Lacombe aussi ? Le commissaire du tribunal ? Je ne le vois pas impliqué dans une histoire aussi glauque.

Gabriel le regarda d'un air affligé.

— Tu plaisantes, j'espère ? Et c'est moi que tu accusais naguère de naïveté. Sérieusement, où est-ce que tu vivais au cours de ces deux dernières années ?

Baptiste haussa les épaules.

— Bah, j'ai dû lui parler deux ou trois fois, c'est un homme respecté.

Gabriel était visiblement atterré, au moins cela l'avait pour un temps distrait de sa colère.

— Depuis quand est-ce que tu t'intéresses aux réputations ?

Le chirurgien esquissa un sourire.

— Depuis que la mienne a cessé de me poursuivre j'imagine.

La colère revint en une vague puissante et Gabriel fut emporté, pour lui le commissaire était un homme dangereux, y compris pour son ami.

— Non mais tu es vraiment devenu idiot ou tu fais semblant ? Respecté ne veut pas dire respectable, tu dois comprendre que Lacombe c'est la pire crevure qui puisse exister et toi, Baptiste de La Revellière, tu te laisses berner comme un couillon par sa langue de serpent et ses ficelles de lèche-cul.

Baptiste ne releva pas les insultes, c'était insignifiant dans la période atroce que vivait son ami.

— Tu vois le commissaire du tribunal de district venir ici pour tuer un clébard sans autre motivation qu'une petite vengeance personnelle ? Tu penses sérieusement qu'il aurait pu prendre part à un coup pareil ?

Gabriel se renfrogna encore un peu plus, il chassa cette idée saugrenue d'un geste nerveux, décidément Baptiste ne comprenait rien, il s'était ramolli jusqu'à en perdre son esprit vif et perspicace.

— Non, bien sûr que non, il est beaucoup trop malin, jamais il ne se dévoilerait ainsi.

Il parut vouloir changer de conversation et se calma un peu, un sourire fugace éclaira même son visage, un sourire presque aussitôt disparu.

— Tu te rappelles comme tu aimais me poser des questions venues de nulle part quand nous nous promenions place Montarcher, comme ça au détour d'une de nos conversations, et bien j'en ai une pour toi, Baptiste. Peux-tu me dire quelle est ma place désormais dans cette Révolution ?

Baptiste sourit à son tour à cette évocation, cela faisait longtemps qu'il n'avait pas réussi à discuter d'autre chose que de Mathilde et de la rage avec son ami, cela lui manquait cruellement.

— Je pourrais te répondre comme tu le faisais à l'époque, te dire que je n'en sais fichtre rien !

Il réfléchit, marqua une pause.

— Mais je dirais que selon moi, tu as toujours des idées à soumettre, des idéaux à défendre, que tu as formé et encadré des soldats de la Révolution, que tu combats les ennemis de la Patrie, enfin toutes sortes de choses de ce genre j'imagine.

Gabriel détourna le regard vers l'endroit de l'allée où se trouvaient Angèle, Jeanne et Marie quelques instants auparavant. On aurait dit qu'il voulait s'assurer qu'elles n'entendraient pas ce qu'il avait à dire. Il soupira longuement.

— Tu parles d'un temps qui est déjà révolu. L'heure n'est plus aux idées, et depuis un bon moment, mon ami, elle est à la chasse, à la survie, c'est l'heure des loups, Baptiste !

Le chirurgien eut l'impression d'être réveillé après une longue nuit d'un sommeil sans rêve. Il acquiesça.

— J'aurais dû me confronter plus tôt à la réalité, j'en conviens. Qu'est-ce que tu comptes faire maintenant ?

— Angèle va vouloir se venger, dit Gabriel d'une voix lasse, c'est certain, je crois qu'elle a du sang iroquois.

C'était bien ce qui alarmait le plus Baptiste, il savait aussi que toute la volonté de Gabriel s'abolissait devant sa princesse indienne, il fronça les sourcils.

— Nous voilà bien ! Surtout ne l'encourage pas dans cette idée par pitié, ne dis rien, ne fais rien qui puisse d'une manière ou d'une autre vous mettre en danger.

— J'ai pourtant l'impression que plus je me ferai oublier, plus je serai en danger, dit Gabriel avec amertume, ils ont de toute façon décidé que je faisais un bon suspect.

— N'en fais pas une question d'honneur en tout cas, tempéra Baptiste, c'est une provocation grossière, ceux qui ont fait ça se sentent forts.

Gabriel eut à nouveau un mouvement de dépit, il pointa du doigt la dépouille du chien.

— Pas une question d'honneur ? Nom de Dieu, Baptiste, le jour de son enterrement ! Tu te rends compte quand même ?

— Je me rends compte, Gab, c'est dégueulasse, mais je dis seulement que ton état ne te permet pas d'avoir les idées claires, que ce n'est surtout pas le moment de faire davantage de conneries, rétorqua le chirurgien.

Gabriel se sentait épuisé, le dégoût, la haine, le chagrin, tous les sentiments négatifs s'amalgamaient en lui, il avait physiquement la sensation que sa tête allait exploser, sa voix tremblait sous le coup de la colère.

— C'est toi qui m'as appris à m'indigner, Baptiste et maintenant tu me demandes d'être pleutre face à ce genre de saloperies ?

— L'indignation et la vengeance, ce sont deux choses très différentes, répliqua calmement Baptiste, regarde tout ce que à quoi la colère et la haine ont conduit depuis quatre ans.

Gabriel ferma les yeux, il se massa la nuque, pencha légèrement la tête en arrière pour soulager son cou endolori. Il lui semblait qu'aucun muscle de son corps ne s'était relâché depuis plusieurs semaines. Il bâilla, prit d'une envie impérieuse de dormir ici, tout de suite.

— Je n'en peux plus de toute façon, tu as certainement raison, je ne ferai rien pour le moment, je ne m'en sens pas la force.

Il bâilla à nouveau.

— Il faut d'abord que je réapprenne à vivre sans elle.

Bien, un éclair de sagesse, pensa Baptiste à part lui. Il ne fut pourtant ni soulagé ni convaincu par l'abdication inattendue de son ami, il le connaissait si bien. Quand il se serait un peu remis, quand l'étincelle rallumerait le brasier, la raison serait peu de chose, seuls l'orgueil et la colère l'emporteraient. Il faudrait être là pour le protéger. Il se gratta le menton, un peu perplexe.

— Va te coucher, Gabriel, je m'occupe du chien.

26.

Gabriel s'est levé en sursaut du petit lit de camp sur lequel il s'est assoupi, comment a-t-il pu se laisser aller ainsi ? Il a beaucoup sué et se sent crasseux, sa bouche est pâteuse comme après une cuite. Il faut faire quelque chose. Le sergent Roussel, un grand gaillard pas très futé mais d'une loyauté irréprochable, lape comme un chien l'écuelle de son repas, il est assis sur le tronc d'un palmier couché au sol avec d'autres soldats, quelques braises finissent de mourir devant eux. Lorsqu'il sort de sa petite tente de campagne ils cessent brièvement de mâcher leur repas, comme le font parfois les vaches lorsqu'un événement inattendu vient troubler leur mastication. Ça énerve Gabriel qui les interpelle :

— Eh bien quoi ? J'ai une sale gueule, c'est ça ?

Ils baissent les yeux, plongent à nouveau leurs doigts gras dans la boustifaille et reprennent en chœur leur mâchonnement.

Le sergent a récuré sa gamelle, il est tout sourire.

— Vous z'ai gardé une belle cuisse de poulet, mon lieutenant et on a fait cuire des patates dans la braise. M'est d'avis qu'on n'est pas si mal ici.

Les yeux dans le vague, Gabriel a l'air contrarié.

— Merci Roussel, je n'ai pas très faim pour le moment, j'ai dit au propriétaire de la plantation que j'irai le voir pour discuter de la situation.

Le mensonge lui est venu spontanément, il a autre chose à faire mais il ne sait pas très bien quoi.

— À ct'heure, mon lieutenant, vous êtes sûr qu'il est pas au pieu ? répond Roussel étonné.

Gabriel regarde autour de lui, il s'aperçoit alors seulement que la nuit est déjà bien avancée. Il craint d'avoir raté le rendez-vous que son pressentiment lui a fixé.

— Non, non, il m'attend, je crois qu'il ne dort pas trop depuis quelques jours. Bon, sinon, tout est calme, Roussel ?

— Ah c'est sûr, mon lieutenant, pour être calme c'est calme, c'est bien ce qui m'inquiète d'ailleurs, on sait jamais trop avec ces sauvages.

Ça agace Gabriel, ces phrases toutes faites qu'adorent les soldats et qui ne servent qu'à occuper une petite partie du silence dont ils feraient mieux de se contenter.

— Et s'ils sortaient tous des cases avec des machettes, ça ne t'inquiéterait pas davantage ?

Roussel se gratte la tête, il réfléchit à la question et hausse les épaules.

— Vous avez foutrement raison, mon lieutenant, si on peut éviter les ennuis, ça vaut toujours mieux.

Gabriel s'éloigne dans la nuit, il a mal au crâne et quelque chose le tracasse. Il quitte le chemin de terre battue pour aller pisser dans un bosquet de bougainvilliers. Derrière lui il entend un raclement de gorge, il se retourne brusquement et urine sur ses bottes. L'énorme carcasse de Gros Pierre est là face lui.

— Désolé, mon lieutenant, j'voulais pas vous déranger !

— Eh bien, c'est plutôt raté ! répond sèchement Gabriel.

Il observe le géant qui se tortille les mains en se dandinant d'une jambe sur l'autre. Gabriel voit bien qu'il veut lui dire quelque chose, cet ours un peu naïf ne lui a jamais été antipathique. Il se radoucit.

— Qu'y a-t-il, soldat ? Tu souhaites me parler ?

Gros Pierre se tient là, tête baissée, comme un enfant prêt à confesser une grosse bêtise. Après une longue hésitation, il se lance enfin et parle d'une voix à peine audible. Gabriel comprend qu'en fait il s'adresse d'abord à lui-même.

— De toute façon y m'prend pour un benêt, y se croit tellement plus futé, mais y sait pas que Gros Pierre est bien moins con qu'il en a l'air.

Puis il lève les yeux vers Gabriel et s'exprime plus distinctement.

— Faut m'promettre de pas dire aux copains que j'vous ai prévenu, mon lieutenant, c'est à propos de Rauvan.

Cinq minutes plus tard, Gabriel sait parfaitement ce qu'il a à faire. Il les suit de loin à une cinquantaine de pas, ils n'ont pas l'air de vraiment se méfier, il est le loup qui piste sa proie. Arrivés à la lisière des champs de canne, les trois hommes bifurquent et se dirigent vers les quelques cases isolées qui marquent l'extrémité orientale du village. L'endroit est désert, Gabriel se demande où sont passés les patrouilleurs et les sentinelles censés surveiller la zone. Il se dit que la troupe est bien plus largement acquise à Rauvan que ce qu'il croyait. Il se poste à l'affût, ombre dans l'ombre de l'énorme tronc du mapou[1] derrière lequel il s'est caché. Il n'a pas à patienter longtemps, une étincelle fuse et il voit sourdre la lueur

1. Le Ceiba pentandra est un arbre d'Amérique latine, de la Caraïbe, on l'appelle fromager en Afrique de l'Ouest.

de la lampe à huile qui éclaire furtivement le relief brisé de leurs visages. Garri et Rauvan jettent un coup d'œil alentour et entrent aussitôt dans la case, cela se passe doucement, sans bruit, sans violence. Rocambole reste à l'extérieur pour faire le guet. Tapi dans la nuit Gabriel attend, des bruits sourds comme des coups, de petits cris étouffés, il va y aller, il faut y aller mais il a soudain peur de ce qu'il faudra faire. Tant pis, il s'apprête à bondir hors de sa cachette quand Garri ressort en riant et s'éloigne de la case avec Rocambole. Il attend encore un peu et lorsqu'il est certain d'être seul, il s'élance dans la nuit. Arrivé sur le seuil il pousse précautionneusement la porte, un léger souffle d'air chaud le précède dans la case. En une fraction de seconde il prend la mesure de ce qui se passe, il veut se persuader que si la justice oublie les esclaves et laisse faire des monstres comme Rauvan alors il est légitime qu'il s'en charge lui-même. L'espèce humaine en sera débarrassée, ce sera sa contribution personnelle. Que ce soit vaniteux ou qu'il cherche avant tout à se sauver lui-même, peu importe, d'une manière ou d'une autre, tout cela doit cesser. Le fusil est posé là, contre le mur de terre et de branches, Gabriel s'en saisit, d'un geste sec il le fait pivoter, attrape fermement le canon. Au milieu des cris étouffés Rauvan ne voit rien venir, un coup précis asséné de toutes ses forces sur la tempe suffit à faire éclater les os du crâne. Rauvan n'a même pas besoin de tomber, il se contente de s'affaler un peu plus sur la fillette. Gabriel ne cherche pas à mesurer les conséquences de ce qui vient de se passer, il détache la jeune esclave, lui signifie de ne pas crier. Elle panique et repousse le corps de Rauvan qui roule doucement à côté de sa première victime, elle pousse un cri en apercevant le cadavre égorgé de sa mère. Il lui dit sèchement de se taire pour ne pas alerter les soldats, elle obéit, il voit qu'elle a peur de lui autant que de celui qui vient de l'agresser. Il la comprend, il ne pense pas que c'est injuste, au contraire, il se dit qu'elle a raison. Un salopard de moins en tout cas. Il tourne à peine la tête vers Rauvan et elle s'enfuit en bondissant comme un chat. Décidément rien ne se passe comme prévu au cours de cette soirée merdique, mais avait-il seulement prévu quelque chose ? Non, pas même l'ébauche d'un plan, il a agi comme s'il était guidé par une main invisible. Il écoute la nuit et attend le drame, quelques instants s'écoulent encore. Ça y est ! Il l'entend hurler, il secoue la tête et sort tranquillement de la case, il n'y a plus rien à faire ici. *C'est le début des vraies emmerdes*, se dit-il. Il se rappelle de ses putains d'ordres, ceux qu'il avait lancés pour impressionner la troupe et montrer qu'il n'y avait pas de faiblesse en lui.

— Ne laissez personne sortir de ces cases après le couvre-feu même pour pisser, c'est bien compris !

Malgré l'évidence que Joshua l'aurait tué sans la moindre hésitation s'il en avait eu l'occasion, l'idée de faire pendre l'esclave au petit matin ne réjouissait guère Gabriel, il aurait bien aimé discuter un peu plus avec lui pour connaître mieux l'architecture de sa pensée révolutionnaire. Et ces ordres à la con, toujours :

— Si vous apercevez quelqu'un qui tente de s'échapper vous tirez, une sommation et vous tirez ensuite.

Alors, un peu comme si le fait de se remémorer des paroles passées pouvait déclencher les événements du présent, il entend la détonation du fusil qui claque dans la chaude nuit tropicale. Inutile de se précipiter pour aller voir, elle est morte. Comment pourrait-il en être autrement ? Peu de temps après la nuit s'embrase, Gabriel a rassemblé ses hommes et donné ses ordres. Rauvan manque à l'appel, il se sent presque mieux en captant les regards interloqués de sa bande de criminels. Les Noirs sortent de leurs cases, allument de grands feux, hurlent en brandissant leurs pauvres armes et bientôt ils tombent comme des quilles, salves après salves. Et eux, les soldats du roi, ils n'ont finalement pas d'autre choix que de faire le sale boulot, celui pour lequel on a missionné Gabriel à Vallière, celui qu'il pensait naïvement pouvoir éviter.

À l'aube, c'est Garri qui vient tirer Gabriel de la paillasse sur laquelle il s'est brièvement assoupi, le soudard a les yeux humides et couine comme un petit enfant qui a perdu ses jouets, le profil fuyant de son visage est agité de spasmes musculaires qui lui tiraillent les sourcils et la commissure des lèvres. Une fatigue immense se lit dans toute sa physionomie, il a vieilli de dix ans mais les nerfs le tiennent encore debout, dans un état de surexcitation total.

— Mon lieutenant, mon lieutenant, y z'ont zigouillé Rauvan, y z'y ont écrabouillé le crâne, mon lieutenant, faut tous les punir, mon lieutenant, c'est des sauvages, rien que des sauvages ! On l'a trouvé dans une case à l'autre bout du village, z'y ont pris son fusil pour le refroidir.

Gabriel se lève calmement, époussette la paille accrochée à son uniforme, il le dévisage et lui répond d'un ton roide, vide de toute compassion. Il veut ramener Rauvan à ce qu'il était, un mort de plus, un salaud dont la vie ne valait à coup sûr pas plus que chacune de celles qui venaient de s'achever au cours de la nuit.

— Avec les deux patrouilleurs massacrés, ça fait donc trois morts chez nous. Comparé au nombre d'insurgés qui y ont laissé la peau, je trouve que l'on s'en sort plutôt bien.

Garri reçoit avec effroi cette réponse glaciale, il se tord la bouche en une moue de dégoût. Gabriel voudrait bien le faire payer lui aussi, même s'il voit bien qu'il souffre déjà profondément de la perte d'un homme qu'il devait aimer vraiment. Cette souffrance chez quelqu'un qui la mérite tant, cela le réconforte un peu. Il insiste quand même.

— Et d'abord qu'est-ce que Rauvan foutait dans une case tout seul en pleine nuit, sait-on qui habitait là-dedans ?

Garri s'agite un peu plus, il se sait piégé et demeure muet. Gabriel poursuit en haussant le ton.

— Autre chose, soldat, la jeune fille nue qui a été abattue et qui nous a foutus dans ce merdier, est-ce qu'on a des nouvelles ? J'aimerais bien comprendre d'où elle sortait et savoir pourquoi on s'est battus !

Garri est pris d'un vertige, il s'appuie à un des montants de la tente. Gabriel lui saisit le bras en le serrant fortement et plante son regard dur dans le sien.

— Ça va ? Tu as l'air épuisé, prends un peu de repos, ça vaudra mieux. Une dernière chose, qu'est-ce qui te dit que c'est un Noir qui a fait le coup pour Rauvan ?

— Mais mon lieutenant, qui voulez-vous que ce soit ? Enfin, c'est signé, c'est forcément un de ces sauvages.

— De toute manière c'est terminé, soupire Gabriel, l'ordre est rétabli, le propriétaire et le colonel seront satisfaits.

Il se sent trop las pour poursuivre plus longtemps ce petit jeu qui ne l'amuse même pas. Il fait signe à Garri de sortir mais l'autre reste *pinqué* là, les yeux exorbités, continuant à ruminer sa vengeance. Il interpelle son lieutenant d'une voix pleine de fiel :

— Il nous en reste un, mon lieutenant, vous ne l'avez pas oublié quand même ?

Il n'avait pas étanché sa soif de meutre, son regard suintait la haine, tout son être exprimait le désir de tuer encore.

— Celui tout desséché avec lequel vous avez négocié, çui là aussi faut qu'y paye, faut faire justice à Rauvan.

Gabriel pense à part lui, *t'inquiète, je me suis occupé de lui faire justice à ce salaud.*

Il sait que Garri a raison il n'a pas le choix, il a été clair quant à l'issue d'une nouvelle émeute, il faut le pendre pour mettre un terme à cette folie. Il pendrait bien aussi le planteur et sa connerie avec lui, il se sentirait sûrement un peu plus en paix avec sa conscience.

27.

François-Marie Lacombe avait savamment manœuvré pour en arriver là, il était entré aux Jacobins, non pas dès la fondation du Club, c'était alors trop risqué, mais dès qu'il avait compris que c'était le moyen le plus sûr pour manipuler à son profit quelques idées révolutionnaires, qu'il ne partageait pas, et pour prouver au plus grand nombre qu'il était un patriote convaincu, ce qu'il n'était pas. Au Club, il était respecté et tout le monde pouvait louer sa profonde sollicitude. Il la cultivait en restant longuement, après chaque séance, pour s'enquérir des petits tracas de ses coreligionnaires, pour prendre des nouvelles de leurs femmes, de leurs enfants, des vieux et de leur santé. Il semblait si bien s'intéresser à eux et à leur quotidien merdique qu'ils en étaient emplis d'une sincère gratitude. En réalité rien ne lui était plus indifférent que la vie des autres. Lacombe avait occupé à plusieurs reprises les fonctions de président et de secrétaire. Par la grâce de ses malices il avait même convaincu la municipalité de pousser sa candidature comme commissaire auprès du tribunal de district, lors de l'instauration de celui-ci en 1791. Depuis qu'il avait intégré sa fonction, il pouvait à sa guise mener des enquêtes sur ceux qu'il n'aimait pas, sur ceux qu'il jalousait et, à la demande du corps civique, sur les suspects présumés d'antipatriotisme, qui étaient toutefois objectivement moins nombreux que les représentants des deux premières catégories.

Les réunions du Club se déroulaient dans l'église Saint-Julien, un édifice religieux de dimensions modestes, confisqué au profit de la Nation en 1790. La séance extraordinaire, convoquée en cette fin d'après-midi de pluviôse, avait fait le plein. Les membres du Club s'assemblaient dans la nef et le public se tassait dans les bas-côtés. La salle était tout entière emplie d'un grondement continu d'indignation, brisé de temps à autre par de violents éclats de voix. Les débats s'annonçaient houleux, la guerre réclamait des hommes et l'on en avait peu, on voyait des suspects et des ennemis de la Nation partout, chacun craignait maintenant de n'être pas assez, pas assez républicain ni révolutionnaire, pas assez enragé, ou bien d'être trop, trop modéré, trop compatissant.

Avant de pénétrer dans le chœur, où se réunissait le directoire du Club, François-Marie Lacombe jeta un dernier coup d'œil au miroir accroché à l'entrée de la sacristie. Il avait l'air fatigué, les traits tirés, l'accumulation des nuits à réfléchir aux meilleurs moyens d'arriver à ses fins l'épuisait. C'était à ce prix que François-Marie avait traversé au mieux tous les accidents de la Révolution. Il était doué pour convaincre la plupart de ses concitoyens de la sincérité de ses convictions. Il n'avait ainsi jamais défendu la moindre idée nouvelle, jamais été trop audacieux ni trop timoré, il se contentait d'épouser opportunément l'opinion de la majorité et n'avait pas son pareil pour sentir le vent tourner. En flattant ses frères de la Société des Amis de la Constitution, il arrivait sans peine à les convaincre de sa bonne foi et leur faisait sans difficulté oublier ses louvoiements tout au long des années terribles. Sa pensée se résumait en un point, il voulait être de ceux qui survivraient à la Révolution et cette ambition avait guidé chacun de ses actes, chacune de ses paroles depuis plus de sept ans. L'empathie et l'altruisme étaient pour lui les vertus des hommes faibles mais l'art de la duplicité, qu'il maîtrisait à merveille, l'amenait à convaincre chacun de ceux qu'il rencontrait qu'il était la personnification de ces deux qualités. Révolutionnaire parce que le temps était à la révolution, il ne croyait pas à l'égalité, tout en ayant passé les dernières années de sa vie à s'en faire le plus ardent défenseur. Au fond de lui il aurait adoré pouvoir rester royaliste, vivre au milieu de gens éduqués qui ne connaissaient pas la grossièreté et la vulgarité du peuple. Des vieux usages de la monarchie défunte, il conservait une inavouable passion pour les hiérarchies sociales. Diriger ne l'intéressait pas, c'était trop dangereux, sous-diriger lui convenait en revanche parfaitement, il lui plaisait d'ailleurs d'être soumis à l'autorité d'une personne qui disposait des vraies responsabilités, d'en être l'éminence grise. Ce rôle d'affidé, il le jouait maintenant en grande partie pour le plus influent des députés du département à la Convention. Onctueux, l'air de ne pas y toucher, le commissaire s'acquittait parfaitement de sa tâche. Il n'avait pas son pareil pour prendre le pouls de l'opinion publique dans son territoire, il enquêtait sur les ennemis, les détracteurs de son chef, il lui en inventait aussi de nouveaux afin d'éliminer quelque gêneur ou simplement par souci de nuire à un citoyen qui lui déplaisait.

Lacombe soupira en voyant le reflet de son visage que la Révolution avait tellement fait vieillir, puis il rejoignit les membres les plus influents de la Société des Amis de la Constitution qui se tenaient debout dans le chœur et se chuchotaient à l'oreille, tels des conspirateurs soucieux du secret de leurs projets funestes. Ils avaient ce jour-là décidé de frapper un grand coup.

Au milieu de cet aréopage de gens qui se croyaient importants, le préfet du vieux Collège, le citoyen Lanneau, tentait désespérément d'ouvrir la séance. Comme beaucoup de ses prédécesseurs au poste de président, il jouait au vieux lion mais il n'en avait guère plus que la crinière et son autorité n'était clairement pas suffisante pour faire cesser le vacarme des conversations enfiévrées.

— Bien, mes chers frères, je déclare la séance extraordinaire…

Il dut s'interrompre, personne ne paraissait l'entendre et encore moins l'écouter, il eut l'air très désappointé de constater que sa voix profonde n'avait pas plus d'effet que celle d'un enfant qui aurait voulu faire cesser une querelle d'adultes.

— Allons, allons, un peu de calme, s'il vous plaît ! Il n'est que temps de commencer.

Il comptait bien être rentré pour le souper galant que lui avait promis sa jeune épouse.

Le bourdonnement s'atténua un instant puis repartit de plus belle comme le vol erratique d'un gros insecte pris au piège derrière des carreaux de verre.

— Je vous en prie, citoyens ! Mes chers amis !

Il en était presque réduit à hurler.

À force de réitérer sa supplique le calme se fit pourtant progressivement dans la salle. Lanneau put alors ouvrir sentencieusement la séance puis lire le procès-verbal de celle qui s'était tenue la semaine précédente. Une fois ces formalités expédiées, il se prépara à entrer vraiment dans le vif du sujet. Il se racla la gorge pour s'assurer d'un timbre puissant et pour ne pas gâcher son préambule, celui qui devrait donner le ton de cette séance extraordinaire.

— Citoyens, les ennemis de la liberté sont partout, ils sont aux frontières mais aussi dans nos rues, leur perfidie ne connaît plus aucune borne et ils se prêtent aux manœuvres les plus sournoises pour corrompre les patriotes.

Les applaudissements fusèrent en une salve puissante et Lanneau s'enflamma, sa crinière blanche paraissait flotter sur sa figure toute rouge.

— Ce sont des cannibales dont l'existence fait horreur à la nature, ils ne veulent que déchirer les entrailles de la Patrie. C'est une guerre à mort qu'ils nous livrent, mais nous les anéantirons sans aucune pitié !

Une immense clameur s'éleva dans la nef, dans un grand élan tous s'écrièrent :

— Oui, oui, nous les anéantirons ! Vive la Patrie !

Le président leva les bras en un geste ample, tel un tribun romain, les paumes ouvertes vers la croisée d'ogives. Sa voix se mit à chevroter, il surjouait un peu trop.

— Je demande donc que tous les parents des émigrés soient arrêtés, hommes, femmes et enfants, je demande par ailleurs qu'ils soient conduits sur la frontière, pour être mis à la tête de nos armées, afin qu'ils reçoivent le premier feu.

La clameur redoubla d'intensité, plus la proposition était délirante plus la ferveur de l'assemblée s'en trouvait excitée. Lanneau rosit de plaisir, il se disait en son for intérieur que cet empire que la parole pouvait avoir sur les hommes n'était pas donné à tout le monde. Il était bien loin de penser que, bien plus que sa verve, la peur et le regard suspicieux des autres étaient les plus puissants vecteurs de ces grandes démonstrations.

Grisé, le président pérora ensuite une litanie de phrases creuses qui ne suscitèrent plus que quelques ricanements et de timides approbations. Lacombe lui jeta un regard furieux, le commissaire avait minutieusement réglé le scénario de la séance, les acteurs ne pouvaient pas se permettre d'improviser de la sorte, surtout si, comme Lanneau, ils n'avaient guère de talent. Il fallait maintenant relancer la mécanique enfiévrée des frères, Lacombe adressa un discret moulinet de la main au président de séance pour l'inciter à poursuivre selon le plan qu'ils avaient établi. Lanneau saisit alors un feuillet qui traînait sur l'autel et il le secoua longuement dans sa main droite, comme s'il voulait faire tomber chacun des mots imprimés sur le papier.

— Solennellement, je propose maintenant que nous immolions par le feu cette odieuse adresse royaliste qui nous a été transmise par nos amis de la Société des Patriotes d'Orléans et dont je vous ai fait lecture au cours de notre précédente réunion, ce torchon a été largement diffusé dans tous les départements du Nord, c'est une insulte à la Nation, brûlons-le ! Purifions la Société de ces écrits séditieux parvenus aujourd'hui jusque dans nos foyers.

Une nouvelle clameur enthousiaste accueillit cette proposition et Lanneau retrouva le sourire. Il brandit bien haut le feuillet incriminé, en le tenant entre ses deux mains comme un prêtre présentant l'hostie. Il fallait que toute l'assemblée puisse voir et insulter l'objet du délit. Puis il abaissa lentement le papier, l'approcha d'une chandelle pour y mettre le feu et le jeta avec une moue de dédain sur le dallage de marbre où il se consuma en quelques secondes au milieu des cris extatiques de quelques harpies des faubourgs.

Un *banturle* du cru, surexcité par l'atmosphère de liesse qui s'était emparée de la salle, jugea qu'il était temps de pousser la chansonnette. Il entonna *La guillotine permanente* et l'assemblée le suivit en s'époumonant.

Le député Guillotin
Dans la médecine
Très expert et très malin
Fit une machine
Pour purger le corps français
De tous les gens à projets
C'est la guillotine, ô gué !
C'est la guillotine !

Pour punir la trahison
La haute rapine,
Ces amateurs de blasons,
Ces gens qu'on devine,
Voilà pour qui l'on a fait
Ce dont on connaît l'effet,
C'est la guillotine, ô gué !
C'est la guillotine !

À force de comploter
La horde mutine
A gagné sans y penser
Migraine maline
Pour guérir ces messieurs-là,
Un jour on les mènera
À la guillotine, ô gué !
À la guillotine !

Tous riaient et braillaient leur joie de se croire ainsi unis et indestructibles, au moins à cet instant, confortablement à l'abri dans le giron de la mère Révolution. Un grand éclat de rire général mit fin à la chanson et le calme revint temporairement, on s'était trop saoulé, il fallait faire un peu retomber cette ivresse.

Après quelques instants d'un flottement euphorique, le frère Desfarges, ancien notaire, devenu professionnel de la révolution, fut autorisé à prendre la parole.

— Citoyens ! D'autres scandales se nouent aussi sous nos yeux, dans notre communauté, parmi ceux qui ont juré de défendre la République. Sommes-nous tellement lâches que nous préférons détourner le regard ? Citoyens, je propose que nous brûlions aussi ce placard injurieux pour tous les bons patriotes et qui est l'œuvre de Mme d'Aymar ! Les aristocrates repentis restent des aristocrates ! Cet écrit n'a pour seule ambition que de semer le trouble dans l'esprit de nos braves épouses pour mieux diviser le corps social et favoriser les menées contre-révolutionnaires !

Quelques timides applaudissements lui répondirent, très vite étouffés par une rumeur de scepticisme. Puis un silence embarrassé et pesant s'installa. Mathilde venait d'être inhumée, rares étaient ceux qui l'ignoraient encore et la perspective de s'en prendre à la famille d'Aymar dans ces circonstances impliquait un basculement intellectuel de l'idée que Gabriel était un homme respectable vers celle qu'il était désormais un traître à la Patrie.

Desfarges sentit alors qu'il devait tous les mettre face à leurs responsabilités. Contrairement à beaucoup d'autres son éloquence touchait souvent au but et il était temps de leur faire discrètement comprendre que si Gabriel venait à tomber ce silence ferait fatalement d'eux des complices.

— Avez-vous peur des fantômes pour retenir ainsi votre bras quand une famille bafoue les principes de la société révolutionnaire que nous sommes en train de bâtir ? Le cimetière communal n'était pas assez bien pour la citoyenne d'Aymar, il a fallu que son époux l'enterre selon le rite aristocratique, dans un lieu privé, comme un privilégié qu'il se considère toujours. Trouvez-vous cela normal ? Comment la commune a-t-elle pu laisser se produire un tel scandale ?

Quelques réactions outrées, quelques protestations d'amour inconditionnel de la Patrie et quelques jurons vinrent alors agiter l'assistance. Desfarges savait que c'était gagné.

— Je vous le demande une nouvelle fois, cautionnez-vous ces insultes à l'égalité pour laquelle d'honnêtes citoyens meurent chaque jour ?

La foule protesta presque comme un seul homme.

— Non ! À mort les traîtres ! À mort !

Le feu renaissait à nouveau de ses cendres pour décider du sort d'un homme. Certains citoyens restaient toutefois encore à convaincre, ils n'avaient pas hurlé avec les loups, il fallait les rallier et ensuite ils instilleraient eux-mêmes le poison de la médisance à leur famille, à leurs connaissances. Au bout du processus tout le monde verrait en Gabriel le traître idéal, celui qu'il est juste de sacrifier. Desfarges le savait, Lacombe, qui observait l'assemblée de son œil scrutateur, le savait avant tout le monde.

— Et puisque le sujet se porte sur la famille d'Aymar, poursuivit l'ancien notaire, je suggère que les frères Puyramont et Lacombe viennent ici, à la tribune, nous livrer le récit de leur visite au manoir de Fondorat, ils pourront ainsi nous éclairer sur les agissements suspects de ceux qui se prétendent amis de la Liberté.

Puyramont et Lacombe s'approchèrent du centre de l'estrade où les orateurs prenaient la parole. Le commissaire commença par expliquer à l'assemblée qu'ils étaient venus trouver Gabriel au manoir pendant l'agonie de Mathilde, dont ils ignoraient par ailleurs totalement la maladie. Leur volonté était de comprendre les circonstances pour lesquelles le lieutenant de la garde nationale avait peu à peu abandonné son poste tout comme il avait d'ailleurs déserté les séances du Club.

Le président Lanneau toussota pour les interrompre.

— Hum, hum, pardonnez-moi, commissaire, mais je tiens aussi à porter à la connaissance des frères que Gabriel d'Aymar n'a pas payé sa cotisation de cinq sols pour le mois en cours.

Un murmure de réprobation circula dans la salle. Prenant tout le monde par surprise, le président haussa brusquement le ton.

— Et j'ajoute qu'il est loin d'être le seul dans ce cas !

Beaucoup d'hommes se mirent subitement à regarder leurs souliers.

Lacombe haussa les épaules et reprit le fil de son récit.

— Quand nous sommes arrivés le citoyen d'Aymar s'abrutissait à fendre du bois, il m'a paru d'emblée qu'il n'avait pas toute sa tête. Quand il a daigné lever les yeux sur nous, alors j'ai compris. La haine, mes frères, voilà ce que nous avons lu dans son regard, la haine et le mépris, pour nous, et à travers nous pour la Révolution.

Puyramont crut bon de compléter ce propos.

— Son chien, un corniaud visiblement aussi enragé que sa femme, se tenait à ses côtés, prêt à nous sauter à la gorge.

Lacombe hocha la tête et poursuivit. On aurait dit qu'il contait une histoire pour la veillée, au coin du cantou.

— Nous l'avons questionné sur l'adresse aux citoyennes qui a scandalisé les patriotes par son ton provocateur et sur la situation des fédérés qui se retrouvent, du fait de sa désertion, sans officier de métier. Nous lui avons suggéré de venir s'expliquer ici même à propos de tous les récents manquements dont il a fait preuve.

Le président Lanneau les interrogea avec une candeur qui sonnait faux, compte tenu du fait qu'il savait déjà parfaitement ce qu'il s'était passé.

— Fort bien, et qu'a-t-il dit ? Comment a-t-il réagi ?

— Il a continué à fendre son bois comme si de rien n'était en montrant ostensiblement son dédain. Ensuite il nous a menacés et copieusement insultés.

— Et son chien a tenté de nous mordre ! intervint Puyramont. Il était enragé, c'est certain !

Le sujet lui tenait visiblement à cœur, pour montrer que ce n'était toutefois pas sa seule préoccupation, le chapelier garda la parole.

— Ensuite, il nous jeté à la figure que sa femme était en train de mourir, comme ça, avec une froideur insensée, puis il nous a envoyés au diable.

La salle gronda. La colère se lisait maintenant sur tous les visages. Lacombe jubilait intérieurement.

— Pardonnez-moi, mes frères, mais je tiens à rajouter une dernière chose, dit Lacombe. Comme nous partions il a tenu à transmettre un message au Club.

— Ah ! Et quel était-il, citoyen Lacombe ? demanda, sincèrement étonné, le président Lanneau.

Lacombe se dandina d'un pied sur l'autre et secoua la tête, comme si sa bonne éducation lui interdisait de faire passer le mot. Il endossait à merveille le costume de la vertu outragée. Il regarda Puyramont et lui fit humblement signe de la tête pour que celui-ci s'en charge. Aussitôt le chapelier obtempéra.

— Il nous a commandé de vous dire, à vous tous, membres de ce club patriotique.

Il marqua un temps d'arrêt pour ménager son effet.

— Eh bien ? s'impatienta le président.

— Que vous pouviez tous aller vous faire foutre et la Révolution avec !

28.

Quand Joshua marcha au supplice, Gabriel ne lui adressa pas un regard, il n'écouta pas non plus ses anathèmes et ses ultimes insultes tandis que les soldats lui passaient la corde au cou. En milieu de matinée, l'esclave n'était plus qu'un corps au milieu d'autres corps, un corps ballant au bout d'une branche.

Aussitôt rentré au Cap-Français, Gabriel chercha une porte de sortie. Il ne pourrait pas supporter d'avoir à nouveau à faire le sale boulot. Jouer les gardes du corps pour de vieux planteurs, sauver leurs culs pour qu'ils puissent continuer à exploiter des êtres humains comme du bétail, non merci. Pour ne plus avoir à trahir ses idéaux, il s'engagea dans des missions d'escorte de navires marchands français en mer des Caraïbes. C'était d'un ennui mortel mais au moins ne l'emmerdait-on plus avec des ordres absurdes.

Baptiste rentra vers la fin du mois de juin 1780, Gabriel fut aussi heureux de le retrouver que de constater qu'il n'avait pas changé le moins du monde. C'est aussi en ce début d'été qu'il fut pour la première fois question de constituer un contingent de soldats de couleur originaires de la colonie, et de soutenir le corps expéditionnaire de Rochambeau qui devait prochainement débarquer à Newport pour venir en aide aux insurgés américains. Les deux amis y virent le plus sûr moyen d'échapper enfin au piège odieux de la société coloniale dominicaine. Ils se portèrent donc volontaires pour servir en tant qu'officiers auprès de cette troupe de Noirs intégrée au régiment de Port-au-Prince et qui devait, chacun pouvait en apprécier l'ironie, se muer en champions de la liberté en lutte contre le tyran anglais.

Le gouverneur et le colonel, qui eux aussi voyaient dans cette affaire une excellente occasion de se débarrasser de deux emmerdeurs, accédèrent à leur demande avec une bienveillance hypocrite remarquablement assumée. Un banquet fut même organisé en leur honneur, au cours duquel la noblesse d'un tel engagement fut unanimement saluée. Baptiste, dans un état d'ébriété très avancé, y tint un discours délicieusement scandaleux sur l'égalité étendue à tous et sur le rôle de l'armée dans l'établissement d'une société d'hommes libres, mais comme tout le monde était saoul personne n'y prêta vraiment attention.

29.

Le Tribunal criminel révolutionnaire de la cité fut institué au début du mois d'avril 1793. Le sinistre modèle parisien avait fait des petits jusque dans les territoires les plus reculés de la République. Se soumettre aux idées les plus mortifères, aux projets les plus radicaux devenait un moyen d'exister aux yeux des nouvelles idoles siégeant au pavillon de l'Égalité. Lacombe obtint la consécration qu'il cherchait en étant désigné accusateur public de cette improbable juridiction.

Partout l'hiver avait porté les fruits du sang de la Révolution. La tête du roi avait roulé dans le panier de Sanson, le député Lepelletier avait été assassiné, Dumouriez avait trahi et les autorités locales exploitaient habilement ces événements pour exciter la population contre les suspects. On cherchait des ennemis à abattre et de braves gens pour les dénoncer, les uns comme les autres ne manquaient pas.

— La nature humaine est vraiment bien faite, disait Baptiste à ce sujet, mettre tant d'ardeur, d'ingéniosité à haïr et à tuer ses semblables, c'est franchement remarquable !

Pendant les deux mois qui suivirent l'enterrement de Mathilde et la sordide affaire du chien, la famille d'Aymar ne fut plus vraiment inquiétée. Gabriel désirait surtout qu'on oublie jusqu'à son existence, il ne se montra plus en ville et vécu en pénitent, à l'écart de la fureur du monde. Son ambition était de trouver une nouvelle voie dans la recherche du bonheur, or sa première résolution était de vivre et pour y parvenir la sagesse lui commandait de rester éloigné d'une Révolution pour laquelle il avait perdu la foi. Pour faire constater son droit à l'oubli, il avait cru utile d'adresser une nouvelle lettre au Club et au directoire du département dans laquelle il reformulait son souhait de désormais se tenir en retrait du mouvement révolutionnaire et de ne plus avoir de troupes sous son commandement. Inutile de dire que cela n'avait en rien arrangé son cas. Il se persuadait pourtant qu'on lui foutrait définitivement la paix et qu'il pourrait panser ses plaies dans son havre de Fondorat, protégé par quelques hectares de forêt, une vieille grille et quelques murs moussus à moitié écroulés. C'était une nouvelle preuve de son incorrigible naïveté mais Gabriel était ainsi, c'était sa façon singulière de se convaincre lui-même que l'impossible était éventuellement possible.

Le printemps était là, son irrépressible nécessité de vivre gagnait chaque jour un peu plus sur les vestiges de l'automne et Gabriel reprenait tout doucement goût à la beauté des choses. Ce fut dans ce temps suspendu entre la mort et la résurrection, que les gendarmes vinrent le cueillir au petit matin. Il était ce jour-là seul au manoir et la force publique le savait parfaitement pour avoir épié depuis des jours les moindres allées et venues des habitants de Fondorat. Au cours des semaines qui avaient suivi la mort de Mathilde, Gabriel s'était mis à aimer ces courtes périodes de solitude, il les appréciait encore en ce début avril, mais de moins en moins. La seule pensée qu'Angèle puisse s'éloigner le dévastait, tout en elle l'attirait désormais irrésistiblement. Il culpabilisait de la passion incontrôlable qu'elle avait éveillée en lui et ressentait une jalousie dévorante lors des escapades en ville qu'elle s'octroyait parfois. Il l'aimait voilà tout et refusait de voir qu'elle n'attendait qu'un geste, qu'une parole pour s'abandonner complètement à lui. Les absences régulières de sa petite Jeanne ne lui pesaient pas autant et de cela aussi il se rendait coupable. Bien sûr il aimait sa fille de toutes ses forces mais à la différence d'Angèle, il n'éprouvait pas en son absence l'impérieuse nécessité de la peau, du désir, ou la pensée obsédante que cet amour s'égare. Il n'avait pas à conquérir Jeanne, elle était son enfant, déjà et pour toujours une part de lui-même. Les moments où elles quittaient Fondorat permettaient pourtant à Gabriel de réinventer son existence sans que l'écho de leurs corps et de leurs sentiments viennent résonner dans l'étendue immense de sa quête intérieure. Dans la bibliothèque, sous le couvert des arbres centenaires du parc ou au cœur de la forêt, il se réconciliait peu à peu avec l'essence de son être, avec ses contradictions, avec ses choix passés. Il réapprenait à user des lois de la Raison puis à les abandonner pour mieux construire les fantasmes de sa vie d'après.

Baptiste était demeuré un bon mois auprès de la famille d'Aymar, il avait ensuite réintégré l'immeuble cossu du faubourg et repris son activité de médecin lorsqu'il avait acquis la certitude que Gabriel ne renoncerait pas à la lutte désespérée des hommes qui croient encore au bonheur. Marie l'avait suivi, car si le chirurgien savait très bien s'occuper des autres, il était en revanche d'une incompétence affolante pour ce qui était de prendre soin de lui-même. Jeanne passait une grande partie de son temps au numéro 18 de la rue du Jardy, la fillette s'y ennuyait moins qu'à Fondorat où la joie et les rires peinaient encore à reconquérir leur place. Angèle l'accompagnait souvent en ville pour la journée, lorsqu'elle sentait que Gabriel avait besoin de rester seul. L'amitié limpide que lui avait offerte Marie répondait à son besoin de se dévoiler, de parler, de rire, d'être comprise. La grande sociabilité de la jeune femme forçait aussi Angèle à s'ouvrir davantage aux autres et parfois même à tenter de comprendre ses semblables. C'était un effort louable mais auquel elle avait renoncé très vite tant cette tâche lui avait parue définitivement hors de portée. Leurs caractères et leurs beautés elles-mêmes se complétaient à merveille, Marie était suave, tout en harmonie, elle n'avait pas eu d'éducation et en souffrait secrètement mais sa sagacité compensait presque toujours ce manque. On la trouvait généralement adorable, on voulait la protéger, elle vous regardait avec ses grands yeux de biche, son sourire délicieux et vous l'aimiez sans même la connaître. Elle avait fait de son apparente fragilité et de son air ingénu une arme redoutable, qui lui permettait presque toujours d'arriver à ses fins. C'était le moyen qu'elle avait trouvé pour survivre dans un monde où les pulsions violentes des hommes lui avaient déjà causé des blessures inguérissables. Elle avait découvert au contact de Baptiste qu'ils n'étaient pas tous mauvais, depuis elle ne cherchait plus à faire souffrir que ceux qui le méritaient et à rendre les autres dignes d'être aimés par des femmes. Outre la blondeur de miel de ses cheveux bouclés, Angèle lui enviait surtout cet art subtil de la séduction auquel elle-même n'avait jamais été initiée, un mot, un geste, un frôlement, un regard ou une absence, elle en découvrait le langage infini, une tour de Babel. Par contraste avec celle de

Marie, sa beauté à elle était sauvage, intimidante, elle cachait en outre un esprit brillant et une culture aiguisée par son éducation humaniste.

— Un subtil mélange de Pocahontas et de Montesquieu ! disait Baptiste pour la taquiner.

Ses interlocuteurs s'en trouvaient le plus souvent déstabilisés, surpris de ne pas pouvoir l'enfermer dans le carcan de leurs préjugés sur les sauvages. Elle intimidait la plupart des hommes qui la désiraient à défaut de la courtiser, elle effrayait les autres qui voyaient en elle une servante de Lilith. Les femmes la détestaient pour sa beauté qui ne ressemblait à aucune autre et pour sa liberté insolente. Marie c'était l'eau insaisissable, Angèle le feu dévorant, et quand elles se jetaient ensemble dans la folle agitation révolutionnaire toute la ville se retournait sur leur passage.

Ce jour-là donc, Gabriel était seul, seul et vulnérable. Quand il poussa le vantail de la lourde porte en noyer il eut la désagréable surprise de tomber nez à nez avec les canons argentés des Charleville modèle 1777 qui armaient les gendarmes venus le cueillir. Il sursauta sous le coup de l'étonnement, roula deux grands yeux incrédules et recula instinctivement le buste. Il les aurait presque félicités pour l'effet de surprise, mais il se contenta d'un « eh bien ? » déconcerté, presque aussitôt suivi d'un flegmatique « que me vaut l'honneur d'un tel comité d'accueil ? »

Le jeune maréchal des logis, qui dirigeait le détachement de six hommes, tressaillit lui aussi en le voyant, visiblement impressionné d'être si brutalement en présence de sa cible. On avait dû lui décrire un homme aux abois, irascible et excessivement dangereux, alors en un réflexe mal maîtrisé, il tendit son épée devant lui, histoire de maintenir une distance acceptable avec le suspect. Deux bons mètres séparaient encore la pointe de sa lame de la poitrine de Gabriel qui, debout en haut des marches du perron, dominait les gendarmes de sa carrure imposante. Un mur de silence semblait se dresser entre eux. Le lieutenant d'Aymar prit le temps de détailler chacun des visages. Il s'arrêta plus longuement sur deux figures bien connues, des anciens de la garde nationale qu'il avait eu sous ses ordres. C'était en avril 1792, lorsque l'appel à l'insurrection d'une coterie de modérés et de papistes avait embrasé le printemps et le peuple des faubourgs aisés de l'Ouest, excité par les prêches clandestins de prêtres insermentés. Le Club et les *bonnets rouges*, qui contrôlaient déjà le pouvoir municipal, avaient alors requis les services du très prisé lieutenant d'Aymar pour faire cesser la révolte des *bonnets blancs*. Tous ces messieurs nouvellement importants avaient été bien contents de trouver un officier loyal pour les tirer d'affaire, selon un schéma habituel que Gabriel connaissait très bien. Mais tout cela c'était il y a un an, un siècle pour la Révolution. De braves types ces deux gendarmes, des hommes de devoir. Ils ne baissèrent pas les yeux mais Gabriel crut bel et bien percevoir un voile de honte dans leurs regards francs.

Au bout d'un long moment, le jeune maréchal des logis se mit à déglutir avec difficulté et Gabriel sembla enfin s'intéresser à lui. Son attention fut d'abord attirée par les étranges allers-retours de sa pomme d'Adam qui paraissait vouloir expulser des mots qui refusaient obstinément de sortir. Un grand raclement de gorge délivra finalement une logorrhée saccadée, dans laquelle prenaient place toutes sortes de conseils censés être plus avisés les uns que les autres.

— Gardez votre sang-froid ! N'opposez aucune résistance, restez calme, vous entendez, citoyen ?

Non, Gabriel n'entendait pas vraiment, il s'était figé dans la contemplation de cette figure juvénile qui devait ressembler à l'enseigne de vaisseau d'Aymar lorsqu'il avait quitté Brest. L'insistance de son regard rendait manifestement le jeune homme mal à l'aise et encore plus fébrile.

— Restez calme ! Je vous le répète.

En effet il ne cessait de le répéter, Gabriel ne pouvait toutefois pas être plus calme que ce qu'il n'était déjà, dans la mesure où il ne bougeait pas et ne manifestait pas le moindre signe d'agacement. Les tics nerveux qui entrecoupaient les phrases du maréchal des logis laissaient en revanche penser que lui-même n'avait jamais dû être bien au clair avec la notion de sérénité.

Et Gabriel le scrutait toujours, ce jeune homme quasi imberbe le ramenait à sa fragilité d'avant, il lui rappelait aussi cette stupide mortalité qu'il avait toujours eu autant de mal à admettre. Après tout il aurait très bien pu sortir du manoir pistolet au poing et lui loger directement une petite balle de plomb entre ses deux jolis yeux bleus, ce qui aurait marqué la fin brutale de son insignifiante existence, comme la sienne aurait aussi pu s'achever quinze ans plus tôt, égorgé dans une venelle dégueulasse de Brest ou bouffé par une colonie de fourmis légionnaires dans la forêt putride de la Navasse.

Une voix qu'il connaissait bien l'arracha à ses pensées et il cessa dès lors de dévisager le jeune homme, c'était une de ces voix qui, lorsqu'elles trouvaient le chemin de sa conscience, envahissaient chaque parcelle de son être pour révéler en une fraction de seconde l'ombre noire de lui-même.

— Bonjour, citoyen Aymar.

Le ton compassé suffit à lui glacer le sang. Lacombe était donc là lui aussi, masqué par la haie des soldats qui le tenaient en joue, il ne l'avait même pas remarqué. La présence du commissaire sur le seuil de sa maison fit remonter à la surface les courants profonds de sa douleur, elle lui évoquait l'image de Mathilde agonisante lors de sa dernière visite, cette souffrance indicible que Lacombe était formellement venu constater ce jour-là, le procès-verbal qu'il avait immanquablement établi de retour chez lui. Un frisson interminable traversa tout son corps et il lui répondit d'un air sombre.

— C'est citoyen d'Aymar, je vous prie, monsieur Lacombe.

C'était donner le bâton pour se faire battre, il le savait.

— Les particules et les distinctions sociales liées à la naissance auxquelles vous semblez attaché ont été abolies, citoyen Aymar, répliqua froidement le commissaire.

Il devait se maîtriser, c'était la condition de sa survie dans les instants à venir et il en avait douloureusement conscience. Deux des gendarmes firent alors un pas sur le côté sans quitter des yeux Gabriel, et Lacombe s'approcha de son pas traînant, les mains croisées derrière son dos légèrement voûté. Les traits de son visage avaient l'étonnante faculté de transcrire en une fraction de seconde tous les bons sentiments qu'il souhaitait montrer à ses interlocuteurs. Il était tour à tour affable, compatissant, grave ou modeste, il savait s'offusquer puis mimer dans l'instant une généreuse bienveillance. Sa palette n'avait guère de limites, ce qui le rendait d'autant plus redoutable.

Il s'arrêta prudemment à côté du maréchal des logis, la peau blanche et fine de ses joues se colorait de petits vaisseaux rose foncé très disgracieux, mais qu'il n'osait dissimuler sous un fard de peur de passer pour précieux et contre-révolutionnaire. Il avait revêtu un austère frac noir à revers croisés et une culotte gris cendré. Sa modestie toute révolutionnaire ne l'avait pas encore conduit à adopter le vulgaire pantalon à pont qui équipait désormais le peuple des villes. Pour donner le change il se coiffait toutefois d'un bicorne bas, timbré d'une cocarde énorme, qui venait rompre, de façon assez grotesque, l'harmonie presque élégante du reste de son costume.

Gabriel se sentit entrer dans un de ces moments étranges où la vie bascule, il allait les suivre et plus rien ne serait jamais comme avant. Il n'y avait aucune échappatoire, il ne restait plus qu'à faire face et à laisser dériver son sort vers la tempête. Il fit un immense effort pour rester parfaitement calme et maître de ses émotions, il aurait besoin de toute sa lucidité dans les heures à venir, et puis cela soulagerait sûrement le jeune maréchal des logis, après tout, à lui aussi on devait confier le sale boulot, il ne servait à rien de lui rendre la tâche encore plus difficile que ce qu'elle n'était déjà. Seule la présence de Lacombe était de nature à lui faire perdre son sang-froid, sans doute que le commissaire le savait, peut-être même était-il venu pour cela. Gabriel posa son regard sur lui et esquissa un sourire amer.

— Tu es venu aussi donc, j'avais peur que tu m'aies oublié.

Pour faire croire qu'il n'en faisait pas une affaire personnelle, Lacombe lui fit son regard franc. Il fixait le menton ou le nez de son interlocuteur et arrivait ainsi à regarder les gens sans vraiment les voir.

— Citoyen, nous sommes mandés pour te mettre aux arrêts, de lourdes charges pèsent sur toi, tu auras l'occasion de t'en expliquer lors d'un procès.

Le timbre de sa voix était neutre, comme celui d'un automate que l'on aurait doté de la parole.

Gabriel soupira, il n'avait pas peur pour lui, il s'inquiétait surtout pour celles qui l'attendraient ce soir et ne le verraient pas rentrer. Jeanne et Angèle seraient folles d'inquiétude, il baissa la tête, comme s'il était soudain accablé par cette pensée douloureuse, et marmonna :

— Pourrez-vous au moins prévenir ma famille ?

Lacombe eut l'air compatissant, dans sa position cela ne lui coûtait pas grand-chose. Il hocha la tête en se pinçant les lèvres et se dit qu'il ne servait à rien de contrarier un mort en sursis.

— Nous nous en chargerons, fais-moi confiance.

Les petites rides en pattes d'oie au coin des yeux de Gabriel s'étirèrent, il déglutit pour avaler un sourire. Lui faire confiance, c'était bien la dernière des imprudences à laquelle il se serait risqué. Il suivit du regard le vol ample et lourd d'une buse au-dessus des frondaisons et resta un long moment silencieux, enviant le rapace, sa liberté inaliénable. Puis ses yeux sombres s'abaissèrent lentement sur celui qui voulait sa peau.

— Un procès dis-tu ?

— Bien sûr ! répondit Lacombe.

On aurait dit qu'il était vexé que Gabriel puisse en douter.

— Tu y as droit comme tout citoyen !

Il insista un peu trop lourdement.

— Un procès juste et équitable.

La lèvre inférieure de Gabriel s'arrondit d'abord en une moue dubitative, puis il éclata d'un rire cristallin. Un procès juste et équitable, ce Lacombe était décidément impayable, cette perspective lui paraissait à peu près aussi crédible que l'existence d'un paradis et d'un enfer.

La suite fut franchement étrange, un peu comme s'ils avaient tous convenu d'un pacte établissant une trêve provisoire. Sur l'injonction de Lacombe les gendarmes lui laissèrent le temps de se vêtir à sa convenance et l'accusateur public consentit également à ce qu'il rédige un mot à l'intention d'Angèle et de Jeanne. Il s'évitait ainsi la tâche pénible d'avoir à les prévenir lui-même. Assis devant son secrétaire, sa plume à la main et l'œil mauvais d'une justice assassine dans son dos, Gabriel resta un long moment tétanisé par la crainte de ne pas savoir comment débuter ce billet. Spontanément il aurait commencé par : *mes bien-aimées* ou *mes chers amours*, mais cela lui paraissait encore trop transgressif vis-à-vis d'Angèle. Il ne voulait pas, dans ces circonstances compliquées, qu'une simple formule devienne de façon trop évidente le miroir de ses sentiments profonds ou de son désir refoulé. Il opta pour : *ma petite fille chérie, mon ange*, c'était plus sage et il ne cédait rien à la tendresse.

L'accusateur public et un peloton de gendarmes sont venus m'arrêter ce matin au domaine, il n'y a eu aucune violence, ne vous inquiétez pas, je vais bien. Il y aura sans doute un procès. Pour quels chefs d'accusation ? Je l'ignore à cet instant, mais ce sera pour moi l'occasion de démontrer que les idées nouvelles et les principes de 1789 ont toujours guidé mes actions. Je vous demande de vous protéger mutuellement et de ne rien tenter qui puisse vous compromettre. Dès que je le pourrai je vous ferai passer de mes nouvelles. Veillez à prévenir Baptiste afin qu'il ne s'alarme pas. Je vous embrasse de tout mon cœur comme je vous aime.

Lacombe lut le billet discrètement, dans la cuisine, tandis que le lieutenant d'Aymar se changeait sous la surveillance de quatre soldats. Ces quelques lignes d'une écriture nerveuse lui tirèrent une moue de dédain et il secoua faiblement la tête comme pour exprimer son désaccord au papier qu'il tenait sous ses yeux. Il ne croyait pas à ces sentiments bruts et dégoulinants, pour lui l'amour ou l'amitié se fabriquaient en fonction d'intérêts communs qui n'étaient qu'une addition de désirs individuels et purement égoïstes. Il ne croyait pas non plus que l'honnêteté puisse être ainsi dénuée de faux-semblants et d'arrière-pensées. Un homme entièrement honnête cela n'existait pas, on était toujours malhonnête, vis-à-vis de soi-même ou vis-à-vis des autres, mais au bout du compte on finissait toujours par mentir à quelqu'un. Or malgré ses grands airs de droiture, Lacombe était bien persuadé que le lieutenant d'Aymar n'échappait pas à ces règles intangibles. Curieusement, ces deux hommes si dissemblables se posaient les mêmes questions, seules leurs réponses divergeaient totalement. Gabriel ne pouvait nier qu'il dissimulait bien des choses, son amour, son désir brûlant pour Angèle, certaines de ses actions passées, ses renoncements, ses petites lâchetés, le fait que toute sa vie n'avait été, après tout, qu'une quête pour se satisfaire lui-même et valider son système de pensée prétentieux. *Rien n'est plus important aux yeux de chacun que soi-même,* ce devait être cela le dénominateur commun à tous les hommes. Chacun cherchait à sauver sa peau et à approcher l'idée qu'il se faisait du bonheur, voilà tout.

Quand Gabriel fut prêt, qu'on l'eut aimablement assuré que sa famille pourrait lui faire parvenir quelques affaires supplémentaires, le maréchal des logis le raccompagna sur le porche comme l'aurait fait le maître de céans avec un invité de marque. Cette inversion de l'ordre des choses le fit sourire. Puis la porte d'entrée se referma lourdement sur le silence du manoir et l'officier de gendarmerie y punaisa le mot à l'adresse d'Angèle et de Jeanne. Au bas du perron il lia fermement les mains de Gabriel dans le dos sans que celui-ci n'oppose la moindre résistance. Se révolter lui paraissait vain, il ne s'en sentait à cet instant ni le goût ni la force, et puis ç'aurait été gâcher cette splendide matinée de printemps, alors que les premiers effluves floraux des lilas et des roses se posaient en douceur sur chaque chose, que les parterres de narcisses, de jonquilles et de tulipes reprenaient un à un les couleurs de la vie. La joyeuse mélodie du printemps descendait des cimes des arbres par le bavardage incessant des mésanges et des chardonnerets qui répondait au chant clair et flûté de la fauvette. La nature s'égayait, insouciante, ce n'était clairement pas un bon jour pour tuer et encore moins pour mourir. Le jeune maréchal des logis prit la tête du groupe et ils commencèrent à remonter l'allée ombragée du parc. Gabriel avançait la tête haute à l'intérieur du carré des gendarmes et Lacombe fermait la marche, suivant le convoi à une distance qu'il jugeait raisonnable. Arrivé à mi-chemin de l'allée le prisonnier pivota sur lui-même en un pas de danse tournoyant qui fit crisser doucement les gravillons sous ses bottes. Il embrassa du regard le château et marcha ainsi à reculons sur une dizaine de mètres. Les gendarmes échangèrent des regards interloqués, cet homme enchaîné leur paraissait tout à coup plus libre que chacun d'entre eux, libre de faire ce geste, libre de leur dire merde. Gabriel n'entendit même pas le maréchal des logis lui ordonner de « cesser ses provocations ! » et « de marcher dans le bon sens ! », il ferma les yeux et tenta de bien visualiser tous les visages du passé. Depuis quelque temps leurs contours s'effaçaient si vite dans l'océan de ses souvenirs qu'il en concevait une détresse profonde. Seuls les rêves lui ramenaient intacts les êtres aimés disparus. Quand il rouvrit les yeux il eut un bref sentiment de vertige et il se mit à sourire car pour la première fois il lui sembla voir nettement à travers le temps. Ils étaient bien là, ses parents qui l'avaient tant chéri, son amour défunt bien sûr, mais aussi toutes les générations de lui-même, un air de famille traversant les siècles, des visages inconnus qui avaient tracé le sillon de leur vie sur ce domaine. Il tendit l'oreille, les rires des enfants se mêlaient en un tourbillon au chant langoureux de l'amour et aux aboiements furieux des chiens à l'approche de la huée. Il avait l'intuition qu'il ne reviendrait pas ici, même mort. Il accepta l'idée que son temps à Fondorat était révolu et qu'il fallait une dernière fois s'emplir les poumons de l'air délicieux de toutes ces années. Il savait aussi clairement qu'il partait pour un voyage sans retour mais il connaissait les risques et les joies imprévues d'une telle aventure. Il n'avait pas l'air plus malheureux que ceux qui l'escortaient, bien au contraire, ces hommes en armes qui avançaient d'un pas mécanique avec le sentiment étouffant de leur propre culpabilité.

30.

La frégate leva l'ancre de Port-au-Prince le 6 juillet, elle devait d'abord rallier l'escadre du Chevalier de Ternay pour ensuite filer cap au nord, une fois que l'armada au complet aurait été réunie. Chaque jour Gabriel pensait à Mathilde, chaque jour il pensait aussi désormais à Rauvan et chaque jour, en pensant à Rauvan, il pensait à la jeune fille qu'il n'avait pas su sauver. Pour détourner son esprit de ces questions lancinantes, il s'était découvert une passion pour le nouvel État américain du Rhode Island. Ce devait être le terme de leur voyage et il y voyait un avant-poste de la liberté depuis qu'il avait découvert qu'en 1652 cette ancienne colonie britannique avait été la première à voter une loi interdisant l'esclavage. Il en parlait avec fougue, en l'idéalisant comme une terre promise, une étape décisive de son improbable quête d'absolu. Quand il se mettait à divaguer sur ces sujets, Baptiste se sentait investi du devoir impérieux de le ramener aux combinaisons des pharisiens et des cyniques de l'espèce humaine. Lui qui était un fantasque et un incorrigible jouisseur, ne pouvait rapidement plus suivre les sinuosités et les écheveaux infinis de l'imaginaire de Gabriel. Il avait dû lui rappeler cent fois que ce décret n'avait nullement empêché les marchands de la région de poursuivre leur fructueux commerce négrier avec les colonies voisines, et quand son ami avait fini par reconnaître de mauvaise grâce qu'il avait raison, il s'était senti soulagé d'avoir su tuer dans l'œuf ses naïvetés de pucelle. Étrangement, Gabriel lui savait gré de le ramener ainsi régulièrement à la réalité, comme s'il l'obligeait à reculer pour esquiver le coup avant qu'il ne le prenne en pleine gueule. Il ne se méprenait pas sur le sens à donner à ce relativisme dépassionné dont faisait preuve Baptiste, il n'y avait dans cette manière de faire aucune méchanceté ni aucune volonté de le blesser, c'était juste la façon dont un idéaliste déçu s'adressait à un idéaliste encore convaincu, pour atténuer ses souffrances et ses désillusions. La vie pouvait bien le frapper, tenter de le détruire, Baptiste avait le sentiment que son ami se relèverait toujours, car Gabriel conservait une foi sans cesse renaissante en la beauté des choses. Bien évidemment ses mésaventures le laissaient un temps déprimé, vaincu et comme hermétique au monde extérieur, mais cet état ne durait jamais bien longtemps. Il se renfermait quelques jours en lui-même pour se questionner et trouver les voies de la guérison, il contemplait comme une sainte relique le billet que Mathilde avait griffonné dans la diligence, puis du jour au lendemain il se remettait à croire à la concordance inéluctable de la pensée et de l'action, à la pureté certaine des intentions de tous ceux qui parlaient de liberté et d'égalité. C'est ainsi qu'il se régénérait, tel un phénix, jusqu'à ce que surgissent de nouveaux accès de fureur, lorsque ses utopies et sa gentillesse se heurtaient aux réalités crues du monde hypocrite des hommes. C'était son secret, au fond il était toujours un enfant, un enfant désormais capable de tuer pour corriger les déséquilibres de son univers, mais un enfant malgré tout.

Dans ce schéma mental si versatile, Baptiste intervenait le plus souvent pour le protéger de sa candeur, une naïveté dont il craignait qu'à défaut de le sauver, elle ne finisse un jour par anéantir son ami.

Le 11 juillet, ils entrèrent dans la rade de Newport et débarquèrent le lendemain avec les régiments du roi de France. Deux mois plus tard, la formation des recrues noires était achevée et ils quittèrent le Rhode Island pour la Virginie. La guerre et l'automne les y attendaient, un automne merveilleux et flamboyant, une bouffée d'enfance pour Gabriel d'Aymar, un automne dont les couleurs incendiaires embrasaient de pourpre et d'orangé les érables, les bouleaux et les merisiers. Partout, en longues coulées de feu, la grande forêt de feuillus venait s'éteindre en pente douce sur les rives de la James River et sur les plages de la baie de Chesapeake. Loin des tropiques tout avait pour Gabriel la beauté des souvenirs d'avant. Même la guerre se parait d'élégance et d'esthétisme dans l'été indien de 1781.

La troupe des Dominicains, tous plus ou moins volontaires pour cette mission, s'apparentait à une matière humaine brute qu'il avait fallu façonner en êtres raisonnables et en soldats disciplinés, sans toutefois que ces deux conditions potentiellement contradictoires n'aboutissent à leur implosion. Certains avaient appris vite et avec passion, d'autres avaient refoulé leur hostilité envers les instructeurs blancs pour survivre un peu plus longtemps à ce monde de loups. Gabriel et Baptiste aimaient néanmoins l'espérance de justice sociale que le bataillon portait en lui lorsqu'il faisait irruption dans un camp ou sur un champ de bataille. Ils préféraient cette vision révolutionnaire, apocalyptique à vrai dire pour certains de leurs compagnons d'armes, à l'idée d'aider des propriétaires blancs, certes gorgés de grands idéaux philosophiques et épris de liberté, mais souvent farouchement opposés à l'abolition de l'esclavage. La Révolution américaine ne leur était toutefois pas indifférente, c'était une révolution d'idéologues, de bourgeois, de marchands et si la déclaration d'indépendance portait en elle un horizon vertigineux, l'égalité proclamée n'était pourtant que la continuation d'un éternel entre-soi. Sur ce sujet, Gabriel lui-même n'était qu'ambigüités et indécisions. Il admettait bien volontiers l'égalité civile, l'abolition de l'esclavage, une justice identique pour tous et des droits politiques étendus aux femmes mais, s'inspirant de la pensée de Platon, il ne croyait vraiment qu'à un gouvernement des gens éclairés, instruits, et l'idée d'accorder des droits politiques égaux à des paysans illettrés ou à des esclaves nouvellement affranchis lui paraissait totalement absurde, sauf à faire de l'éducation une richesse universellement partagée. Sur ce dernier point toutefois sa réflexion s'émancipait des théories platoniciennes qui ne réservaient l'éducation qu'aux enfants des « gardiens » de la Cité idéale. Au fond il en était resté à l'idée que seuls les hommes élevés par la science, par la philosophie et par la Raison sauraient toujours ce qu'il était bon de faire pour le reste de l'Humanité, cette masse ignorante et ingrate qui refuserait certainement de comprendre que seul le gouvernement des meilleurs savait comment accéder au progrès et, au-delà, au bonheur. La substance même de cette conception du champ politique, c'était donc l'aristocratie, à laquelle Gabriel appartenait mais dont il rejetait par ailleurs les privilèges et les vieilleries. Au moins se consolait-il en se jugeant nettement plus honnête et progressiste que les Anglais et les insurgés américains pour lesquels l'abolition de l'esclavage n'était en rien un objectif mais plutôt un enjeu stratégique. Les

Anglais n'offraient la liberté aux esclaves que pour damner le pion à leurs colons déloyaux, tandis que Washington avait compris bien trop tardivement qu'il devait lui aussi permettre aux Noirs de se battre dans les rangs de son armée pour prix de leur affranchissement. Il y avait bien parmi les insurgés des précurseurs qui s'enflammaient pour cette cause, mais l'écrasante majorité ne traitait du sujet que par opportunisme.

L'effervescence philosophique de la Révolution américaine faisait souffler plus fort la tempête dans le crâne de Gabriel, mais il n'oubliait pas qu'il était là pour la guerre et se réjouissait d'avoir enfin l'opportunité de quitter les actions peu glorieuses de la « petite guerre[1] ». Il laissait derrière lui les expéditions punitives et les missions d'escorte. La guerre de siège et les batailles rangées s'accommodaient bien mieux de l'enseignement dispensé dans les écoles militaires. C'était d'ailleurs la guerre telle qu'il l'avait fantasmée étant enfant, celle des charges de cavalerie et des morceaux de bravoure. Il avait longtemps espéré prendre part à de grandes batailles et il vécut finalement la campagne d'Amérique comme l'accomplissement d'un cycle de sa vie. De façon diffuse, il lui sembla même qu'il se battait enfin pour une cause, sans qu'il sache très précisément d'ailleurs de quelle cause il pouvait bien s'agir. La grandeur du royaume ? Sa propre grandeur ? La liberté ? L'égalité ? Tout était encore très incertain. Au cœur de l'automne américain, le siège de Yorktown marqua néanmoins l'acmé de sa foi militaire.

Pendant dix jours, méthodiquement, les défenses britanniques avaient été hachées menu par la centaine de

1. Désignait au XVIIIe siècle toutes les actions autres que la bataille rangée. Elle fut théorisée notamment par Maurice de Saxe (1696-1750).

bouches à feu et la douzaine de terribles canons de siège de vingt-quatre qu'alignaient Washington et Rochambeau. Plus de dix-sept mille soldats alliés s'étaient assemblés et brûlaient d'en découdre avec les Anglais.

L'après-midi du 14 octobre, les troupes françaises et américaines s'apprêtèrent pour l'assaut des redoutes tenues par l'ennemi. Le haut commandement avait réservé au contingent de Noirs un enterrement digne du peu de considération qu'il avait pour eux, ils s'élanceraient avec la seconde vague d'assaut, une fois que les plus beaux et les plus blancs des soldats auraient pu leur montrer comment devait mourir un brave. La bataille s'était donc déjà engagée lorsque Gabriel grimpa sur une énorme souche de pin blanc pour haranguer ses soldats.

Dans la plaine, la ligne des tranchées françaises n'était plus qu'à une soixantaine de toises des redoutes orientales des Anglais, elle traçait de profonds sillons de terre noire dans lesquels la mort ne tarderait pas à faire de nouvelles semailles. Le vert ondoyant des herbes folles disparaissait peu à peu sous le blanc fleurdelisé des uniformes royaux. À gauche le noir et le violet des étendards des chasseurs de Gâtinais flottaient au vent d'ouest, à droite le jaune et le rouge du régiment de Touraine complétaient le tableau d'une touche élégante de gaieté, tandis que les milices d'insurgés étaient facilement reconnaissables à leurs tenues dépenaillées. Au-delà de ces lignes, qui s'assemblaient en un ballet rythmé au son des tambours, d'immenses colonnes de fumée noire signalaient les dernières redoutes anglaises. Des éclairs de feu surgissaient de ce brouillard de guerre, les pièces d'artillerie des fortins commençaient à tonner en crachant les boulets et la mitraille. Lointains, se détachant sur le fond de ce décor immense, les sommets déjà enneigés des *Blue mountains* verrouillaient le paysage, immuables, ils attendaient que les hommes s'entretuent. La veille, la tentative de Cornwallis d'envoyer des *nègres* atteints de la variole pour les contaminer n'avait fait qu'attiser la haine des Dominicains, il avait fallu abattre comme des chiens souffreteux cette armée de morts-vivants.

Au moment de partir à la bataille, il aurait suffi à Gabriel de souffler sur les braises, de leur dire que la haine les aiderait à survivre, mais il voulait davantage, il voulait qu'ils dépassent cette rage et se battent eux aussi pour une cause. Il leur rappela la feuille de route, les objectifs assignés, puis il ouvrit les bras et les referma comme s'il souhaitait tous les serrer autour de lui. La rumeur terrifiante de la bataille emplissait le vide du monde. Quand il reprit la parole, les visages tournés dans sa direction étaient figés en un masque de colère et de peur, celui des hommes qui savent que leur vie ne tient plus qu'à un fil.

— Nous ne sommes en vie que pour défier la mort, aujourd'hui nous serons égaux et frères d'armes ! Demain vous serez libres, battez-vous et vous verrez peut-être la fin de l'histoire !

Il était comme habité. À l'unisson tous hurlèrent :

— Port-au-Prince !

Et dans le même cri :

— Liberté !

Il redescendit parmi eux pour sentir un peu plus encore cette ferveur que ses mots avaient su provoquer, pour la première fois de sa vie la guerre l'affranchissait de ses pudeurs honteuses. Baptiste, que cette folie ne manquait pas d'alarmer, lui glissa en aparté :

— La guerre te réussit trop bien, Gabriel, ton petit discours, c'était homérique, sincèrement, mais par pitié tâche de survivre à cette journée !

Le chirurgien, qui le plus souvent n'avait vu les horreurs de la guerre qu'enfermé dans l'infirmerie de l'entrepont ou dans une tente de campagne, admettait bien volontiers qu'il fallait avoir connu la déraison d'une bataille pour comprendre la ferveur quasi mystique qui s'emparait parfois des soldats. Il comprenait en revanche difficilement que des hommes acceptent de mourir en ayant l'air d'apprécier cela, et que certains y trouvent une forme d'apaisement voire pire, de fierté. Parfois, pas tout le temps au demeurant, Gabriel avait cette fièvre en lui, lorsqu'il sentait que l'histoire à laquelle il participait dépassait de trop loin les errements de son histoire personnelle. Il cessait alors de considérer l'existence seulement par rapport à lui-même et accédait à un niveau de conscience supérieur qui lui permettait enfin de tolérer toutes les imperfections du monde.

Une grande bourrasque leur jeta la guerre à la figure et le signal fut donné.

31.

La veuve avait fait son entrée en ville par une splendide journée de printemps, les habitants s'étaient pressés pour la voir, les enfants couraient le long du convoi, il ne manquait guère que les fleurs et les rues pavoisées pour égayer la parade. C'était une belle bête, dont la haute silhouette dominait désormais la place qui portait autrefois le nom d'un illustre évêque et qui avait été rebaptisée à l'été 89 place de la Liberté. Une telle machine ne resterait pas longtemps sans emploi, il fallait maintenant trouver de quoi la sustenter et son appétit ne faisait que croître en ces premiers mois de 1793. Gabriel d'Aymar était une bonne proie, il avait trop longtemps joué aux héros.

Le tribunal criminel révolutionnaire siégeait dans l'ancienne église Saint-Julien, le club des Jacobins s'était lui rabattu sur le vieux collège de Jésuites de la ville. Les attributs les plus visibles de la religion avaient été bannis depuis longtemps de la petite église, on souhaitait désormais faire du haut lieu de l'antique fanatisme un temple de la justice. C'était un bâtiment sans grand intérêt architectural, construit au XVe siècle dans un style gothique flamboyant approximatif. La nef, divisée en trois travées, était de dimensions modestes, assez mal éclairée par une double rangée d'ouvertures trop étroites, tandis que le chœur prenait lui la lumière de trois fenêtres hautes à remplage, décorées de vitraux. Au-dessus du vestibule une tribune massive aux boiseries acajou écrasait l'ensemble de l'édifice, elle accueillait un grand orgue mal accordé, dont plus personne ne jouait de toute façon. On avait aussi conservé un peu du lourd mobilier liturgique pour ne pas avoir à faire l'effort de le déménager, quelques stalles, un vaste confessionnal dans un des bas-côtés de la nef.

Les représentants du tout nouveau Comité de Salut Public de la ville avaient trouvé très révolutionnaire l'idée que le maître autel en marbre serve dorénavant de table sur laquelle les juges du tribunal criminel devraient œuvrer impitoyablement. Ce symbolisme lourdaud les satisfaisait pleinement, c'était bien là l'essentiel.

Une petite centaine de personnes, dont la moitié au moins avait été rétribuée par les autorités, se trouvaient ce jour-là dans la salle pour représenter l'opinion publique et le corps civique. Tous ces gens venaient au tribunal comme ils seraient allés au théâtre, sauf qu'ils n'allaient pour la plupart jamais au théâtre. C'était une très belle affluence, l'accusé en valait la peine. Les spectateurs étaient pour l'essentiel issus du petit peuple de la ville, on trouvait aussi quelques gazetiers et autres rimailleurs de chansons, et bien sûr la fine fleur du pouvoir municipal autant que départemental, venue montrer sa fermeté impitoyable envers les ennemis de la Patrie.

Encadré de quatre gendarmes, on fit entrer Gabriel dans la salle par la grande porte. Les deux semaines qu'il venait de passer en prison dans l'attente de son procès n'avaient en rien entamé sa prestance. Bien que la prison communale n'ait jamais été aussi pleine qu'en ce début d'année 1793, il avait eu droit à un étrange traitement de faveur, dont il ne comprenait absolument pas la raison autant que la finalité. Logé très correctement dans l'ancienne conciergerie de la prison, à l'écart des autres prisonniers, il avait été bien nourri et n'avait subi aucune violence. Angèle avait pu lui faire parvenir sans aucune difficulté des colis de vêtements mais toutes les lettres et les billets, soigneusement dissimulés dans les doublures, qu'elle lui avait adressés avaient été interceptés par les geôliers. Aucun contact avec ses proches ne lui avait été accordé, il avait vécu dans un isolement presque total et il aurait mille fois échangé une bonne dérouillée contre quelques instants avec sa fille ou avec Angèle.

Sa barbe de quelques jours, mouchetée d'ambre et de gris, donnait à ses traits fins et encore jeunes un contrepoint de rudesse qui lui allait à merveille, c'était le visage de l'aventurier qu'il aurait aimé avoir à seize ans. Il portait un superbe frac de louvetier en velours qu'on l'avait autorisé à enfiler à la hâte le jour de son arrestation, il y tenait énormément car Mathilde en avait elle-même conçu le patron. De couleur vert bouteille, la veste cintrée était ornée de galons dorés sur la poitrine, les manchettes et autour des poches. Subtil raffinement, les dix-huit boutons argentés de cette redingote représentaient chacun une tête de loup différente. Au milieu de l'uniforme laideur du vêtement révolutionnaire, dont l'indigence ostentatoire avait pour seul but d'éviter de paraître suspect, cette veste pouvait aisément passer pour une provocation. Sa chemise de flanelle blanche et son pantalon collant marron foncé avaient été lavés sans qu'il n'ait rien eu à réclamer, ses vieilles bottes de chasse noires à boucle d'argent paraissaient neuves tant elles avaient été astiquées. Sous ses longs cils, presque troublants de féminité, les yeux bruns acajou de Gabriel semblaient toujours vouloir regarder au-delà des murs.

En le voyant encore si beau et si insaisissable un long bruissement réprobateur parcourut la salle. Lacombe se réjouit, il avait personnellement veillé à ce que Gabriel d'Aymar soit élégant et bien portant le jour de son procès, la jalousie était un bon premier pas vers la haine.

Gabriel remonta l'allée centrale de la nef, un gendarme le précédait, un autre le suivait en appuyant sans conviction sa baïonnette contre son dos. Il avait les mains libres et l'idée de désarmer ce garde, de se battre jusqu'à la mort, lui traversa brièvement l'esprit, cela ne manquerait certes pas de panache. Il se sourit à lui-même, enfermé dans son monde inaccessible aux autres, secoua presque imperceptiblement la tête tout en marchant et renonça aussitôt à cette pensée suicidaire. Il avait bien l'intention de déjouer les pronostics, qui apparemment en faisaient déjà un homme mort. Sur les bancs réservés au public, les têtes ne se tournèrent pas franchement lorsqu'il s'avança vers ses juges. Beaucoup d'hommes, qui le connaissaient bien, préféraient éviter d'avoir à croiser son regard. Personne ne se retint en revanche de murmurer sur son passage.

Quand il fut arrivé à la place qui était réservée à l'accusé, une simple chaise mal rempaillée en contrebas de l'autel, un silence embarrassé s'empara de l'assistance. Par respect pour les formes et parce qu'on les avait payées pour cela, quelques poissardes lâchèrent consciencieusement quelques bordées d'insultes. C'était de l'injure bon marché et très classique en de telles circonstances, mais leurs catégories de référence, *sac à vin*, *lâche*, *savon à culotte*, *cornard*, *traître*, s'accordaient cette fois assez mal avec l'accusé. *Aristo* à la limite, à voir ses grands airs, mais bon, ce n'était pas ce qu'il y avait de plus mordant. Elles durent d'ailleurs ressentir cette vacuité car leurs insanités furent expédiées sans grande conviction.

Tous ceux qui, de près ou de loin, avaient approché Gabriel intégraient encore assez mal l'idée que cet homme respecté, sorte de héros de la guerre d'Amérique et dont on louait encore quelques semaines auparavant la droiture et le courage, soit maintenant accusé d'être un ennemi de la Nation. Évidemment, son mode de vie, depuis longtemps moderne et donc incompréhensible, comme la supériorité implicite qu'il tirait de ses aventures, l'avait toujours placé à part dans la société fossilisée de cette province qui l'avait vu naître. Il avait ramené une Indienne, vu et accompli des choses inconcevables pour la plupart des habitants de ce pays, des gens pour lesquels s'éloigner de quelques lieues de leur maison s'apparentait à un voyage d'étude en terre hostile, là où vivaient ceux qui étaient nés autour d'un autre clocher, une particularité qui était déjà en soi effrayante. Ce n'était certes pas une raison suffisante pour couper la tête à Gabriel d'Aymar, on l'accusait de crimes plus graves que celui d'avoir voyagé et l'assemblée attendait fiévreusement que les juges apportent les preuves de sa duplicité.

Tout était prêt, Lacombe siégeait au centre, il portait une large ceinture de soie aux couleurs de la Nation et un chapeau orné d'un panache tricolore. Engoncé dans une épaisse redingote gris ardoise il avait chaud et dégoulinait autant de sueur que de fausse humilité. En tant que juge principal, il était celui qui avait dirigé l'enquête à charge, il jouait là ce qui semblait être le rôle de sa vie et en même temps il ne s'était jamais senti aussi exposé, ce qui ne manquait de l'inquiéter fortement. Il était le grand ordonnateur de ce procès, qui devait asseoir aux yeux de tous son sens de la Patrie et le rendre définitivement inattaquable. Il avait d'abord convaincu les députés du département de la dangerosité de Gabriel, puis il avait retourné, l'air de rien, la majorité du directoire départemental et du comité de salut public de la ville, dont beaucoup pensaient encore quelques semaines auparavant que Gabriel devait être ménagé eu égard à son passé et à ses états de service à la tête des fédérés. Ce sacrifice d'un homme, qu'il détestait de toute façon, il l'offrait au peuple de sa ville, c'était son œuvre pour la collectivité.

Puyramont l'assistait, assis à sa droite. Tendu comme une arbalète, le chapelier semblait désormais tenu par une colère perpétuelle qui déformait son visage sans viande et éclatait parfois en crises éruptives, comme une soupape libérant un peu de pression afin d'éviter que la marmite n'explose.

Le deuxième assesseur du nouvel accusateur public était Jean Reignac, avocat médiocre de profession. Il était gras, ses cheveux gris étaient impeccablement coiffés et ses yeux globuleux bleu-gris saillaient sur un visage d'une bizarrerie qui forçait ses interlocuteurs soit à détourner le regard, soit à le détailler avec insistance pour tenter de comprendre comment un tel tableau avait été composé. Sa tête paraissait divisée en deux parties difformes bien distinctes, la boîte crânienne volumineuse, tout en bosses et en rotondités, se rétrécissait au niveau des yeux en une étroiture qui renforçait l'impression d'énormité de ses globes oculaires et faisait le lien avec la partie basse du visage. Celle-ci s'élargissait à son tour en une mâchoire proéminente elle-même prolongée d'un goitre adipeux. Gabriel le connaissait moins que les deux autres car Reignac s'était installé en ville alors qu'il était encore en Amérique, mais à en juger par les regards noirs que ce dernier lui lançait il y avait peu de chances qu'il puisse s'en faire un allié de circonstance. Il faudrait se battre seul contre tous et pour tout dire cela ne lui déplaisait pas.

L'assemblée se tut, les chaises grincèrent horriblement sur le dallage en marbre du chœur lorsque les membres de ce qu'il fallait donc appeler le tribunal s'assirent. Gabriel, lui, resta debout. Le procès pouvait débuter.

32.

La partie raisonnable de Gabriel s'éclipse. Les armes cliquettent tout autour d'eux, elles brillent de leurs feux vif-argent, les chevaux se cabrent et hennissent, la tête brûle, le cœur cogne et le corps tout entier veut se précipiter pour en finir avec l'insoutenable attente. Les hommes autour de lui partagent tous la même urgence, la même question, de quel côté retombera la pièce ? La vie, la mort, ils veulent savoir alors ils s'élancent, et Gabriel, comme à chaque fois qu'il se bat, a l'impression de flotter, plus aucune pesanteur en lui, son corps vit, bouge et obéit mécaniquement. Il tire son épée, court et crie sans vraiment s'en rendre compte, il trébuche sur le corps d'un chasseur du Gâtinais qui hurle de douleur en se tortillant, il roule et se relève, jette un coup d'œil, *pauvre vieux ! son genou n'est pas censé se trouver là !*

Encore quelques foulées, il aperçoit les tranchées hérissées de pieux et le remblai qui garde l'accès à la redoute, le passage est libre, plus ou moins en tout cas, les sapeurs et l'artillerie ont bien fait leur boulot. Le premier groupe d'assaut s'est engouffré comme une déferlante dans la brèche, à l'intérieur la furie s'empare des hommes, les baïonnettes et la poudre, l'odeur et le bruit, tout n'est plus que guerre. En quelques bonds il surgit lui aussi dans la mêlée et, dans l'instant qui suit, il plante sa lame dans le cou d'un grenadier anglais qui ne l'a pas vu arriver. Gabriel s'efforce de ne pas le regarder mourir mais il n'échappe pas à la vue du sang qui gicle à gros bouillon et au corps qui convulse. De son pistolet à silex il tire presque à bout portant sur un jeune Hessois qui le charge à la baïonnette, le gamin pousse un cri de douleur et tombe raide.

Le temps s'arrête, comme à chaque fois, il ne saurait dire si toute cette folie dure longtemps car plus rien n'existe autour de lui. La bataille, c'est toujours une distorsion de l'espace et du temps, il sent les plombs qui le frôlent, le souffle d'une explosion le projette violemment contre un muret, son tricorne s'envole. Il reste quelques secondes commotionné, la respiration coupée, ses oreilles sifflent atrocement. Quand il parvient enfin à se relever sa perruque lui retombe sur les yeux, il l'arrache d'un geste rageur et reconnaît, à une vingtaine de pas, le sergent Roussel. Au moment précis où celui-ci se tourne vers un groupe de Noirs restés un peu en retrait, le tir – admirable de précision il faut bien le dire – d'un canon de six livres lui fait sauter la tête comme un bouchon de champagne.

Ça gueule dans tous les sens et dans toutes les langues, des chevaux agonisent, leur plainte est insupportable.

— Qu'on abatte ces pauvres bêtes ! hurle Gabriel, sans savoir à qui il peut bien s'adresser à cet instant.

À quelques pas de lui un des Dominicains, un brave type, un de ceux qui croyaient vraiment se battre pour la liberté, reçoit un boulet de gros calibre en pleine poitrine. *Bordel ! on voit à travers ce gars jusqu'aux sommets enneigés des Blue Mountains !* pense Gabriel. La tête du

Dominicain bascule en avant et on dirait qu'il reste là un moment, debout, à admirer en connaisseur le trou béant en plein milieu de son corps, histoire peut-être de se convaincre qu'il est bien déjà mort. Pas le temps de le voir s'écrouler, encore quelques coups d'épée à distribuer, un sous-officier anglais engage le fer, parade et riposte, Gabriel lui porte une estocade de pied ferme, l'Anglais tombe à genoux et joint ses mains sur son ventre ensanglanté, sale blessure ! Pas le temps de s'attarder, il faut encore avancer, enjamber des blessés, bousculer des vivants et ignorer les morts.

Il halète, se taille un passage en effectuant de grands moulinets avec sa lame. La place sera bientôt à eux. Il s'arrête pour évaluer la situation, son corps veut l'alerter, il porte sa main à son fessier, la sensation du sang chaud et visqueux au bout de ses doigts déclenche une douleur vive.

— Non mais c'est pas vrai, qu'est-ce que c'est que cette plaisanterie ?

Il parle en hurlant sans même s'en rendre compte, il essaye de regarder dans son dos, se contorsionne, merde ! Il a le cul trempé de sang, une belle entaille lui barre la fesse gauche, Baptiste va bien se marrer. Gabriel réalise alors que les Hessois se débandent et prennent la poudre d'escampette, un capitaine anglais essaie de les retenir, il leur tire dessus, il est massacré, piétiné par la troupe. Les Anglais eux-mêmes comprennent que la pièce est jouée, ils lâchent encore quelques salves puis battent en retraite dans un ordre admirable, les redoutes et les bastions sont aux Français et aux Américains, la ville ne tardera pas à tomber.

33.

Gabriel avait bien l'intention de saboter leur moment de gloire, debout devant sa chaise, il les toisa d'un air goguenard. Profitant du silence qui venait juste de se faire, il parla d'une voix forte. L'accusateur public n'avait pas encore pu placer le moindre mot. Il voulait bousculer le public, scandaliser ses juges s'il le fallait, des juges auxquels il déniait par ailleurs toute forme de légitimité.

— Qu'est-ce que c'est que ce tribunal de jean-foutre ? Tribunal criminel révolutionnaire !

Il eut un petit rire méprisant.

— Comme à Paris rien de moins ? J'ose quand même espérer que vous savez que ce tribunal n'a aucune existence légale, que ce n'est qu'une bouffonnerie !

Il regarda tout autour de lui, et quand son regard se porta à nouveau sur ceux qui allaient le juger, il partit cette fois d'un gros rire, nerveux mais sincère.

— Lacombe ! Te voilà accusateur public, tu joues le rôle de Fouquier-Tinville, mais c'est carnaval ! Ah, ah, ah… Et toi Puyramont, ah, quel beau chapeau ! pouffa-t-il. Tu l'as fait toi-même ?

La salle se mit elle aussi à rire de bon cœur.

Puyramont éructa une première fois, un monde de haine le consumait.

— Tu n'as pas la parole, citoyen ! Tais-toi !

Se taire, il n'en était pas question.

— Je parlerai si j'en ai envie, tu comptes m'en empêcher ?

Puis Gabriel insista, railleur.

— Tu es tout beau dans ton costume, ça te donne de l'allure, de l'importance.

Il fit mine de le détailler du regard avec plus d'attention et redevint subitement plus sérieux.

— Enfin tu resteras toujours un morceau de viande mal accroché, le costume ça n'a jamais sauvé un homme, surtout un médiocre de ton espèce.

Un grand désordre régnait maintenant dans la salle, des rires, des huées. Gabriel marmonna une menace à l'adresse du jury.

— Profitez-en bien, les masques finiront par tomber.

— Silence, silence ! cria Lacombe, tu n'as pas la parole pour le moment, citoyen, si tu ne te tais pas, nous statuerons sur ton cas sans entendre ta défense.

— Cela assurerait un procès tout ce qu'il y a de plus équitable ! répondit Gabriel, vous ne voulez ma tête que pour sauver la vôtre, la vérité c'est que vous êtes tous morts de peur. Vous êtes des lâches qui jouent aux héros, des pitres, rien de mieux, voilà ce que vous êtes.

— Cela reflète bien la haute opinion que tu sembles avoir de la justice de la Nation, le mépris que tu as pour les patriotes et pour tous ceux qui ne sont pas bien nés, tu ne fais qu'aggraver ton cas, citoyen, lança avec fiel l'accusateur public.

— Pouvons-nous enfin démarrer cette séance ou

bien souhaites-tu poursuivre ton spectacle ? demanda Lacombe.

Gabriel feignit de s'adoucir en singeant la politesse obséquieuse de son juge.

— Non, non, vous m'obligeriez, faites je vous en prie, commençons ce procès, j'ai hâte que vous puissiez exposer aux braves gens toute l'étendue de mes crimes abjects. De quoi m'accuse-t-on d'ailleurs ?

— Nous allons y venir, citoyen, n'aie crainte ! répliqua l'accusateur public.

Il répéta, en détachant chaque mot pour bien marquer l'importance du moment :

— Nous allons y venir.

Il s'arrêta, surpris que Gabriel se taise enfin, et reprit aussitôt pour éviter un nouvel esclandre.

— Bien, la séance est ouverte, citoyen veux-tu bien décliner ton identité, ta profession ainsi que ton lieu de résidence ?

Gabriel répondit calmement.

— Je m'appelle Gabriel d'Aymar, j'ai trente-quatre ans, dernièrement j'ai exercé la profession de lieutenant de louveterie, j'ai été également officier de la garde nationale, je suis né et réside au lieu-dit Fondorat. S'agit-il bien de la personne que vous cherchez à faire tomber ?

— Cesse tes sarcasmes, nous allons maintenant prendre connaissance de l'acte d'accusation.

Reignac se leva et, théâtral, se mit à déclamer :

— Le citoyen d'Aymar, il appuyait chacune de ses paroles de gestes amples, est accusé d'avoir trahi la Patrie en abandonnant lâchement son poste auprès des soldats de la République et d'avoir persisté dans sa couardise malgré la mansuétude dont ont fait preuve les autorités municipales à la suite du décès de son épouse.

Il détourna alors le regard pour éviter celui de Gabriel et marqua un temps d'arrêt avant de continuer d'un ton un peu plus bas, comme s'il avait secrètement souhaité que l'accusé ne l'entende pas.

— Une épouse par ailleurs auteure d'un pamphlet scandaleux, placardé clandestinement, qui n'avait pour but que d'instiller le poison dans l'esprit de nos courageuses femmes, de diviser le corps social, un écrit subversif dont tu es forcément complice, citoyen.

Gabriel referma ses mains puissantes sur l'assise de sa chaise qu'il serra jusqu'à en faire craquer le bois. Il ne devait pas céder à leurs provocations mais c'était une torture à laquelle il n'était pas certain de pouvoir résister. Reignac se força à le regarder à nouveau pour paraître courageux, une appréhension certaine se devinait dans les muscles contractés de son visage, il poursuivit en désignant l'accusé de l'index.

— Il a préféré ignorer les avertissements bienveillants des vrais républicains et a choisi de persister dans son dénigrement de l'œuvre révolutionnaire. Le peuple souverain accuse d'ailleurs également le citoyen d'Aymar d'avoir régulièrement tenu des propos contre-révolutionnaires, ainsi que d'avoir menacé des patriotes venus le rappeler à ses obligations. Dix braves citoyens l'ont dénoncé comme étant un ennemi déclaré de la République. Enfin le ci-devant accusé a été convaincu, et cela est corroboré par de nombreux témoignages, d'indulgence, ou devrions-nous dire de faiblesse, envers les ennemis de la Liberté lors des actions décisives menées par les patriotes à Paris en septembre.

Gabriel fronça les sourcils, tout cela lui semblait ridicule, presque autant que le style ampoulé et les grands moulinets de ce juge prétentieux. Puis voyant qu'il s'était mis à sourire en écoutant sa tirade, Reignac s'adressa directement à lui.

— La perfidie de ce sourire en dit long ! Reconnais-tu avoir délaissé ton poste de lieutenant auprès de nos fédérés ? Reconnais-tu avoir dit, je cite, que tu *emmerdais la Révolution* ? Lors des combats glorieux menés à Paris par les vrais patriotes, reconnais-tu avoir hésité à frapper les ennemis de la Liberté ? Ta main n'a-t-elle pas tremblé, citoyen, quand il s'agissait d'anéantir les traîtres qui complotent pour détruire tout ce que nous avons accompli.

— Est-ce là tout ? répliqua Gabriel, visiblement amusé d'une telle débauche de grands mots pour de si faibles arguments.

— Eh bien, il me semble que je n'aurai aucun mal à démontrer au peuple que ces accusations sont totalement fausses et qu'il ne s'agit que de manœuvres grossières destinées à me nuire. D'abord je n'ai jamais dit que j'emmerdais la Révolution, il se tourna vers le public et fit une mimique contrite, comme un enfant s'excusant d'une petite bêtise, je leur ai juste demandé à lui, il désigna du doigt Lacombe, et à son compère le chapelier, il pointa son index vers Puyramont, d'aller se faire foutre.

Les rires reprirent de plus belle.

— Cesse tes guignolades, citoyen ! Cela ne te sauvera pas ! hurla Puyramont fou de rage.

Gabriel fit comme s'il n'existait pas.

— Pour ce qui est de mes fonctions auprès de la garde nationale et de la force départementale, je reconnais avoir été absent du fait de la maladie puis du décès de mon épouse et de l'état moral dans lequel celui-ci m'a plongé.

Gabriel baissa la tête.

— Oui de cela, je suis peut-être coupable.

— Tu admets donc être coupable de cette trahison ? demanda Lacombe.

Il sentit les larmes venir, l'évocation de Mathilde le bouleversait toujours autant, il parla d'une voix faible.

— Oui je suis coupable !

— Ah ! dit Lacombe, d'un air où se mêlaient la satisfaction et l'étonnement.

Gabriel déglutit, les mots avaient un goût amer.

— Je suis coupable de l'avoir trop aimée, confessa-t-il, plus que votre révolution en tout cas.

Lacombe fit mine de s'offusquer, il faisait cela très bien.

— Alors que la Patrie a besoin de trois cent mille hommes pour se porter aux frontières et défendre la Nation contre les armées des tyrans, tu t'accordes illégalement un congé de quinze semaines et tu voudrais que nous nous apitoyions sur ton sort ? D'autres que toi ont perdu un être cher, nous sommes navrés que ton épouse soit décédée mais le directoire du département autant que le peuple ne peuvent tolérer que, par lâcheté sans doute, tu t'arroges des droits qui te placeraient au-dessus de la Loi. Chaque citoyen est esclave de la Loi !

Gabriel se redressa, il s'essuya furtivement les yeux avec la manche de sa chemise et défia une fois de plus le jury du regard. Foutu pour foutu, autant lâcher ses coups.

— Pour ce qui est de mon attitude lors des massacres commis en septembre, à Paris, en présence de nos soldats, je suis fier que ceux-ci n'aient pas pris part à toutes les atrocités qui ont eu lieu au cours de ces journées. Avez-vous déjà vu des êtres humains éventrés, des cadavres de femmes violées, des crânes qui explosent quand on projette des hommes ligotés contre un mur de pierre simplement pour le plaisir de la foule? Trouvez-vous cela conforme à la Révolution, à ses valeurs ? À l'honneur ?

— Je trouve que la clémence et la faiblesse dont tu as fait preuve envers des ennemis de la Nation sont scandaleuses, citoyen, rétorqua froidement Lacombe.

On aurait difficilement pu confronter deux hommes et deux raisonnements plus irréconciliables, Gabriel se défendit avec passion.

— Ce que vous appelez ici faiblesse, je le nomme moi courage, celui de rester fidèle à ses idéaux malgré la tempête qui se déchaîne, malgré la foule qui réclame du sang.

Lacombe s'obstina, au fond il s'en foutait que les autres meurent, ils pouvaient tous crever, c'était justement ce qui le rendait aussi redoutable.

— Une foule qui crève de faim, qui vit dans la misère par la faute de ceux que tu souhaitais épargner.

Les yeux de Gabriel s'assombrirent.

— Le noir et le blanc, c'est là votre seule vision du monde, la mienne a plus de nuances.

L'accusateur public ne releva pas, il tissait méthodiquement sa toile.

— Serais-tu prêt à partir demain pour la Vendée avec les quatre cents hommes que doit fournir le département ?

— Non! répondit Gabriel sans la moindre hésitation.

Un murmure indigné parcourut l'assemblée, les poissardes se remirent à brailler, ragaillardies.

— Lâche ! Qu'il aille baiser la Louison[1] le traître ! Ça le changera de l'Indienne !

Lacombe leva la main pour ordonner le silence.

— Tu renies donc la Révolution en te plaçant du côté des ennemis de la Patrie ?

1. Une des nombreuses expressions pour désigner la guillotine.

— Je ne renie rien du tout, répondit Gabriel sans s'énerver, je pense que notre révolution a ouvert une nouvelle ère de progrès et de liberté, mais je n'aime pas ce qu'elle est devenue, ce que les gens comme vous en font. Alors interprétez à votre guise mes propos, le fait est que je ne partirai pas car j'ai aussi une famille et des êtres chers que je dois protéger.

Reignac émit un petit rire mauvais et lourd de sous-entendus.

— Mais tu es prisonnier, citoyen ! s'écria-t-il. Tu ne sembles pas comprendre la gravité de ton cas, tu es accusé de crimes pour lesquels la peine de mort est une issue probable.

Gabriel le regarda, interloqué. La peine de mort ? Il n'avait pas vraiment envisagé que tout cela puisse être aussi définitif. Il chassa cette perspective, qui lui paraissait absurde, de son esprit. Non, cela ne pouvait pas arriver.

— Est-ce là tout ce que vous avez à me reprocher ? demanda-t-il au jury.

— Non citoyen, nous n'en avons pas terminé avec les chefs d'accusation, répondit l'accusateur public.

Il semblait jubiler intérieurement, son visage s'éclaira comme s'il avait trouvé son chemin de Damas.

— Comme son nom l'indique, ce tribunal juge des crimes et nous avons déjà exposé un nombre suffisant de ceux que tu as commis contre le projet révolutionnaire, mais tu es également accusé de meurtre.

— De meurtre ? s'exclama Gabriel incrédule.

34.

Gabriel ne profita pas plus d'une nuit de la victoire de Yorktown, dès le lendemain il ressentit comme le regret d'avoir trop bu, un matin de gueule de bois. Les batailles avaient toujours eu cet effet sur lui, un sentiment de malaise teinté de dégoût qui ne durait toutefois jamais bien longtemps. Le problème était que cette fois la répugnance d'avoir tué au combat et d'avoir perdu le contrôle de la partie raisonnable de lui-même, se greffait à une profonde nostalgie de son pays. C'était assez nouveau car depuis son départ de Brest, il avait su à chaque fois déjouer ce piège sentimental qui lui paraissait un peu trop gros. Elle avait pourtant fini par l'emporter, cette nostalgie, elle était arrivée avec la lettre de sa sœur l'informant que leur mère peinait à se rétablir d'une mauvaise fièvre contractée au début de l'automne, une de ces épidémies qui balayait presque chaque année la province en laissant quelques dizaines de morts derrière elle. Il se mit dès lors à rêver presque chaque nuit de Fondorat et de tous les lieux, de tous les visages de son enfance. Quand ils reprirent leur marche vers le Nord et la Nouvelle-Angleterre à la poursuite des *red coats*, l'automne américain contribua ensuite à creuser un peu plus ce vide qui grandissait en lui. Les odeurs et les paysages familiers de la grande forêt tempérée lui évoquaient les bois de Fondorat et quand l'hiver vint à son tour s'emparer des grandes vallées du Connecticut, il vécut comme une réminiscence le froid exigeant, sa rudesse et le manteau épais de neige qui couvrait les hautes terres pendant de longues semaines. Sa terre lui manquait, sa famille lui manquait, il fallait trouver une solution pour revenir sans trop tarder vers elles.

Ce genre d'idées fixes gravitaient elles-mêmes autour d'une obsession de plus longue date, retrouver un jour Mathilde et vivre l'amour qu'il avait laissé fuir. Six longues années s'étaient écoulées mais il refusait obstinément de renoncer à elle. Baptiste n'essayait même plus de le raisonner, il pensait que ce délire romanesque finirait par détruire son ami tant celui-ci s'obstinait à croire que tout était possible à l'homme déterminé. Parmi toutes ses obsessions, seule l'ombre de Rauvan tendait à s'effacer, Gabriel l'avait refoulée loin dans sa mémoire, dans un lieu dont il s'interdisait inconsciemment l'accès.

Dans le tourbillon de sa vie Gabriel mesurait ce qu'il lui restait à accomplir pour dépasser à la fois ses rêves et ses regrets, pour combler tous les vides de son être. Il se répétait depuis trop longtemps qu'ensuite seulement il pourrait être pleinement heureux. Ce bonheur, il l'appelait de plus en plus fort mais le destin ne l'entendait pas.

35.

Lacombe s'était calé plus confortablement dans son fauteuil canné, il tendit les bras et posa délicatement ses mains, toujours moites, bien à plat sur le drap rouge qui recouvrait l'autel, il apprécia le contact rugueux de la laine et le froid traversant du marbre en dessous. Son front se plissa, il voulait maintenant abattre une carte décisive.

— De meurtre, tu as parfaitement compris, citoyen. J'ai enquêté longuement sur ton passé dans les forces du tyran et du traître Louis Capet. Lorsque je suis rentré en contact avec les sections jacobines de Bretagne, je n'ai pas eu grand mal à trouver des patriotes soucieux de faire connaître à quel point tu t'étais compromis dans des actions criminelles lors de ton passage aux Antilles.

Gabriel fut très surpris d'avoir à se justifier sur cette vie d'avant la Révolution. Il pensa que l'accusation souhaitait démontrer qu'il avait été un officier sanguinaire et loyal au Roi. Et alors ? se dit-il. Qui n'était pas loyal au souverain à cette époque ? Il avait refoulé les saletés de cette guerre loin dans sa mémoire et son évocation l'oppressait, créait en lui un profond sentiment de malaise. Il se souvenait en revanche parfaitement de l'indignation que lui avait causé le sort des esclaves, il y avait forgé l'architecture de sa pensée, le rejet des injustices, la force du droit. Il répliqua avec une pointe d'irritation :

— J'étais soldat, j'avais pour devoir d'obéir aux ordres, mais j'ai toujours fait ce que ma conscience me dictait, j'ai défendu l'abolition de l'esclavage des Noirs et l'égalité entre les hommes alors que vous n'étiez encore vous-même que de fervents partisans des ordres établis et des injustices qui vous arrangeaient bien.

Sa voix se noua sous l'effet de la colère, il prit une grande inspiration pour s'apaiser et pour mieux contre-attaquer.

— Encore aujourd'hui, combien d'entre vous ici sont favorables à l'affranchissement des gens de couleur ? Je serais curieux d'entendre vos justifications et vos arguments.

Lacombe avait bien travaillé en fouillant méticuleusement dans son passé, peut-être même qu'il avait fini par se convaincre que le lieutenant d'Aymar était un vrai salaud. De toute manière il aurait été le meilleur des hommes sur terre que cela n'aurait rien changé, il fallait qu'il tombe, il s'y était engagé. Il avait soigneusement préparé une série de répliques possibles à partir des éléments glanés dans le parcours d'officier de Gabriel.

— Tu te dis ami de la Liberté parce que tu soutiens l'abolition de l'esclavage mais tu as toi-même fait pendre des esclaves rebelles sur l'île de Saint-Domingue.

Oui, il l'avait fait, il n'en était pas spécialement fier, mais il ne supportait surtout pas qu'un connard comme Lacombe vienne lui faire la leçon en le lui reprochant.

— Et toi que faisais-tu en 1780 ? répliqua Gabriel d'un ton rageur. Tu cirais des bottes ? Tu faisais ton sucré ? En tout cas je suis bien certain que tu criais vive le Roi et que tu demandais tous les dimanches au petit

Jésus d'être bien bon avec toi malgré tous tes péchés ! J'ai fait pendre le meneur d'une révolte à Vallière, je l'ai fait pour éviter d'autres bains de sang et d'autres victimes innocentes.

Il se sentit immédiatement soulagé d'avoir ainsi pu cracher son venin. Cela lui plaisait d'insulter cette bande de corbeaux, il aurait même aimé se montrer plus grossier envers eux mais quelque chose, comme sa bonne éducation sans doute, le retenait encore un peu. Il se dit toutefois que cette subtile réserve n'allait pas durer bien longtemps s'ils s'obstinaient dans cette voie.

— Injurier tes juges et à travers eux le peuple souverain n'amoindrira pas tes crimes, persifla Lacombe. Concernant le meurtre en question, je ne voulais d'ailleurs pas parler des hommes que tu as tués à la guerre, citoyen. Je parle d'un homicide abject dont tu te serais rendu coupable.

Dans un recoin de son cerveau Gabriel commençait vaguement à comprendre où Lacombe voulait en venir mais c'était comme s'il marchait dans un brouillard épais, cerné de spectres aux visages vaguement familiers et aux contours flous. Dans cette vision troublante un homme s'avançait vers lui, il en distinguait la silhouette sans être capable de dire de qui il s'agissait.

Profitant du fait que l'accusé semblait déstabilisé, l'accusateur public poussa plus loin son avantage.

— Un frère de la section jacobine de Brest a répondu à mes sollicitations à ton sujet et il se trouve qu'il avait beaucoup à dire, alors j'ai décidé de l'inviter à passer quelques jours dans notre beau département. Il ne s'est pas fait prier pour venir, c'est un patriote qui contrairement à toi ne semble pas connaître la duplicité et la traîtrise.

Gabriel ne cilla pas, il avait recouvré son assurance et répondit d'un ton moqueur.

— Ah ? Et quel est le nom de ce héros ? Où se trouve-t-il, que je puisse le féliciter ?

— Il s'appelle Jean Garrel !

Lacombe marqua un temps d'arrêt pour ménager son effet puis il reprit d'une voix plus forte.

— Et il est ici !

S'adressant d'un geste théâtral à un pauvre bougre qui faisait office d'huissier, Lacombe l'exhorta à aller chercher le quidam.

36.

Déjà bien entamés par les tournées de rhum, une dizaine de gars du Royal-La Marine s'époumonaient depuis un bon quart d'heure.

Après sept années de guerre
Sept années de bâtiment.
Après sept années de guerre
Sept années de bâtiment.
Je reviens de Grande Terre
Je reviens à Lorient.
Je reviens de Grande Terre
Guerre guerre, vent devant.

J'ai passé des nuits entières
Debout au gaillard d'avant.
Sous bon vent sous vent contraire
Sous la brise et les brisants.
Sous bon vent souvent contraire
Guerre guerre, vent devant.

Voyez mon sac de misère
Lourd de poux, vide d'argent.

Allez dire au capitaine
J'ai obéi trop souvent.
Allez dire au capitaine
Guerre guerre, vent devant.

Baptiste se leva, chancelant, et gueula :

— Bordel, quelle chanson à la con ! Ho les gars, essayez plutôt celle-là !

Il but une gorgée, sans doute pour s'éclaircir la voix.

— Allez tous avec moi !

Il avait en tête une vieille chanson à boire qui réchaufferait encore un peu plus l'ambiance, il leva sa chope et les autres l'imitèrent.

C'est à toi, mon capitaine,
À qui je bois ce coup d'autant.
Si je le fais d'une baleine,
Il en faudra faire autant.

Il s'arrêta net, avala une grande rasade de bière et parut réfléchir intensément en se grattant la tête. La moitié de la salle l'observait en attendant la suite tandis que l'autre était trop occupée à peloter les filles ou à ressasser de vieilles histoires de pochtrons. Comme il ne se rappelait clairement plus des paroles, les gars du Royal-La Marine baissèrent les pouces et partirent tous d'un *houuu* tonitruant à son encontre, avant de reprendre à tue-tête :

Je ne t'y lairrai jamais, m'amie,
Tant que tu feras glou, glou, glou ;
Je ne t'y lairrai jamais, m'amie,
Tant que nous ayons bu tout.

Et chacun vida son verre.

Gabriel était heureux, le rhum l'euphorisait et il riait comme un gamin. Ils avaient fini à la taverne du vieux Herbert après avoir écumé la plupart des estaminets et des cabarets du quartier de la Saline. Si Gabriel avait rejoint l'équipée en cours de route, Baptiste, comme souvent, avait été l'initiateur du projet. Tous ses compagnons de virée s'étaient depuis perdus en chemin, à l'exception de Joseph et d'Archibald, deux sous-officiers dominicains qu'ils avaient formés en Amérique. À cette heure avancée de la nuit, Baptiste était passablement éméché, les yeux vitreux, la tête dodelinante, il avait du mal à articuler des phrases qu'il aurait voulues intelligentes. Il faisait toutefois un immense effort de concentration pour essayer de suivre la conversation que lui tenait Gabriel mais les tournées continuaient à tomber dru et il n'était clairement plus en état d'absorber la quantité de produit qu'on lui servait. La taverne du vieux, c'était le lieu où tout bon noceur finissait fatalement par débarquer pour achever une nuit de bamboche, à condition toutefois d'être guidé par un gars plus sobre que lui, car retrouver le chemin de la taverne n'était pas chose aisée. Nombreux étaient ceux qui renonçaient en cours de route et on les retrouvait éparpillés dans la nature en train de ronfler et de cuver leur vin dans l'attente du petit jour. Les habitués se plaisaient à dire qu'ils allaient « au trou », car on accédait à cet estaminet par une sorte d'excavation creusée au pied de la Butte Fortin, un des renflements du morne autour duquel la ville de Port-au-Prince s'était bâtie.

La descente par un long escalier grossièrement taillé dans la roche était périlleuse pour les ombres titubantes qui s'y engouffraient. En bas, la taverne était constituée de deux salles troglodytes en enfilade, la première, souvent bondée, était le lieu de tous les excès, la seconde abritait les parties clandestines de cartes et de dés, l'ambiance y était plus feutrée mais l'argent s'y évaporait toujours plus vite que l'alcool. Dans la première salle, les tonneaux de rhum et de bière s'alignaient tous les cinquante pouces sur le gigantesque comptoir taillé d'un bloc dans un tronc d'arbre à pain.

La décoration du lieu n'était pas à proprement parler soignée, c'était plutôt un joyeux fatras d'objets hétéroclites, quelques nœuds et quelques gri-gris de marin accrochés aux murs couverts de salpêtre, ici une paire de rames, là un filet de pêche et un harpon, plus loin des casiers à crabes. Enfin, occupant tout un pan d'étagères en regard du comptoir, le vieux Herbert avait disposé une belle collection de crânes de lamantins et de dauphins qui encadraient une énorme mâchoire de requin et celle non moins impressionnante d'un crocodile qu'il se vantait d'avoir tué lui-même. Il racontait à qui voulait l'entendre qu'il avait occis la bête d'un coup de fusil au motif que celle-ci avait pénétré illégalement dans sa propriété de Cul-de-sac et avait bouffé son chien. On pouvait secrètement choisir de ne pas le croire, mais il valait mieux que chaque buveur connaisse les détails de l'histoire sous peine de se voir servir l'alcool frelaté et la bière coupée à l'eau qu'il réservait à ceux dont la tronche ne lui revenait pas, et ils étaient nombreux.

Dans ce royaume luciférien, des barres de navire tenaient lieu de lustres et il fallait brûler un nombre extravagant de bougies afin de disposer d'une lumière suffisante pour permettre aux ivrognes de reconnaître leurs semblables. Parler de taverne était sans doute un peu trop flatteur pour un tel lieu qui tenait plus du tripot que de l'honnête établissement. Ça puait la pisse, la sueur et le tord-boyaux, on pataugeait le plus souvent dans de grosses flaques de bière et les non-initiés s'étonnaient toujours de voir des rats courir le long des murs. Le miracle de ce sous-sol aménagé tenait par ailleurs au fait qu'on se faisait assez rarement trouer la peau dans les rixes et les bagarres, car le vieux Herbert avait su s'entourer d'une troupe de Noirs bien balèzes, qui expulsaient *manu militari* n'importe lequel des emmerdeurs et ce quel que soit son rang. Y venir, c'était en accepter les règles et le principe de la nullité de son statut social.

Le vieux Herbert n'était pas le gros dégueulasse qu'on se serait attendu trouver à la tête d'une telle gargote, c'était un ancien tailleur parisien qui s'était exilé aux Antilles à la suite de quelques démêlés inextricables avec la justice royale. Arrivé à Port-au-Prince, la mesure de l'entrejambe des bourgeois ne l'amusait plus guère et il laissa alors libre cours à son âme d'entrepreneur en se taillant rapidement une solide réputation dans les trafics les plus divers, alcool de contrebande, œufs, poudre et carapaces de tortues, perroquets, peaux de crocodiles. Et puis un jour il décida de se ranger en se concentrant sur le travail des filles et l'organisation de parties de cartes. Son visage, raviné par la vérole, avait de quoi inquiéter, mais il cultivait une allure distinguée et mettait toujours un point d'honneur à se vêtir avec élégance. Il ne se séparait jamais d'un petit macaque perché sur son épaule, un petit démon criailleur et à l'air sournois qui collait parfaitement à l'atmosphère de piraterie qui régnait dans son établissement.

Les soucis de Gabriel s'étaient dilués dans l'alcool, il avait des projets plein la tête. Un en particulier occupait tout son esprit et conditionnait la suite de son existence. Il voulait s'en ouvrir à son ami mais le moment était peut-être mal choisi vu l'état d'ébriété de celui-ci, il fit pourtant une tentative.

— Il va falloir que je reprenne l'air très vite, Baptiste, j'ai envie de repartir sans délai.

— Attends, on vient juste d'arriver !

Ils étaient là depuis trois bonnes heures, mais Baptiste n'était plus en état de le savoir.

— C'est sûr que c'est pas l'endroit idéal pour respirer l'air frais mais c'est le meilleur pour finir la nuit, faire de belles rencontres.

Gabriel lui tapa gentiment sur le front avec son index.

— De belles rencontres ! D'accord, t'es saoul comme Antoine Ballasse[1], mon gars ! Sûr que tes sens sont altérés par l'alcool, parce qu'à part la vérole ou une femme couillue je ne vois pas ce que tu pourrais rencontrer ici. Ce que je veux te dire c'est qu'il est hors de question de me laisser à nouveau bouffer par cette île.

D'Amérique, le régiment de Gabriel avait été provisoirement rappelé à Saint-Domingue après le désastre des Saintes. Une flotte puissante restait à l'ancre dans la rade du Cap, l'illusion que la Royale pouvait encore mener à bien l'invasion de la Jamaïque perdurait. Mais une autre expédition se préparait en secret et Gabriel entendait bien y prendre part pour clore le chapitre de ses aventures. Il poursuivit sa vaine tentative pour exposer son projet à Baptiste.

— Bon, je t'explique, tâche de rester bien attentif. La Pérouse est arrivé sur l'île, il se murmure qu'il veut recruter, le roi lui aurait laissé toute latitude pour constituer son équipage et distribuer les faveurs. Je n'ai pas arrêté d'y penser depuis deux jours, Baptiste, dès demain je

1. Expression venant du patois limousin, *sadour couma Toni-Ballassa.*

lui offrirai mon épée, je lui demanderai d'appuyer mon retour en France et d'intercéder pour que j'obtienne une charge de lieutenant de louveterie, chez moi, à Fondorat. J'ai aussi écrit à mon père pour préparer le terrain.

Avec un air attendri, Baptiste lui ébouriffa les cheveux.

— Regardez-moi ce gentil petit courtisan ! Bon, il est où La Pérouse, de toute façon je t'accompagne, il doit bien avoir besoin d'un chirurgien.

Puis il se tourna vers Joseph et Archibald.

— Vous en êtes aussi les gars, pas vrai ?

Il n'y eut pas de réponse, les deux hommes s'étaient levés de table sans que Gabriel et Baptiste s'en aperçoivent, ils discutaient maintenant vivement avec un groupe d'excités qui venaient de faire irruption dans la salle. Baptiste esquissa de la main un geste de dépit et poussa un gros soupir, il se leva, chope en main, pour voir de quoi il était question. Un peu plus lucide, Gabriel avait bien compris que la situation menaçait de dégénérer, lorgnant vers le comptoir il vit que les molosses du patron commençaient à rappliquer. Les nouveaux venus n'attendaient manifestement que cela, le genre de types qui se retrouvaient aussi souvent que possible pour « casser du nègre ». On n'en était encore qu'au stade des insultes mais les coups n'allaient pas tarder, c'était une certitude. Les hommes du patron n'attendaient qu'un signe du vieux Herbert pour intervenir. Gabriel se leva à son tour pour tenter d'extraire Baptiste du mauvais pas où il allait se fourrer. On commençait à s'empoigner, à se bousculer. Comme il attirait son ami à l'écart il perçut une voix menaçante, une voix qu'il identifia immédiatement comme étant celle de Garri.

— Tiens, mais c'est le lieutenant de mes deux, l'amoureux des nègres !

Gabriel le regarda vaguement, avec une indifférence qui dut lui paraître insupportable, puis il lui tourna ostensiblement le dos en s'éloignant tranquillement du groupe. Il avait en tête des projets bien plus exaltants que celui de répondre aux insultes de ce minable.

C'est à peu près à ce moment-là que tout dégénéra, sans doute quand Archibald décida d'écraser ses énormes phalanges sur le nez d'un type qui l'avait bien cherché. La bagarre éclata aussitôt dans un grand fracas de tables culbutées, de chaises renversées et de bouteilles brisées. Le vieux Herbert hocha la tête, sa garde noire fonça dans le tas, Baptiste alla rassurer les filles qui s'affolaient, Gabriel changea d'avis. Il fit demi-tour, s'approcha de Garri qui l'avait oublié pour un temps et qui venait de saisir un tabouret en le levant bien haut pour frapper un Noir tombé à terre. Gabriel attrapa l'assise de la chaise et la tira en arrière, Garri tourna la tête et le regarda un peu surpris l'air de dire « merde ! t'es encore là toi ? ». Gabriel l'interpella alors, la voix enflée de tout le mépris qu'il ressentait pour ce genre de type.

— Souhaites-tu t'excuser afin que je puisse reconsidérer la gravité de l'offense ?

Même engagé à son corps défendant dans une bagarre de soiffards, Gabriel tenait à conserver un semblant de bonnes manières et de distinction, c'était aussi sa manière d'écraser tous ces mange-merde qui semblaient n'avoir d'autre but dans la vie que de lui gâcher l'existence. Garri cracha par terre en guise de réponse.

— Tu n'es qu'un traître à ta race, lieutenant, il est temps de rendre des comptes pour avoir laissé crever Rauvan.

— Ce qui confirme donc que tu es encore plus con que tu en as l'air, rétorqua Gabriel.

Garri arma alors son bras, un gros tesson de bouteille était glissé entre l'index et le majeur de sa main droite, Gabriel esquiva habilement le coup, dans l'élan il lui saisit fermement le poignet, fit tourner le bras et frappa de toutes ses forces avec son poing libre sur l'articulation du coude, il fut satisfait de l'entendre craquer. Garri s'accroupit en beuglant, juste à la bonne hauteur pour que Gabriel lui décoche un grand coup de genou dans sa sale gueule, histoire de lui faire cracher quelques dents.

La bagarre s'étendait maintenant à toute la première salle, tandis que dans la seconde les joueurs de cartes clandestins poursuivaient leurs parties comme si de rien n'était et que les putes se mettaient elles aussi à écraser des bouteilles sur les crânes de ceux qui passaient à leur portée.

Gabriel se pencha, attrapa Garri par les cheveux, un sang épais, mêlé de salive s'échappait en longs filets visqueux de sa bouche édentée, il essayait encore d'articuler quelques menaces.

— V'z'allez m'le payer, lieutenant, j'peux vous l'assurer, j'vais vous crever !

Gabriel l'assomma avec une chope en étain qui traînait par là.

C'est en se relevant, assez fier de lui et plus saoul qu'il ne le pensait, qu'il entendit vaguement la voix de Gros Pierre bredouiller :

— Désolé, mon lieutenant, mais c'est pas bien de faire ça, non, ça, c'est pas bien.

Le colosse l'étendit d'un terrible coup de poing à la tempe et puis ce fut la nuit.

Il reprit conscience, allongé sur une table et porta instinctivement la main à son visage, la douleur cognait dans sa tête et irradiait dans la mâchoire, le côté sur lequel il avait été frappé était recouvert d'une sorte de cataplasme gluant pour contenir l'hématome. La salle avait été rangée, nettoyée au point de la rendre méconnaissable, chaque élément du décor avait été repositionné méthodiquement à sa place initiale. Il jugea que la matinée devait être bien avancée car de minces rais d'une lumière fraîche filtraient par les soupiraux placés en haut des murs. La présence d'une lumière naturelle dans ce lieu de perdition lui parut complètement incongrue, mais au matin cela permettait de rappeler l'existence d'un monde au dehors. Un silence sépulcral régnait sous les voûtes de la taverne, pendant quelques instants il crut confusément qu'il avait été transporté dans un lieu inconnu, un peu comme s'il se réveillait dans une crypte funéraire après avoir refusé le sommeil éternel. Baptiste était penché sur lui, tout guilleret et apparemment encore très imbibé, il souriait béatement.

— Ne t'inquiète pas, je vais te rendre présentable pour M. de La Pérouse.

Le vieux Herbert et son singe infernal, mimétiques, l'observaient d'un air inquiet, Archibald et Joseph étaient là eux aussi, accoudés au bout du comptoir ils discutaient à voix basse avec deux des hercules du patron, des visages familiers en somme mais avec quelques bosses en plus et quelques dents en moins.

37.

Jean Garrel, ce nom disait vaguement quelque chose à Gabriel mais malgré l'effort immense qu'il faisait pour se souvenir, il restait bien incapable de dire où il l'avait rencontré ni à quoi il pouvait bien ressembler.

Dans le public, toutes les têtes se tournèrent alors vers la porte de la sacristie dans laquelle l'huissier venait de pénétrer, certains se tordirent le cou, d'autres se levèrent pour mieux voir ce qui allait en sortir, on entendit chuchoter fiévreusement dans le public, comme si l'on s'attendait à voir surgir quelque héros de la Révolution ou quelque phénomène de foire. Aussi y eut-il un peu de déception quand cette face de rat de Garri vint prendre place à la barre des témoins. Tout le monde se rassit, on échangea des regards interloqués, même ceux qui savaient habituellement tout, ne savaient cette fois rien, ils répondaient aux interrogations pressantes de leurs voisins en haussant les épaules d'un air dépité.

En voyant Garri, un fragment de la mémoire de Gabriel se détacha brusquement, emportant tout ce qui empêchait de bien voir dans le miroir de ses souvenirs. *Rauvan, merde ! Le fantôme, c'est ce fumier !* pensa-t-il. Il distinguait maintenant nettement son visage carré, son nez camus, son menton en galoche et ses cicatrices, il se rappelait aussi son crâne éclaté auréolé de sang noir dans la case à la lisière des champs de coton. Il songea à Mathilde, à sa théorie mystique sur la fatalité de la Justice et sur l'impossibilité d'échapper à ses crimes. Perdu dans ses pensées, il envisagea un court instant la possibilité qu'elle ait pu avoir raison.

Il revint brusquement à la réalité de la salle et à celui qui s'approchait de l'autel, il n'avait rien d'un fantôme mais c'était un autre visage surgi du passé qui le narguait d'un œil provocateur. Il eut un bref sentiment de malaise. L'affaire avait été bien ficelée, il devait bien reconnaître à Lacombe une persévérance assez remarquable ainsi qu'un certain art de la surprise.

Garri n'avait guère changé en dix ans, le même regard fuyant et les mêmes mâchoires anguleuses portant cette petite bouche trop près du nez et aux dents en avant qui lui donnait l'air d'une souris malfaisante. Il avait voulu mordre la vie à pleines dents mais apparemment il en avait pris plein la gueule. Il portait un feutre difforme et élimé sur lequel avaient été accrochés la cocarde et le ruban tricolore, un pantalon de bure beige et une carmagnole usée, d'un rouge douteux, sur laquelle il avait agrafé une autre cocarde. L'attirail parfait du petit patriote.

— Citoyen, peux-tu nous confirmer que tu connais ce patriote ? l'interrogea Puyramont.

La farce allait quand même très loin, la seule association du mot patriote avec la personne de Garri arracha un sourire à Gabriel. Il ne chercha pas à esquiver la question, le pédigrée de l'animal méritait tout de même que l'on s'y attarde.

— Bien sûr que je le connais, il appartenait à un groupe de soudards lorsque j'étais en poste à Saint-Domingue, une honte pour l'armée entre nous soit dit. C'était un spécialiste de la rapine, du viol et du meurtre d'esclaves.

— Mensonges ! Tu mens ! s'insurgea Garri avec une telle véhémence qu'on aurait presque pu croire à sa sincérité.

Il prit la salle à témoin.

— Citoyens, patriotes du peuple, cet aristocrate va essayer de salir mon irréprochable réputation pour tenter de se sauver !

Lacombe reprit la parole.

— Admettons que les fariboles que tu racontes sur ce bon citoyen soient exactes.

Garri l'interrompit d'un air penaud.

— Mais elles sont fausses, citoyen juge !

L'accusateur public parut ignorer la remarque.

— Pourquoi ne les as-tu pas dénoncées, à l'époque, ces soi-disant criminels ?

— Votre fausse candeur serait presque touchante, se moqua Gabriel, non seulement tout le monde savait ce qu'ils faisaient mais c'était même pour cela que le gouverneur et le colonel les employaient. Il s'agissait souvent de mener des opérations de représailles et eux en profitaient pour outrepasser les ordres avec l'assentiment de leurs chefs.

— Leurs chefs dont tu faisais partie il me semble, rétorqua perfidement Lacombe.

Gabriel ne répondit pas, il baissa presque imperceptiblement la tête. C'était la tache indélébile, il avait pris part à tout cela et il n'avait su répondre à un crime que par un autre crime.

Il ne fallait surtout pas montrer son trouble, il se redressa et désigna Garri d'un mouvement du menton.

— Ce brave patriote que vous tenez là, il a quelque raison de m'en vouloir, je l'ai rossé dans une taverne à Port-au-Prince.

Il s'interrompit, se tourna vers le public.

— Mais rassurez-vous, il avait déjà cette sale gueule avant.

Quelques rires fusèrent dans la salle.

— Ce n'est pas pour quelques dents en moins que je t'en veux, lieutenant, ni parce que tu aimes trop les nègres et les sauvages au point de vouloir forniquer avec eux !

Lacombe se cacha à moitié le visage avec sa main gauche, comme s'il avait franchement honte de son témoin. Mais Garri était lancé, il tenait sa vengeance et précisa sa pensée.

— Je suis venu pour que justice soit faite à Rauvan.

Lacombe essaya alors de recentrer les débats autour de la culpabilité de Gabriel.

— Venons-en aux faits. Citoyen Garrel, peux-tu maintenant raconter à ce tribunal ce que tu sais de cet homme et du crime dont il est accusé ?

— Avec joie ! s'exclama Garri.

Les traits de son visage se relâchèrent sous l'effet du contentement extraordinaire qu'il attendait de ce moment.

Un silence religieux se fit dans la salle où les spectateurs attendaient désormais fiévreusement le récit. Garri prit toutefois un malin plaisir à faire durer ce moment, histoire de mieux le savourer. Il hocha légèrement la tête, un rictus, qui devait s'apparenter pour lui à un sourire, fendit son visage hideux tandis qu'il lançait des œillades partout dans la salle, comme pour dire à chacun « attendez encore un peu, vous n'allez pas être déçus, mes gaillards ». Il s'apprêtait enfin à ouvrir la bouche pour parler, quand le bruit d'un loquet vint gâcher son effet. Tous les regards se tournèrent alors instantanément vers le confessionnal situé dans un des bas-côtés, à mi-chemin environ entre le chœur et le narthex. La porte grinça affreusement en tournant sur ses gonds, visiblement personne ne s'était confessé depuis un certain temps.

La voix puissante profita de l'acoustique du lieu pour se propager dans tout l'espace de l'ancienne église.

— Je suis l'ange rédempteur venu rendre justice aux innocents, je viens purifier votre monde de pécheurs !

Un long rire théâtral s'ensuivit et quelques anciennes dévotes manquèrent de s'évanouir, puis Baptiste apparut, guilleret, manifestement très satisfait de son petit effet. Sans doute que pas grand monde ne prit alors au sérieux le chirurgien infirme, toutefois les deux pistolets qu'il avait en main et les deux fusils qu'il portait dans le dos et dont les sangles entrecroisées lui barraient la poitrine, donnaient au personnage une force de persuasion incontestable. L'épée de Gabriel se balançait aussi à sa ceinture.

38.

L'étoile de Jean-François de Galaup, comte de La Pérouse, n'en finissait plus de monter. En mai 1782, il fut chargé par le roi Louis XVI de mener une expédition contre les établissements britanniques en baie d'Hudson. L'idée était de porter le fer dans ce qui constituait la chasse gardée d'Albion et de détruire par surprise les forts de la Compagnie de la baie d'Hudson, dont le commerce des fourrures et des peaux rapportait gros à la couronne. La Pérouse incarnait des valeurs de droiture, de courage et une certaine forme de modernité qui ne pouvaient que plaire à Gabriel. En outre, c'était un Albigeois issu, comme lui, de la vieille aristocratie terrienne, devenu marin, peut-être comme lui, pour croire au dépassement d'un destin trop prévisible. Ces ponts jetés à travers leurs histoires personnelles lui apparaissaient si nettement que, sans l'avoir jamais rencontré, Gabriel avait envers La Pérouse une inclinaison toute naturelle à la sympathie.

Beaucoup allait dépendre de la rencontre avec le capitaine et cela se présentait plutôt mal, avec cette tête amochée et deux jours seulement après le scandale de la taverne du vieux Herbert, plaider sa cause ne serait pas chose aisée. Les rumeurs et les versions les plus perfides

des événements avaient déjà parcouru les casernes comme une traînée de poudre. Comment un officier, noble de surcroît, pouvait-il se retrouver à faire le coup de poing aux côtés d'une bande de sauvages dans un des pires lieux de perdition de l'île ? Pour Gabriel et Baptiste, il était peu probable que le mépris et l'indifférence suffisent cette fois à calmer les remous, leurs ennemis s'accumulaient comme de lourds nuages d'orage, pour la première fois ils sentaient que leurs vies elles-mêmes étaient potentiellement en danger. Il fallait donc à tout prix convaincre La Pérouse de les embarquer avec lui.

Un souper avait été organisé au palais du marquis de Bouillé, alors gouverneur général des colonies françaises des îles du Vent. Tous les officiers et sous-officiers qui souhaitaient s'engager dans une mission périlleuse avaient été conviés, les élus participeraient à une expédition importante mais dont ils ignoreraient à peu près tout jusqu'à la veille du départ. Il fallait donc aux hommes qui s'engageraient une capacité certaine à l'abstraction. Malgré les rumeurs d'une invasion planifiée de la Jamaïque, les bonnes volontés ne se bousculaient pas. Il faut dire que l'on parlait aussi d'une aventure glacée vers les terres hostiles du Grand Nord et que cette perspective n'avait pas de quoi soulever l'enthousiasme, malgré les faveurs que La Pérouse devait distribuer au nom du roi. La chaleur moite des Antilles, le rhum et les Caribéennes, autant que l'espoir de rester en vie, avaient des charmes autrement plus attrayants.

Dans la grande salle à manger, d'élégants lustres à pendeloques crachaient les vifs éclats de leurs cristaux. Ils éclairaient d'une lumière complexe le haut plafond doré sur lequel les singes et les oiseaux exotiques du décor semblaient prendre vie. Avec sa tête boursoufflée, clairement bleue et jaune malgré les quantités de poudre dont il avait dû user, et son œil à demi fermé, Gabriel entra dans la pièce en rasant les murs. Difficile en effet d'avoir l'air digne et élégant avec une tête pareille. L'uniforme d'officier de marine qu'il portait justement ce soir-là n'y changeait pas grand-chose, un uniforme superbe imitant celui de l'artillerie de France. Le justaucorps était de drap bleu doublé de serge rouge, rouges aussi étaient les parements et le collet, tandis que la veste et la culotte étaient de coutil bleu, l'ensemble étant joliment rehaussé de boutons jaune doré, timbrés d'une ancre. N'eût-ce été sa figure amochée il aurait eu l'air aussi beau et élégant que Baptiste qui arborait lui, pour l'occasion, une tenue d'apparat de chirurgien militaire.

À la froideur des salutations d'usage ils comprirent vite que les langues n'avaient pas chômé depuis l'avant-veille et que la majorité des invités n'était pas sans connaître l'embarrassante affaire dans laquelle ils s'étaient retrouvés embringués. Les plus notoirement immoraux de cette piètre société n'avaient aucun scrupule à les regarder en coin et à chuchoter en affectant des pudeurs de vierges effarouchées. Beaucoup d'invités ne s'étaient apparemment déplacés que pour les mondanités d'usage, bien trop rares à leur goût sur l'île. On trouvait là quelques officiers en quête de rachat, de jeunes loups en quête d'aventures et une poignée de courtisans en quête de faveurs.

Tous se pressaient autour de La Pérouse, le héros du moment, de M. de Rostaing, major du régiment d'Armagnac, qui devait commander les troupes de débarquement, et du gouverneur de Bouillé. Ils tournoyaient comme les phalènes autour de la lanterne, buvaient du champagne aussi précieusement que leur peu de manières les y autorisaient et, malgré les grands airs qu'ils se donnaient, un authentique courtisan bien né aurait compris sur-le-champ à quel type d'aristocrates déclassés et de nouveaux riches il avait affaire. Peu rompus à ce genre de démonstration et refusant de faire semblant pour ne pas compromettre leurs chères convictions, les nobliaux Gabriel d'Aymar et Baptiste de la Revellière, se tenaient légèrement en retrait, au risque de bientôt s'effacer derrière le demi-cercle des sous-officiers, un peu plus pudiques, mais qui prenaient confiance et s'approchaient en piétinant de l'invité d'honneur.

Pendant un long moment, cet agglomérat d'individus se déplaça en opérant de brusques changements de direction, comme l'aurait fait un banc de sardines averti d'un danger. Il ne s'agissait pourtant que de suivre La Pérouse, qui finit d'ailleurs, au gré de ses zigzags, par se retrouver nez à nez avec Gabriel et Baptiste. À ses côtés, de Rostaing dégageait une impression de force physique et de rudesse, c'était à n'en pas douter la meilleure chance de Gabriel car le major n'ignorait pas la bravoure avec laquelle il s'était battu à Yorktown où lui-même avait pu faire admirer son énergie infatigable et sa hardiesse. Il glissa quelques mots à l'oreille de La Pérouse. Le comte hocha la tête tout en détaillant de pied en cap l'objet du délit. Gabriel salua, un peu honteux.

Du personnage qui se tenait devant lui, il remarqua surtout l'expression de grande sincérité se dégageant de toute sa physionomie, son visage était agréable mais sans finesse, sa bouche paraissait trop petite au milieu de ses joues bien pleines, le nez était droit et joliment dessiné. Gabriel s'étonna fort du fait que ses oreilles, petites elles aussi, semblaient collées aux tempes par leurs lobes supérieurs. Comprimé par une imposante cravate blanche, le bourrelet de graisse de son cou venait presque noyer son menton à fossettes. Le capitaine était de taille moyenne et sa silhouette trahissait un certain embonpoint, sa perruque, perchée sur son haut front, était d'un blanc argenté, elle s'égayait sobrement d'une simple volute et d'une courte tresse sur l'arrière. Les grands yeux gris-bleu de Jean-François Galaup de La Pérouse suffisaient pour l'essentiel à comprendre le personnage, ils étaient profonds, audacieux et scrutaient très loin en vous.

Après avoir longuement observé Gabriel, le capitaine prit la parole, apparemment il avait été mis au fait de leurs récents déboires.

— Monsieur d'Aymar, le major de Rostaing ne tarit pas d'éloges sur votre comportement à Yorktown et sur ce que vous avez su tirer du groupe d'indigènes dominicains dont vous aviez la charge. Il a besoin d'une douzaine d'officiers de mérite pour incorporer la division que je souhaite constituer, il a glissé votre nom dans la liste des possibles mais je ne sais pas trop quoi penser.

Bon gré mal gré, l'heure était venue de jouer les flatteurs.

— Ce serait un honneur que d'en faire partie, mon capitaine, tout comme de servir sous votre commandement et celui de M. de Rostaing, dont j'ai pu admirer la bravoure au feu et la splendide assurance.

Le major se pâma quelque peu, tandis que La Pérouse se passait la langue sur les lèvres d'un air préoccupé.

— Il y a toutefois quelque chose qui ne manque pas de m'inquiéter, lieutenant, je vous trouve une mine affreuse. Faut-il en conclure que vous ne craignez pas les coups ou bien que vous les recherchez ? Les dernières batailles sont pourtant assez loin derrière vous, me semble-t-il.

Gabriel ne baissa pas les yeux, il avait honte de cette tête de malfrat mais sa fierté était encore la plus forte.

— Je m'en excuse, mon capitaine, mais il est des batailles que je livre au quotidien et des ennemis que je combats parmi ceux qui devraient être mes amis.

La Pérouse haussa les sourcils.

— Tout cela est par trop mystérieux, lieutenant, soupira-t-il. Enfin, dites-moi plutôt ce qu'un Limousin peut bien venir quérir sous les tropiques ?

— Partir, ou plutôt partir pour pouvoir revenir, mon capitaine.

Gabriel n'envisageait pas autre chose que de dire la vérité mais mieux valait l'habiller de quelques jolis atours.

— Je suis aussi venu servir mon roi et goûter au sel de l'aventure.

— Aaah nous y voilà, monsieur d'Aymar ! répondit joyeusement le capitaine, voilà bien le nœud gordien que nous autres, les terriens, devons immanquablement trancher ! De la terre à la mer, n'est-ce pas ? Je connais cette histoire, l'inconnu a des charmes face auxquels la Raison est peu de chose.

Gabriel s'enhardit un peu, il ressentait chez La Pérouse une bienveillance tout à la fois subtile et moqueuse qui lui plaisait bien. Il était de toute façon décidé à jouer son va-tout quitte à déroger à un de ses sacro-saints principes, celui qui faisait qu'il refusait de céder à de vaines flatteries pour obtenir une faveur, surtout s'il estimait qu'il l'avait méritée, ce qui en l'occurrence était le cas.

— Monsieur le comte, je souhaiterais conclure mon histoire outre-mer en offrant mon épée à un certain Albigeois dont la renommée s'est faite sur l'eau, puis rentrer sur mes terres, si vous m'en jugez digne, mon capitaine.

— Chercheriez-vous à racheter votre liberté, lieutenant ?

La Pérouse posa sur lui un regard faussement suspicieux.

— Sa Majesté est en quête d'hommes de caractère, il n'a que faire de mercenaires. Êtes-vous un mercenaire, monsieur d'Aymar ?

Gabriel avait toujours autant de mal à supporter que l'on taquine ainsi son honnêteté, il répliqua un peu vivement et s'en voulut immédiatement d'être aussi susceptible.

— En aucun cas, monsieur le comte, je pense avoir donné tous les gages de ma loyauté sur le champ de bataille !

Puis il reprit en tâchant de se maîtriser davantage.

— J'aspire à un baroud d'honneur, plein de panache et à reprendre ensuite possession de mon domaine, voir défiler les saisons, me marier, tout ce à quoi un homme de bien aspire au fond de lui.

Le capitaine jeta un coup d'œil amusé au major de Rostaing, un regard qui semblait dire : « Vous aviez raison, le bougre est impétueux et passionné. »

— Nous ne manquerons pas de panache, s'enflamma La Pérouse, croyez-moi, vous serez comblé dans vos souhaits si d'aventure je juge que vous êtes digne d'être une pièce de cette entreprise.

Il restait à Gabriel à évoquer ce qu'il escomptait comme prix de son engagement.

— Mon capitaine, si toutefois vous me choisissiez et que d'aventure vous estimiez par la suite que je vous ai bien servi, je souhaiterais à mon retour solliciter une charge de lieutenant de louveterie, j'en ai fait la requête auprès de M. le Grand Louvetier de France et de Sa Majesté le Roi.

La Pérouse opina de la tête.

— C'est ce que l'on m'a dit en effet, mais vous n'avez même pas vingt-cinq ans, monsieur, et puis n'avez-vous eu point assez de loups à combattre en Amérique pour vouloir encore vous occupez de ceux de France ?

La Pérouse sourit et lui posa amicalement la main sur l'épaule.

— Nous verrons, Sa Majesté en jugera. Enfin, je présume que tout est possible à qui sert bien son roi et je vois que le feu n'est pas éteint en vous, la vie bouillonne, peut-être changerez-vous d'avis.

Baptiste les avait observés sans mot dire, mais Gabriel ne comptait pas laisser filer cet aréopage sans avoir introduit son ami.

— Monsieur le comte, une dernière chose si vous me permettez, je souhaiterais vous présenter mon ami, M. de la Revellière, chirurgien embarqué de grand talent, il souhaiterait lui aussi se joindre à cette aventure.

Baptiste se tenait là, indolent et charmeur, splendide d'assurance.

— Oh rassurez-vous, lieutenant, j'ai aussi pris tous les renseignements nécessaires sur M. de la Revellière. Je crois savoir que vous avez été impliqué dans un certain nombre de scandales et que vos opinions ne sont pas toujours des plus appréciées au sein de la Royale, monsieur.

Le chirurgien blêmit, la charge était rude et sans détour, il ne savait pas trop par quel trait d'esprit il aurait pu dénier de telles évidences, des vérités qu'il assumait par ailleurs totalement. La Pérouse ne lui en laissa pas le temps.

— Fort heureusement j'ai aussi entendu des histoires extraordinaires sur vos dons de médecin. Le voyage s'annonce des plus périlleux, nul doute que les hommes seront rassurés de vous savoir à leurs côtés pour les soigner.

— Monsieur le comte, je serai profondément honoré de pouvoir justifier à votre service ces talents que vous me prêtez, répondit Baptiste visiblement soulagé. Mon épée a peu servi mais mes outils de chirurgien et mes mains sont vôtres si vous m'en jugez digne.

La Pérouse tapa joyeusement dans ses mains comme s'il avait passé un accord avec lui-même.

— C'est entendu, je vous emmène, monsieur ! Quant au lieutenant d'Aymar j'hésite encore, que pourriez-vous me dire de lui afin de me convaincre ?

Quand il décidait d'être sérieux et grave, ce qui lui arrivait parfois, les mots que prononçait Baptiste sonnaient toujours avec une sincérité désarmante.

— Qu'il est inflexible comme la vérité, d'une droiture désespérante, il hésita un instant, je vous dirai par ailleurs que c'est mon seul ami.

Le capitaine les jaugea une dernière fois de son regard clair et franc, les officiers, les courtisans, la plupart de ceux qui étaient présents ce soir-là, les détestaient, mais lui, La Pérouse, les aimait bien.

39.

Tout le monde se regarda, un peu interloqué, mi-amusé par la blague, mi-inquiet de l'arsenal du médecin. La dizaine de gendarmes chargée de la police du tribunal ne jugea pas utile de se ruer immédiatement sur Baptiste. Gabriel roula des billes exorbitées, la scène lui paraissait totalement insensée, mais une grande vague le submergea, comme une excitation furieuse à l'approche de la bataille.

Puyramont, qui désormais passait toute sa vie en colère, gueula le premier.

— Non mais d'où sort cet énergumène ?

Ce à quoi Baptiste répondit fort à propos :

— De confesse !

Le public rit de bon cœur. L'accusateur public se leva alors avec l'intention de demander que l'on évacue et que l'on mette aux fers le fauteur de troubles. Baptiste ne lui en laissa pas le temps.

— Bonjour à tous ! dit-il d'une voix enjouée.

Quelques bonjours timides lui répondirent de-ci de-là et il s'enhardit.

— Je vois beaucoup de têtes connues, c'est rassurant tous ces visages familiers.

Quelques sourires un peu niais firent écho à cette gentillesse polie et subitement les traits de son visage se durcirent, son ton se fit menaçant.

— Bien, terminé la rigolade, que personne ne se lève, ne crie ou ne tente de s'enfuir. Le cas échéant je me verrai dans l'obligation de faire usage des armes létales dont je me suis équipé.

Le médecin n'avait pas totalement disparu derrière le conjuré. Pour bien montrer sa détermination il posa la pointe du canon d'un de ses pistolets contre la tempe d'une épicière qu'il avait récemment soignée pour une chaude-pisse et dont le seul tort était de se trouver assise près du confessionnal. Elle poussa un cri strident, il abaissa aussitôt le canon de son arme, un des soldats empoigna son fusil, Baptiste émit un « tss-tss-tss » dissuasif tout en faisant non de la tête et appuya à nouveau l'arme sur le crâne de la jeune femme, qui hurla, plus fort cette fois. Le gendarme se ravisa immédiatement. Le chirurgien rajouta à l'adresse de Lacombe qui était resté debout, comme pétrifié :

— Citoyen, tu es toutefois personnellement autorisé à te rasseoir.

C'était censé être drôle mais plus personne ne riait.

Lacombe s'empourpra, dans sa vie si bien ordonnée rien ne l'agaçait plus que les imprévus et les contretemps. Il n'était toutefois pas du genre à se laisser entraîner dans des escalades verbales agressives ou des querelles publiques dans lesquelles il aurait risqué de perdre un peu de son crédit. Il se rassit et tenta de couvrir le brouhaha ambiant d'une voix bien posée et dont le ton paternaliste irrita profondément Gabriel autant que Baptiste.

— Allons, allons, qu'est-ce que tu racontes là, citoyen ?

Tu déparles complètement. Pose tes armes, c'est ridicule, tu n'as pas besoin de mourir ici aujourd'hui.

— Mourir ? répéta Baptiste d'un air amusé, rassure-toi citoyen cela ne fait partie du plan.

Il poursuivit, essayant de s'adresser au plus grand nombre.

— Écoutez, je viens de passer une nuit entière dans un confessionnal !

Il parla un peu plus bas, comme s'il se faisait une réflexion à lui-même.

— C'était assez pénible et inconfortable croyez-moi, et puis les églises m'ont toujours effrayé, je crois qu'il faudrait chercher dans mon enfance les raisons profondes de cette peur…

Il s'interrompit et reprit le fil de ses idées.

— Enfin, tout cela pour vous dire que je suis venu ici afin de libérer mon ami Gabriel d'Aymar.

Puyramont explosa une fois de plus.

— Le citoyen d'Aymar est convaincu de trahison envers la Patrie, sa tête roulera avec la tienne sur l'échafaud.

Il se tourna avec brusquerie vers les gendarmes chargés du maintien de l'ordre et hurla :

— Arrêtez cet homme sur-le-champ, cette plaisanterie n'a que trop duré !

— Nous y voilà ! La guillotine, la tête coupée et tout le tralala. Merci, mais cette perspective me déplaît fortement, répondit Baptiste sans se départir de son flegme.

Il s'adressa alors directement aux soldats qui commençaient à réagir à l'injonction de Puyramont.

— À votre place, messieurs, je ne ferais pas un pas de plus !

Il désigna d'un geste de la main la tribune de l'orgue qui surplombait la nef et le chœur.

— Nos amis là-haut n'auraient d'autre choix que de vous abattre sur-le-champ.

Une quinzaine d'hommes masqués et armés de fusils sortirent alors lentement de l'ombre de l'orgue dans laquelle ils étaient tapis depuis le milieu de la nuit. Certains portaient un grand masque blanc, à l'imitation du volto[1] des carnavals vénitiens, d'autres avaient le visage dissimulé par un masque à bec d'oiseau marron qui rappelait celui des médecins de peste. Arrivés à hauteur du balcon de bois en surplomb du narthex ils mirent en joue, prêts à faire feu. Un vrai peloton d'exécution tenait désormais en respect l'ensemble de l'assistance. Les membres du tribunal manquèrent de tomber de leur chaise à la vue des canons pointés sur eux et les gendarmes s'arrêtèrent net, la dissuasion par la force venait de changer de camp.

L'accusateur public, dont le visage huileux virait de l'écarlate au cramoisi, bredouilla, incrédule :

— Mais enfin, c'est impossible, qui sont ces hommes, c'est un complot contre la Patrie, c'est cela ?

Baptiste fit la grimace et balaya du regard le jury. Un long silence figea le temps, au cours duquel le médecin parut perdu dans ses pensées. Qui étaient ces hommes ? Lui seul le savait. Anciens métayers et soldats indignés du sort que l'on réservait à leur lieutenant, il les avait choisis pour leur loyauté infaillible, il ne doutait pas un instant qu'ils seraient fidèles à leurs liens, les siècles passés et la guerre les avaient noués. Les faire pénétrer discrètement dans l'église reconvertie en tribunal n'avait pas été bien

1. Masque vénitien blanc, sans expression, il couvre entièrement le visage.

difficile, en ville le nombre de ceux qui devaient la vie au chirurgien était considérable. Tous les enfants de la rivière et des collines qu'il avait sauvés lors de l'épidémie de variole noire de 1787 l'avaient définitivement installé dans le cœur du petit peuple. Sans trop chercher, Baptiste avait aussi découvert que ceux qui détestaient Lacombe et ses séides étaient tout aussi important. Il lui avait suffi de recouper ces deux catégories pour trouver un homme suffisamment introduit auprès du nouveau tribunal révolutionnaire, un complice qui s'assurerait que la petite poterne donnant sur l'aile nord du transept resterait ouverte cette nuit-là.

Il revint à la réalité de sa situation quand une rumeur de panique à peine contenue s'empara de la salle, opérant d'incessants allers-retours, prise au piège, comme tous ceux venus ce jour-là assister à la curée. Sentant alors que la situation risquait de lui échapper, Baptiste rappela poliment son auditoire au calme et à la retenue. Le résultat n'étant que très médiocre, il rajouta à ses paroles apaisantes quelques menaces de mort bien senties et à sa grande surprise le silence se fit presque immédiatement. *Bien plus efficace*, pensa-t-il. L'empire des armes et de la peur ne cesserait décidément jamais de l'étonner.

L'instant d'après, l'écho inquiétant d'un bruit de bottes résonna dans l'escalier en colimaçon desservant l'orgue, le coup de force ne manquait pas d'un certain sens du spectacle et de la mise en scène. Les têtes se tournèrent, la petite porte qui permettait d'accéder à la nef s'ouvrit lentement et la silhouette élancée d'Angèle apparue dans la lumière colorée qui filtrait par les vitraux des fenêtres hautes. La jeune femme avança lentement dans le vestibule, son fusil à la main, et alla se poster devant la porte principale de l'église, à côté du baptistère. Sa tenue était celle d'un homme mais il émanait d'elle une féminité sauvage et provocante qui la rendait définitivement rebelle à son temps. Sous le petit tricorne noir à galon argenté qu'elle portait légèrement incliné, la dureté féline de son regard transperçait tout. Ses cheveux bruns cuivrés avaient été remontés en un chignon complexe tenu par le peigne en os de baleine que Gabriel lui avait offert à leur retour d'Amérique. Son justaucorps de cuir brun, très ajusté, soulignait la courbe délicate de ses seins. Défiant toute forme de convention, elle avait en outre revêtu une culotte d'équitation beige totalement scandaleuse qui dévoilait le galbe merveilleux de ses fesses. Ses bottes de chasse noires lui remontaient au-dessus des genoux.

Baptiste laissa à tout le monde le loisir d'admirer cette nouvelle déesse indienne de la guerre, puis il reprit la parole.

— Bien, je vais maintenant demander à nos valeureux soldats d'avoir l'obligeance de déposer leurs armes à leurs pieds et de tenir leurs mains bien visibles sur leurs têtes, faute de quoi je me verrai dans la triste obligation de demander à mes amis de faire feu.

Les soldats obtempérèrent sans broncher, ceci fait, Baptiste ferma les yeux et se pinça la base du nez entre le pouce et l'index comme s'il se plongeait dans une intense réflexion. Il émergea bien vite de cette soudaine méditation pour continuer son monologue.

— Et puis d'ailleurs que tout le monde mette les mains sur la tête, ce sera bien plus amusant et conforme aux principes égalitaires de notre révolution. Citoyen Lacombe, je pense que vous approuverez ce joli clin d'œil aux idéaux qui vous sont chers.

Et tout le monde leva les mains et les mit sur la tête.

Baptiste retrouva alors brusquement sa voix de méchant, celle que même Gabriel ne lui soupçonnait pas, les traits de son visage se durcirent.

— Sérieusement, le premier qui bouge le petit doigt est mort.

Il prenait goût à ce rôle de composition, mais il se radoucit immédiatement.

— Je m'excuse auprès du public et de ces nobles représentants du peuple, vous pourrez retourner vaquer à vos occupations et sortir tranquillement dès que mon ami, M. le lieutenant d'Aymar, sera libre.

Quatre hommes descendirent alors pistolet au poing de la tribune de l'orgue, les soldats désarmés furent invités à aller prendre place sur les bancs de la nef, puis les conjurés vinrent se poster dans le chœur, juste derrière l'autel où siégeaient les juges.

Gabriel se tenait toujours debout devant sa chaise, bras ballants, complètement abasourdi par l'audace insensée de tout ce qui venait de se dérouler. Baptiste s'avança tranquillement vers son ami, ils échangèrent une chaleureuse accolade, puis le médecin se recula un peu pour mieux le détailler.

— Salut Gab, tu as l'air en forme.

— Salut Baptiste, répondit Gabriel dans un large sourire, tu m'expliques.

— C'est très simple, je suis venu te sortir de là.

— Jusque-là j'avais compris, mais encore ?

— Patience, je vais tout t'expliquer mais d'abord, tu prends ça.

Baptiste lui tendit un des pistolets.

— Et ça également.

Il se défit d'un des fusils qu'il portait dans le dos et le lui donna, c'était une arme splendide, gravée aux armes de la famille d'Aymar et dont la crosse sculptée représentait un loup aux yeux incrustés de perles de jade.

— Et puis bien sûr, ça.

Il détacha la boucle du ceinturon qui portait l'épée de Gabriel et confia l'ensemble à son ami.

Gabriel avait de sérieux doutes quant aux chances de réussite de l'évasion, il glissa à l'oreille du chirurgien :

— J'espère que tu sais ce que tu fais, Baptiste ?

Le docteur opina.

— Fais-moi confiance, tu avais raison, j'ai perdu mon chemin en me tenant si longtemps à l'écart. Aujourd'hui je reprends en main notre révolution.

— Notre révolution ?

Gabriel se gratta la tête, c'était un concept nouveau, il n'était pas sûr de bien comprendre ce que voulait dire son ami.

— Oui, la nôtre, celle des soirées embrumées de Port-Royal quand nous changions le monde.

Baptiste se tut un court instant et désigna Angèle du menton.

— Et puis cette fille là-bas, elle aurait tué la moitié de la ville pour te libérer, il fallait que j'intervienne.

Lacombe, qui voyait son grand dessein mis en péril, intervint pour tenter de les raisonner, comme s'il espérait encore que tout puisse rentrer dans l'ordre, que chacun reprenne sa place en s'excusant du dérangement, le docteur de la Revellière dans son confessionnal si ça lui chantait, les hommes masqués derrière leur orgue avec l'Indienne, l'accusé assis sur sa chaise, attendant sagement qu'on lui décolle la tête.

— J'en appelle à la raison qui semble vous avoir abandonnés, jamais vous ne vous en sortirez vivants, c'est de la folie ! Citoyens, écoutez, nous pouvons sans doute trouver un arrangement afin que chacune des parties soit satisfaite. Je vous propose que nous allions discuter de cela à l'écart, calmement, entre gens raisonnables et que vous laissiez tous ces braves gens rentrer chez eux.

Gabriel lui répondit avec morgue.

— Vivre libre ou mourir, citoyen Lacombe, c'est ce que nous commande la raison.

Et Baptiste d'ajouter d'un air navré :

— Désolé mais rien de ce que j'ai prévu aujourd'hui ne se fera dans le calme et la discrétion.

Assis sur sa chaise de témoin, Garri fulminait, ses yeux roulaient en tous sens, cherchant une issue, un moyen de parvenir malgré tout à ses fins. Puyramont, quant à lui, était maintenant au bord de l'apoplexie, il trouva encore assez d'air pour vitupérer.

— Vous signez votre arrêt de mort et celui de votre famille, nous aurons votre tête à tous, je…

Il s'interrompit car Angèle choisit ce moment-là pour commencer à remonter l'allée centrale de sa démarche chaloupée et merveilleusement sensuelle. Les éperons d'argent de ses bottes tintaient à chaque pas sur le dallage de marbre, son coutelas au manche en os d'orignal, un des seuls vestiges de son passé indien, ballottait contre sa hanche. À l'approche du chœur elle accéléra le pas pour venir se jeter dans les bras de Gabriel, il l'étreignit longuement en lui caressant la nuque, tandis que le souffle chaud d'Angèle lui susurrait des mots tendres à l'oreille. Un long frisson de désir inassouvi bouleversa leurs deux corps. Elle quitta à regret son étreinte et se tourna vers Puyramont, ses yeux se plantèrent comme des couteaux dans ceux du chapelier.

— Qui a tué mon chien ? lui demanda-t-elle d'une voix glaçante.

Puyramont regarda à droite, à gauche, comme si la question ne lui était pas adressée. Il finit par poser un index sur sa poitrine.

— C'est à moi que tu t'adresses, jeune fille ? Tu crois franchement que nous n'avons pas des problèmes plus urgents à traiter que la question d'un stupide corniaud ? Cette conjuration à laquelle tu appartiens par exemple.

Angèle savait combiner à merveille son caractère farouche et l'éducation raffinée que lui avait fait prodiguer la famille d'Aymar. Elle darda sur le chapelier un regard lourd de mépris et cita Madame de Sévigné, à la stupéfaction de tous ceux qui n'avaient toujours vu en elle qu'une sauvageonne à la beauté corruptrice.

— Monsieur, plus je vois les hommes, plus j'admire les chiens.

Elle s'approcha plus près de lui et il eut un mouvement de recul lorsque qu'elle sortit son coutelas du fourreau en peau de renne aux perles de verre multicolores.

— N'insulte pas l'intelligence de celui qui était mon ami, s'il y avait plus de chiens comme lui et moins de gens comme toi, le monde serait sans doute bien meilleur. Réponds à ma question, es-tu oui ou non responsable de la mort de mon chien ?

Il ricana, haussa nerveusement des épaules, zyeuta encore autour de lui pour chercher un soutien qui ne venait pas, puis il se dit qu'il n'allait quand même pas perdre la face en s'écrasant devant cette traînée indienne, alors il répondit sans même la regarder, s'adressant au public comme s'il voulait le prendre à témoin de la nécessité de ce qu'il avait accompli.

— Ce chien était enragé, il avait contracté la maladie en même temps que la citoyenne d'Aymar et malgré cela ces fous le gardaient à Fondorat, si je ne l'avais pas abattu dieu sait de combien de morts il aurait été responsable !

Les rangées de gens assis les mains sur la tête face à lui l'observèrent en écarquillant les yeux, stupéfaits qu'il ait à se justifier d'avoir tué un chien alors qu'une quinzaine d'hommes armés venait de prendre en otage tout un tribunal.

Quelqu'un dans le fond de la salle cria :

— On s'en fout ! Laissez-nous partir maintenant ! Nous ne sommes pour rien dans toutes ces histoires !

Angèle se tourna vivement vers l'endroit d'où avait surgi la protestation.

— Moi je ne m'en fous pas ! cria-t-elle, puis elle embrassa l'ensemble de la salle de son regard d'émeraude.

— Vous êtes venus en conscience vous repaître de la condamnation à mort d'un innocent, d'un patriote, selon moi vous êtes tous complices du crime qui se préparait.

Elle attrapa Puyramont par les cheveux, le tira violemment en arrière, et posa la lame effilée de son couteau sur sa gorge.

— Vous voulez voir du sang, c'est cela qui vous anime ? Vous voulez voir un homme mort ?

Des cris horrifiés vinrent ramper le long des piliers et des voûtes puis retombèrent, amplifiés en une pluie sonore, sur toute l'assistance. Le chapelier se mit à gémir en suppliant.

— Non, non, je regrette, je regrette, pitié.

Gabriel décida d'abord de la laisser faire, il ne croyait pas qu'elle irait jusqu'à l'égorger devant tout le monde, mais comme l'ombre d'un doute persistait dans son esprit, il préféra intervenir rapidement.

— Angèle, laisse-le, je t'en prie.

Elle lui sourit d'un air complice et relâcha son emprise.

Baptiste tenta de faire retomber un peu l'extrême tension qui venait de tout écraser, il se voulait à la fois drôle et rassurant.

— Ne vous inquiétez pas, il n'y en a plus pour longtemps, je dois maintenant entendre mon ami en confession. Ce sera bref, c'est un homme tout ce qu'il y a de plus vertueux !

Il tendit le cou et se pinça les lèvres comme pour mieux observer la réaction des gens. Leurs faces de carême ne s'étaient pas déridées, le caractère drolatique de sa remarque avait manifestement dû leur échapper. Il fallait maintenant faire vite, la porte principale avait été verrouillée et cela ne tarderait pas alerter les badauds qui ne souhaitaient qu'assister au verdict et qui trouveraient porte close.

40.

Le 31 mai, Gabriel et Baptiste quittèrent la rade du Cap à bord du *Sceptre*, le navire amiral du capitaine de vaisseau La Pérouse, un soixante-quatorze canons à la coque cuivrée. Deux frégates, *l'Astrée* et *l'Engageante*, étaient également engagées dans l'expédition.

Pour tromper les espions britanniques autant que pour éviter l'ébruitement du projet, l'affaire avait été préparée dans le plus grand secret. Le 6 juin les trois navires se séparèrent du convoi qu'ils étaient censés escorter pour faire voile vers le nord, les équipages, autant que les états majors, ignoraient tout des intentions de La Pérouse. La surprise était si bien ficelée que l'on avait même poussé la ruse jusqu'à n'embarquer aucun équipement contre le froid.

À cette époque-là, pénétrer dans le détroit d'Hudson restait une prouesse, même pour les navigateurs les plus aguerris. Le passage n'était libre de glaces que quelques semaines par an et, même durant cette courte période, la navigation s'y avérait incroyablement périlleuse. Les routes maritimes sur lesquelles ils s'engageaient étaient approximatives, parsemées de pièges sournois, secouées de tempêtes. La nature s'y défendait farouchement, elle camouflait les passes dans des brumes insondables qui clouaient sur place les marins les plus téméraires, elle faisait souffler rageusement les vents contraires et remonter des abysses des courants tourbillonnants. Pour y faire face, La Pérouse avait choisi de s'entourer d'une équipe de vieux loups de mer, de ceux dont rien qu'à la gueule on se doutait qu'ils sauraient bourlinguer dans ces eaux inhospitalières. Il avait aussi débauché de jeunes officiers ambitieux, désireux de se bâtir une réputation dans ce type d'expéditions, et puis bien sûr, il avait embarqué Baptiste et Gabriel, qu'il aurait été bien en peine de caser dans une de ces catégories.

Après quinze jours de mer tout ce beau monde ne savait toujours pas quel était le but de leur voyage. New-York et le Maine étaient derrière eux, les nuits devenaient de plus en plus fraîches et ils continuaient à filer cap au nord. Le capitaine laissait habilement prospérer le mystère quant à leur destination, il ne donnait que peu d'indices, alimentant ainsi les suppositions les plus folles. Un soir que quelques officiers prolongeaient le repas autour d'un bon cognac, Baptiste, pour qui les conventions étaient peu de chose et qui parlait librement de tout et avec tout le monde, s'adressa sans détour au commandant du *Sceptre*.

— Monsieur le comte, vous êtes apparemment le seul à savoir où nous allons.

Voyant la moue du capitaine, il marqua un temps d'hésitation.

— Vous savez où nous allons, n'est-ce pas ?

La Pérouse rit de bon cœur, cette franchise maladroite avait l'heur de lui plaire.

— Monsieur de la Revellière, vous connaissez, je n'en doute pas, le mot célèbre de Christophe Colomb à propos de ce type de voyage ?

— En la matière je crains d'être en deçà de vos espérances, mon capitaine, vous devriez plutôt interroger M. d'Aymar, il est inépuisable sur le sujet des explorateurs.

Se tournant aimablement vers Gabriel, le capitaine lui adressa un salut de la tête.

— Je n'en doute pas un instant mais ce serait chose trop simple pour lui. Voyez-vous, Colomb disait : « On ne va jamais aussi loin que lorsque l'on ne sait pas où l'on va... » Eh bien je crois pouvoir dire qu'à cette heure cela reflète assez bien mon état d'esprit.

Ils se sentirent tous obligés de rire à leur tour, mais on pouvait entendre les dents grincer au moins autant que les gréements au dehors. La capitaine poursuivit, sibyllin.

— Je conçois vos doutes et vos impatiences, messieurs, sachez que nous allons à la rencontre d'un pays dont on ne connait guère que le nom !

L'inquiétude, en effet, était palpable, La Pérouse semblait s'en amuser, Baptiste crut bon d'ajouter goguenard :

— Fort bien, mon capitaine, nous vous confions sans crainte notre destin, après tout l'essentiel n'est pas de savoir où nous allons mais bien comment nous y allons !

La Pérouse était un homme malicieux, il aimait tester le caractère de ses hommes, il les jaugea et se dit qu'il pouvait aiguiser encore un peu plus leur curiosité.

— Je dois bien vous avouer à ce sujet que je n'ai ni carte fiable, ni pilote infaillible, mais je puis aussi vous garantir que l'on ne nous attendra pas là où nous allons surgir.

Ils prirent congé sans en savoir davantage.

Le secret avait d'ailleurs été si bien gardé que même les deux capitaines de *l'Astrée* et de *l'Engageante*, Fleuriot de Langle et le marquis de La Jaille, n'étaient au courant de rien. On leur avait donné des enveloppes scellées avec pour instruction de ne pas les ouvrir avant d'avoir atteint le quarante-cinquième parallèle nord. Ce n'est donc que lorsqu'ils eurent franchi cette latitude que tous les officiers présents sur *le Sceptre* furent réunis dans la dunette et que le but de leur expédition leur fut enfin révélé. Ce fut un choc, assurément. Tandis que le capitaine insistait sur la gloire dont ils se couvriraient en détruisant les établissements anglais de la baie d'Hudson, Baptiste se tourna vers Gabriel pour lui chuchoter à l'oreille :

— Rappelle-moi de t'extirper au scalpel toutes tes foutues bonnes idées, la baie d'Hudson, Gabriel ! Merde, j'espère que tu as pris tes sous-vêtements en grosse laine !

— Trop tard pour faire demi-tour, mon ami, lui souffla Gabriel d'un ton amusé, et ton goût pour l'aventure, Baptiste ? La gloire ? La science ? Les créatures fantastiques ?

— Des créatures fantastiques, j'en ai laissé à Port-au-Prince pour te suivre ! Quand tes orteils gèleront je serai là pour te les couper un par un !

Le chirurgien était ronchon à ses heures, c'était un homme d'autres latitudes, un amoureux du Sud, mais au fond de lui l'exploration de cette *terra incognita* l'excitait. Gabriel, lui, adorait bien sûr l'idée du Grand Nord, il y avait là de quoi stimuler son imaginaire infatigable. Lorsqu'au début du mois de juillet, aux abords des côtes du Labrador, ils entrèrent dans l'enfer glacé des brumes boréales, il finit tout de même lui aussi par se demander dans quelle galère il s'était embarqué et s'il n'avait pas été choisi dans le seul but d'expier ses crimes.

Lorsqu'ils rencontrèrent les premiers icebergs il ne se donnait plus guère de chance de revenir un jour vivant de cette folie. Des matelots avaient été postés pour veiller à chaque bossoir car il fallait se garder nuit et jour des dangers que les glaces dérivantes et les bancs de sable faisaient peser sur l'expédition. L'épuisement gagna rapidement les équipages tandis que le scorbut et les fièvres malignes poursuivaient leurs ravages. L'extrême tension qui rongeait les hommes ne semblait pas trop affecter Jean-François Galaup de La Pérouse qui canalisait sa fougue en arpentant nuit et jour le gaillard d'avant, scrutant les ténèbres ou la brume épaisse de sa lorgnette. Parfois, il lui prenait l'envie de grimper à la hune comme un pirate et il faisait alors montre d'une agilité stupéfiante malgré sa silhouette alourdie. Son visage poupin, rougi par la morsure du froid, ne trahissait nulle anxiété. Au mess, il ne s'agaçait jamais du scepticisme de certains officiers quant à l'exactitude du cap et à leur capacité à surmonter les périls du voyage.

Début juillet pourtant, La Pérouse lui-même en arriva à se demander s'il ne s'était pas fourvoyé, voguant inexorablement vers un désastre et vers sa disgrâce. Le scorbut ne leur laissait plus de répit, nombreux déjà étaient les cadavres passés par-dessus bord, dont celui du maître charpentier et pour ne rien arranger le doublage de cuivre des coques se délitait de plus en plus au contact des glaces. Le 2 juillet la banquise les prit au piège et elle se serait refermée sur eux tel un piège mortel si le *Sceptre* n'avait viré promptement vent devant grâce au sang-froid du capitaine. Mille cinq cent hommes étaient désormais perdus sur une étendue glacée, à la recherche d'un détroit maudit qui se dérobait à eux. En grelottant, comme tous les autres, Gabriel pensait à Mathilde et à Fondorat, comme tous les autres aussi il opérait sa métamorphose physique, visage taillé à la serpe et croûtes de sel dans les cheveux, pommettes saillantes sous des paupières violacées, gonflées de cernes, joues creuses hérissées de poils drus. Jamais toutefois il n'aurait eu l'idée de se lamenter ou de partager ses états d'âme avec un autre que Baptiste, il fallait endurer sans broncher, un choix, bon ou mauvais, était un choix, il fallait l'assumer. C'était par la rudesse de ce type de préceptes qu'il avait tenu bon toutes ces années.

N'étant plus à proprement parler un officier de marine depuis son détachement auprès du régiment de Port-au-Prince, Gabriel ne pouvait guère compter sur ses qualités de marin pour gagner la confiance du capitaine. De médiocre il était toutefois devenu acceptable dans ce domaine, jouant les utilités, ne rechignant à aucune tâche là où d'autres du même rang considéraient que s'épuiser ainsi sur le pont revenait à déroger et que seule la noblesse du pilotage ou les conseils militaires qu'ils pouvaient prodiguer au chef étaient dignes d'eux. Ils étaient vaniteux à leur façon, Gabriel l'était à la sienne, il n'aimait pas les hiérarchies car elles signifiaient qu'il serait toujours inférieur à d'autres et il refusait par principe l'idée d'être bien vu pour arriver à ses fins. Incidemment, il avait fallu qu'il entre dans l'armée pour s'apercevoir de son incompatibilité avec celle-ci et pour accéder à cette connaissance sensible de lui-même. Son sens du devoir l'avait heureusement toujours emporté sur ses états d'âme et de la plus simple des tâches qu'on lui assignait il faisait une mission. On avait alors l'impression que rien ne pouvait l'arrêter ou le détourner de son objectif tant que celui-ci n'était pas atteint. Ce furent cette abnégation obstinée, ce refus de l'échec et cette façon d'assumer l'originalité de son caractère revêche qui plurent d'emblée à La Pérouse, car le capitaine du *Sceptre* sut très vite qu'il était de ces hommes sur lesquels on pouvait compter, de ceux qui ne prétendaient pas connaître, ou pire, savoir faire, ce dont ils ignoraient à peu près tout ; or ce genre d'homme de confiance était une denrée de plus en plus rare. Certes, Gabriel aurait été bien incapable de piloter un navire dans l'Atlantique nord, il ne l'avait jamais caché à son capitaine, mais c'était un officier raisonnable, opiniâtre, un homme avide de connaissances et c'était aussi un soldat aguerri. La Pérouse n'en fit jamais un favori, il sentait que Gabriel n'en tirerait aucune satisfaction, bien au contraire, mais il fut sincèrement content de l'avoir choisi et ne manqua jamais une occasion de le remercier du travail accompli. Autour des astres de ce temps Gabriel ne graviterait jamais dans le premier cercle, son intransigeance bourrue le condamnait à n'être qu'une petite étoile, celle des confins les plus éloignés, une petite étoile insensible à la gravitation mais persuadée qu'elle pourrait quand même briller dans son coin, et que cela valait toujours mieux que de risquer de perdre son éclat dans l'ombre des autres.

Le 17 juillet, la brume se leva et, au hasard de leurs égarements, ils identifièrent l'île de la Résolution. Ils surent alors qu'ils resteraient en vie encore un peu plus longtemps, ils n'étaient pas perdus ! Une formidable explosion de joie éclata en même temps sur les trois navires. Quelques heures plus tard, le temps de s'apercevoir que l'estuaire restait prisonnier des glaces et l'allégresse céda de nouveau le pas à l'anxiété. Ce ne fut qu'au terme de deux interminables journées que la débâcle commença à faire son œuvre et que quelques interstices s'ouvrirent devant eux. S'aventurer entre ces géants de glace semblait une folie, les bateaux pouvaient à tout moment y être broyés comme le grain dans la meule, mais le capitaine avait une réputation, un honneur à défendre et il n'était pas du genre à lambiner. Sous ses abords de bourgeois paisible, La Pérouse cachait toutes les audaces, il envoya au diable les avis des plus timorés et décida que l'on se faufilerait dans ce labyrinthe d'icebergs. La réussite de l'expédition était à ce prix, attendre encore, c'était la certitude d'être découvert et anéanti par l'escadre ennemie. Ils enfoncèrent donc dans la banquise les frégates et leur navire de 74. Les glaces devinrent vite si épaisses que les équipages purent bientôt aller à pied sec d'un navire à l'autre. Pour des hommes ayant passé toute leur vie au sud du 58ᵉ parallèle, ce fut comme franchir le seuil d'un monde irréel, un monde où les repères familiers n'existaient plus et dans lequel les plus grandes beautés cachaient les dangers les plus redoutables.

Baptiste avait passé la plus grande partie de sa vie à fuir le froid, il détestait s'emmitoufler de fourrures puantes et avoir les doigts engourdis. L'aspect grandiose des paysages gelés du Grand Nord ne le bouleversait pas, beaucoup moins en tout cas que ses rêves de Pacifique Sud et de vahinés. Il lui fallut pourtant lutter contre les effets de cet environnement glacial sur des organismes et sur des corps déjà rudement éprouvés. On le vit ainsi bondir d'un navire à l'autre pour s'efforcer d'endiguer les pneumonies, pour sauver quelques orteils gelés ou pour couper quelques doigts nécrosés. La glace s'empara très vite des navires et l'équilibre devint une donnée très relative, le chirurgien s'employa alors à panser des plaies, à soigner des traumatismes et à réduire des fractures. Les accidents impossibles devinrent finalement envisageables et Baptiste se retrouva un jour à suturer en urgence l'artère d'Irvin Amon, un pilote originaire du Massachussetts, qui avait eu l'épaule droite à moitié sectionnée par la chute d'une lame de glace.

Gabriel, lui, apprécia immédiatement cette sauvagerie sublime du Grand Nord qui ne se révélait pas sans souffrance, sans brutalité. Il usa ce qu'il lui restait de chandelles et de chaleur dans les doigts pour écrire de longues lettres à ses parents. Il espérait que, mises bout à bout, elles formeraient une sorte de récit de voyage, à la manière de ceux des aventuriers et des explorateurs de son enfance. En y réfléchissant il s'aperçut d'ailleurs qu'il écrivait pour lui autant que pour partager cette vision des terres lointaines avec Anne et Guillaume. Le besoin de questionner la réalité de cet univers inconnu le taraudait, alors il se disait qu'il pourrait toujours relire ces lettres plus tard, histoire de s'assurer qu'il n'avait pas rêvé.

Nous avons rencontré de véritables montagnes de glace, l'une d'entre elles faisait bien deux cents pieds de hauteur sur une lieue de diamètre, elles sont bien souvent tellement énormes que nous les prenons pour les îles dont nous désespérons un jour de trouver la trace (...) Le 19 juillet nous avons eu connaissance d'indigènes étranges, à la barbe hirsute, affublés d'une sorte de toupet sur le front, vêtus d'un justaucorps comme un domino de chanoine, manches de peau d'ours et hauts-de-chausses de peaux d'hermine. Eh bien, mes chers parents, ces êtres si singuliers, qui semblent surgis de mes lectures d'enfance, ce sont les Esquimaux ! Ils vivent dans des terres stériles qui s'étendent du Labrador à l'est jusqu'au grand lac des Esclaves à l'ouest et vers le sud jusqu'aux rivages de la baie d'Hudson. Dans cet horizon sans relief et ces espaces immenses, les lacs, les marécages et les tourbières se comptent par centaines, s'il n'y avait quelques lupins, quelques myosotis et quelques fleurs de pavot jaune, je vous dirais qu'ici tout n'est que désolation (...) nous avons acheté aux Esquimaux, contre quelques vieux morceaux de fer, de quoi survivre au froid de ces latitudes, je me suis pourvu d'une peau d'ours mal dégrossie et de trois jaquettes en peau de loup marin.

Il tentait de décrire dans ses lettres ce que ses parents ne pouvaient sans doute pas concevoir.

Le jour dure dix-huit heures, l'aube débute vers une heure trente et la nuit ne vient qu'aux alentours de vingt-deux heures trente, celle-ci n'est d'ailleurs jamais vraiment noire, il s'agit plutôt d'une demi-obscurité plus propice aux rêveries qu'au sommeil. C'est à cet instant magique, suspendu entre deux lumières, que la nature nous a offert hier d'assister à un spectacle grandiose, celui des aurores boréales. Je n'avais pour ma part encore rien vu d'aussi merveilleux, des ondulations de rubans de lumière qui embrasent l'horizon en s'irisant de mauve, de rose et de bleu pâle, c'était tout simplement prodigieux.

L'émerveillement, la souffrance, le quotidien s'épuisait en allers-retours.

La rudesse de notre climat est une douceur, ici l'hiver il n'est pas rare que les thermomètres de Celsius affichent une température de 40 degrés en dessous du zéro. La mer est gelée les trois quarts de l'année sur toute sa profondeur, mais le plus extraordinaire c'est que, comme un défi à cette hostilité incroyable du climat, la faune et la flore se révèlent d'une diversité insoupçonnée et que des hommes y vivent, épousent des femmes indiennes, les aiment, font des enfants et ne revoient bien souvent jamais leur terre natale (...) Il m'avait déjà été donné de voir des ours mais, le croirez-vous, ceux de ce pays sont énormes et blancs comme la neige, blancs aussi sont les renards, les lapins et même certains loups, de sorte qu'il semblerait qu'un mimétisme étrange se soit opéré ici entre la faune et tous les autres éléments de la nature.

L'aventure n'était, depuis longtemps, plus simplement à portée de main, Gabriel l'avait d'abord touchée puis caressée, il la prenait désormais à bras-le-corps et la serrait de toutes ses forces jusqu'à la faire entrer en lui.

41.

Baptiste entraîna Gabriel dans le confessionnal duquel il avait surgi quelques minutes auparavant, le lieutenant prit place dans une des loges latérales sur l'étroit banc de bois tandis que Baptiste s'installait dans le compartiment central. Le chirurgien fit coulisser la trappe pour qu'ils puissent communiquer à travers la grille qui séparait leurs deux loges. Personne d'autre qu'eux deux et Angèle ne devait avoir connaissance de la suite du plan, pas même les hommes qui avaient accepté de risquer leur vie pour faire libérer Gabriel. Une fois sortis du tribunal, leurs compagnons se disperseraient et ils seraient alors seuls, seuls et traqués par la meute.

— Écoute attentivement Gab, il faut faire au plus vite désormais. Depuis l'été dernier Mathilde avait senti venir le danger, elle se doutait qu'ils s'en prendraient à vous. Quand elle a compris qu'elle n'en réchapperait pas, elle m'a fait promettre de tout faire pour les empêcher de vous faire du mal. Si vous deviez fuir elle voulait que tout soit prêt, alors on a commencé à échafauder un plan de repli, quand elle était encore là, et puis elle est partie.

Il marqua une pause, ému.

— Et j'ai continué, seul d'abord, ensuite avec Angèle et Marie. Après il a fallu que tu te fasses arrêter comme un couillon et en plus de l'exil on a dû prévoir un plan d'évasion. Il fallait des hommes d'honneur, fidèles à leurs serments, des soldats, des métayers, je les ai trouvés, ils se battront pour toi.

Gabriel écoutait, les coudes posés sur ses cuisses, la tête entre les mains, une question l'obsédait, la seule qui comptait vraiment à cet instant, la seule qui permettait d'envisager une suite à cette aventure.

— Où est Jeanne ? Où est ma fille ?

Baptiste ressentait douloureusement l'angoisse de son ami, les mots lui arrivaient hachés, en un souffle pantelant, à travers les croisillons.

— Marie et Jeanne sont parties la semaine dernière pour Nantes, elles sont maintenant en sécurité chez un ami médecin, il les cachera, prendra soin d'elles.

— Quoi ? Qui est cet homme ? Quelles garanties as-tu sur lui ?

Gabriel ne semblait qu'à moitié rassuré.

— Écoute, répondit Baptiste avec douceur, j'ai confiance en lui, tu as confiance en moi, ce sont mes garanties et crois-moi, c'est un luxe en ces temps pourris.

Gabriel prit une grande inspiration pour essayer de contrôler l'angoisse qui lui étreignait la poitrine. Il devait rester lucide et fort pour avoir au moins une chance de la revoir.

— Je te fais confiance, sors-nous déjà d'ici vivants.

Baptiste consulta sa montre gousset en argent, une coquetterie qu'il s'était offerte l'année précédente et sur le boîtier de laquelle il avait fait graver la mort d'Asclépios foudroyé par Zeus. Il paraissait toujours aussi maître de lui.

— Les chevaux seront là dans cinq minutes, vous irez vous cacher quelques semaines au Roc, le temps que l'on vous cherche ailleurs, sur les routes de l'exil. J'y ai laissé une feuille de route et des consignes que vous devrez suivre à la lettre, Angèle a déjà tout mémorisé. Tu y trouveras toutes les adresses, tous les contacts et les étapes, j'ai laissé des vivres pour tenir un siège, de l'argent que Mathilde m'avait confié, beaucoup d'argent, des sauf-conduits qui vous permettront de vous déplacer sous de faux noms, de quoi vous déguiser et des armes bien sûr. Ensuite vous gagnerez Nantes pour rejoindre ta fille, un de nos amis vous embarquera sur un navire pour l'Amérique.

Les pensées se bousculaient affreusement dans la tête de Gabriel, il aurait voulu avoir un coup d'avance sur ce qui allait venir, être totalement maître du jeu mais il voyait bien que c'était tout simplement impossible. Il ne pouvait par exemple s'empêcher de penser à la jambe de bois de son ami, comment se débrouillerait-il une fois seul, des avis de recherche seraient lancés ? En même temps les autorités révolutionnaires avaient tant à faire, il y avait le soulèvement vendéen, la guerre contre les despotes étrangers, la chasse des fugitifs qu'ils allaient devenir ne serait pas simple mais le représentant en mission ne les laisserait pas filer si facilement. Et puis il y avait Angèle, d'accord elle était taillée pour l'aventure, mais comment la transformer pour faire en sorte qu'elle n'ait plus l'air aussi « Indienne » ? Des perruques, des robes, de la poudre pour masquer sa délicieuse carnation cuivrée, elle allait certainement adorer. Et Jeanne ? Où était-elle exactement ? Comment pourrait-elle supporter cette séparation ?

Il tenta de rassembler ses idées, de les trier pour résoudre, une à une, les équations qui se présentaient à lui.

— Et toi, où iras-tu ? demanda-t-il à Baptiste.

— Réfléchis, si tu vas au nord ? questionna à son tour le chirurgien.

Gabriel soupira.

— Alors tu vas au sud, c'est fatal.

— Sûrement, souffla le docteur, je tenterai de gagner le Portugal, ensuite je devrais pouvoir embarquer vers le Brésil.

— Bien !

Gabriel se redressa brusquement comme s'il venait d'être arraché à un rêve. Il ne servait à rien de se miner davantage, la réussite de leur folle entreprise reposerait de toute façon sur l'action, il fallait s'y préparer, avoir maintenant l'esprit entièrement tourné vers ce but. Ses yeux se mirent à briller d'un éclat que son ami percevait dans l'ombre du confessionnal, c'était celui de la guerre.

— Comment sort-on de cette souricière ?

— Par là où nous sommes entrés, la porte du transept, des chevaux doivent nous y attendre. Nos hommes nous couvrent, quinze minutes après ils quitteront à leur tour l'église et se disperseront, en espérant que tout aille bien pour eux, aujourd'hui et dans les semaines à venir.

— Et si ça ne va pas pour eux ?

C'était une source d'inquiétude supplémentaire pour Gabriel, ces hommes risquaient leur vie pour lui.

— S'ils arrivent à les identifier, s'ils les arrêtent.

— Ils ont choisi librement d'être là, répliqua Baptiste.

Le chirurgien ne voulait pas devenir l'otage d'états d'âme qui les affaibliraient, il avait fait de son esprit un mécanisme froid, calculateur et tendu vers le seul objectif qu'il s'était fixé : libérer Gabriel. Il rajouta, comme pour se justifier de l'infaillibilité de son plan :

— Aucun d'entre eux n'est au courant de la suite de nos projets.

Gabriel se rongeait les ongles.

— D'accord, donc on sort, on prend les chevaux ?

Il attendait une suite rassurante à ce début qui lui paraissait encore un peu hasardeux.

Baptiste s'approcha un peu plus de la grille du confessionnal, il devinait dans la demi-obscurité les traits soucieux de son ami. Il chuchota pour s'assurer que rien ne filtrerait au dehors.

— Après on file au grand galop vers le nord, pendant quelques lieues, le temps de se faire remarquer. Ensuite toi et Angèle, vous coupez à travers bois plein est pour rallier le Roc, moi je pars à l'opposé chez une de mes anciennes patientes qui me cachera le temps nécessaire.

Gabriel sourit, voilà bien une chose qu'il aurait pu prévoir.

Baptiste le devina sans difficulté, c'était une occasion de détendre un tout petit peu l'atmosphère.

— Oh, inutile de sourire, imagine où nous en serions, toi surtout, si je n'avais pas tissé ces relations étroites avec une partie de ma clientèle féminine.

Il regarda à nouveau sa montre, cette fois un peu plus fébrilement.

— Il faut y aller, tout de suite !

Ils sortirent simultanément du confessionnal et tous les regards se tournèrent vers eux. Baptiste ne put s'empêcher de lancer un dernier bon mot, il empoigna Gabriel par les épaules et le secoua amicalement.

— Décidément cet homme est un saint patriote, il est absous de tous les péchés qu'il n'a pas commis !

Il fit signe à Angèle de les rejoindre, elle accourut et prit la main de Gabriel, chacun ressentait maintenant l'urgence de fuir. Baptiste posa la main sur la poignée de la porte du transept, il se tourna vers ses amis, son sourire était devenu un peu crispé.

— Prêts ? leur lança-t-il.

Gabriel et Angèle échangèrent un regard inaccessible au monde qui les observait. Ils sourirent, dehors c'était le hasard, la violence et les terres sauvages mais ils étaient prêts, autre chose était là, tapie au fond d'eux et cette chose-là était suffisamment puissante pour pouvoir vaincre tous les ennemis qui se dresseraient face à eux.

42.

Le 8 août, les trois navires de la division La Pérouse surgirent enfin dans l'estuaire de la rivière Churchill et mouillèrent l'ancre à cinq quarts de lieues du fort Prince-de-Galles, la première des proies qu'ils convoitaient. Tout ce qui se trouvait à bord de longues-vues et de lorgnettes se déploya fiévreusement. Or ce qu'ils virent à travers les lentilles n'était pas exactement ce qu'ils avaient escompté. On pensait en effet devoir s'emparer d'un modeste comptoir mal défendu et dépourvu d'artillerie et voilà pourtant que se dressait face à eux un fort carré de trois cents pieds de côté, protégé par de hauts murs en pierres de taille, des palissades et des fossés. Tout le long du parapet, des embrasures avaient été creusées pour une quarantaine de canons, les principaux bâtiments étaient couverts de plomb, et l'on distinguait nettement de vastes casemates à même d'accueillir quelques centaines de soldats. À d'hypothétiques assaillants, le fort faisait savoir qu'il faudrait payer le prix du sang. Lorsqu'il eut connaissance de ces informations préoccupantes, le major de Rostaing réunit ses officiers afin d'organiser l'assaut qu'il devrait conduire le lendemain. Comme à son habitude, il leur parla crûment et sans détour.

— Messieurs, je vais être franc, je ne m'attendais certainement pas à trouver une forteresse si puissante dans ce trou du cul du Nouveau Monde. Il est certain qu'il faudra plus que nos épées de parade et nos escarpins à boucle d'argent pour en déloger la garnison !

Se tournant alors vers Gabriel, qui semblait désormais avoir toute sa confiance, il poursuivit :

— Monsieur d'Aymar, j'espère que vous êtes dans de bonnes dispositions malgré ce foutu voyage. Vous mènerez avec moi la flottille de débarquement, nous aurons bien besoin de votre fougue car je gage que ça va barder !

— Ce sera un grand honneur que de combattre une fois de plus sous votre commandement, monsieur le major, répondit courtoisement Gabriel.

— Tout de même, lieutenant, vous attendiez-vous à cela ? insista le major, qui n'en revenait toujours pas de trouver un si bel ouvrage si loin de la civilisation.

— Oh, vous savez, Gabriel haussa les épaules, ne sachant pas vraiment où nous allions, je ne m'attendais pas à grand-chose, mais je ne doute pas un instant que nous emportions cette forteresse, je me méfie plus que tout des apparences, en amour comme à la guerre.

— Pourriez-vous s'il vous plaît préciser votre pensée, monsieur ? demanda le major dont la curiosité était piquée.

— Qu'il n'est pas interdit de croire, en ce cas précis, que la grenouille cherche à se faire plus grosse que le bœuf, répondit Gabriel. Ce fort a l'air redoutable, il a l'air, pour l'instant c'est à peu près la seule conclusion à laquelle je puisse parvenir.

Donner des conseils au commandant faisait partie de ses attributions, il n'y rechignait pas et il avait appris au contact de Baptiste à ne pas trop dissimuler sa pensée.

Le major de Rostaing ne détestait pas qu'on l'asticote un peu, Gabriel avait pu en faire l'expérience à de multiples reprises au cours de cette trop longue traversée et il lui parlait désormais plus librement.

— Et puis, monsieur le marquis, je vous crois d'ailleurs fort satisfait de n'avoir pas fait tant de lieues, au milieu des glaçons de l'Atlantique Nord, pour venir manœuvrer et mener la parade sous le nez des Anglais.

C'était un peu osé mais le major appréciait cette franchise dénuée d'arrière-pensées mesquines qui caractérisait si bien Gabriel.

— Parbleu lieutenant ! je vois que vous avez appris à bien me connaître, nous serions devant la plus puissante forteresse du grand Vauban en personne que j'y porterai quand même le fer, ne serait-ce que pour passer quelques jours à terre loin de ce cercueil flottant !

Le major ne le savait pas encore, mais il était bien inutile de fanfaronner. Le 9 août la flottille de débarquement ne rencontra aucune résistance, pas même un coup de canon, les cent cinquante hommes du régiment d'Armagnac s'approchèrent jusqu'à trois cents toises du fort Prince-de-Galles sans qu'aucun coup de fusil ne fût échangé. Lorsqu'ils s'avancèrent gaillardement, les cinquante-deux Anglais se contentèrent de les observer depuis le chemin de ronde, à la fois surpris et goguenards face au spectacle de ces Français en bel uniforme, qui avaient fait une si longue route pour s'occuper de leur garnison misérable. Voyant cela, le major de Rostaing décida d'expédier M. de Beaujeu, son aide de camp, pour parlementer. Les Anglais ne demandèrent que la vie et la conservation de leurs propriétés particulières. Fort bien, pouvait-on imaginer prise plus aisée que ce simulacre d'assaut ? Les pièces de pelleterie, en quantité considérable, furent embarquées sur l'Astrée, les tourillons des canons furent cassés, on brûla les stocks d'huile de loup de mer, le fort fut finalement incendié et en grande partie détruit.

Quinze jours plus tard, harassés par les marches à travers les marais, les bois et les tourbières, les troupes françaises s'emparaient du fort d'York à l'embouchure de la rivière des Hayes. Il n'y eut pas davantage de combats, à la vue du contingent français, le commandant de la place fit hisser le drapeau blanc et M. de Beaujeu négocia la reddition du fort d'York en dix minutes. Avec ce bastion, que les Anglais pensaient inaccessible, c'était le comptoir le plus prospère et le plus peuplé de la Compagnie de la baie d'Hudson qui tombait. L'ennemi perdait dans l'affaire des revenus considérables et un peu de sa fierté mais pour les Indiens qui s'assemblaient en masses loqueteuses à proximité des comptoirs, la destruction des forts ressemblait bien à une sentence de mort. Ce n'était, à bien y réfléchir, que l'accélération d'un processus, car ils étaient déjà condamnés bien avant que La Pérouse et ses compagnons ne débarquent. Beaucoup ne vivaient plus depuis longtemps du commerce des peaux et ils avaient délaissé leurs wigwams et leurs maisons longues pour des cabanes de bois puantes à la périphérie des comptoirs de la Compagnie. Leur culture, leurs modes de vie ancestraux et leurs solidarités même s'éteignaient peu à peu. L'eau de feu avait fait dégénérer leurs fiers guerriers en poivrots lamentables et quand la division La Pérouse débarqua, une affreuse épidémie de variole venait d'éclater, emportant des dizaines de familles, laissant derrière elle des cohortes d'orphelins, des gamins couverts de gale qui vivaient livrés à eux-mêmes en bandes de sauvageons. C'était une européanisation pathétique de la misère, ils ne savaient même plus être pauvres à leur façon. Dans leurs taudis, les vieilles nations et les tribus tentaient encore pourtant de se reconnaître, chacune dans sa propre merde, c'était là tout ce qui leur restait pour se croire encore différents et ne pas voir que leur monde avait déjà été englouti.

Dans les premiers temps après la destruction des forts, on discuta âprement du sort le plus humain qui devait être réservé aux Anglais, dont on venait de ravager les moyens de subsistance à l'approche de l'hiver, et aux Indiens, qui n'étaient en vie que grâce à la présence de la Compagnie de la baie d'Hudson. Le sort de ces enfants livrés à eux-mêmes et condamnés à un dénuement absolu était difficilement supportable à Gabriel. Il essaya donc d'abord d'en éviter la vision. Les Français voulaient partir au plus vite, l'hiver arrivait, les premières neiges les avaient saisis d'épouvante à l'idée d'être contraints d'hiverner dans cet enfer. De fortes tempêtes avaient durement secoué le détroit et considérablement détérioré les navires, on avait dû mouiller les ancres de miséricorde, la désespérance n'était plus très loin.

Comme la destruction du fort d'York allait laisser les Indiens dans une situation encore plus tragique que ce qu'elle n'était déjà et que nombre d'entre eux, rongés par la maladie, ne passeraient pas l'hiver, on décida, pour se donner bonne conscience et accessoirement pour leur apporter un peu de réconfort, d'organiser quelques distributions de vivres.

De petits groupes d'éclaireurs vinrent alors rôder, méfiants comme des loups, pour observer de loin les préparatifs, puis tous les autres sortirent de leurs trous puants, des dizaines d'Indiens affamés qui venaient trimbaler leur misère autour des marmites. Il en arrivait de partout, des bois, des rivières et des marécages voisins, toute une armée de crève-la-faim dont les Français n'avaient même pas soupçonné l'existence. Gabriel aurait voulu ne pas les voir. La compassion, la pitié, il aurait souhaité s'en affranchir, ces terres sans espoir toléraient trop mal les bons sentiments et l'humanité. Ce fut pourtant au cours de ces journées terribles qu'il aperçut pour la première fois la petite orpheline aux yeux de chat. Le chemin de son cœur ne connaissait toujours que la ligne droite, dès lors qu'il posa ses yeux sur elle, il ne put plus détourner le regard. Elle devait avoir une douzaine d'années, la variole n'avait pas jugé utile de la prendre, contrairement à tous les autres membres de sa famille.

Le premier jour, le nombre d'Indiens présents à la distribution était bien trop important au regard des maigres provisions que les Français pouvaient se permettre de donner. Il s'ensuivit une gigantesque mélée au cours de laquelle les enfants, les vieillards et les plus affaiblis se trouvèrent livrés à la voracité de quelques prédateurs issus de leurs propres clans. Pour cesser provisoirement d'avoir faim, ceux-là n'auraient pas hésité à tuer les leurs. Dans l'attroupement Gabriel remarqua la jeune Indienne qui venait de se faire arracher sa maigre portion de haricots au lard et son bout de pain rassis par un Cree de six pieds de haut. Voilà ce qu'étaient devenus les féroces guerriers du Manitoba, ceux des temps héroïques, une bande de maraudeurs abrutis par l'alcool et réduits à voler les enfants de leur propre peuple. Malgré les coups de pied et les coups de griffe qu'elle distribuait avec férocité, la jeune fille n'était clairement pas de taille à lutter. Une grande gifle du Cree l'envoya valser dans la boue glacée, elle s'agenouilla, en larmes, puis se releva en un éclair, sauta sur le dos de l'Indien, agrippa sa natte et la tira de toutes ses forces. Très agacé par cette stupide obstination qui venait de lui faire renverser une bonne partie de ses haricots, il la fit basculer d'un mouvement d'épaule. L'Indienne retomba lourdement à terre et resta une nouvelle fois pliée en deux, le souffle coupé, tandis que le Cree lui décochait cette fois un bon coup de pied dans les côtes, histoire qu'elle paye vraiment la perte du repas qu'il venait de lui voler. Il ramassa son pain et quelques haricots souillés de terre puis s'éloigna en pestant. Pendant quelques instants le monde autour de Gabriel cessa d'exister, il resta là, hébété, sans réaction. La petite fille demeura un long moment au sol, couchée en position fœtale, à crever de faim et de chagrin, renonçant apparemment à lutter pour sa survie, parce qu'elle n'avait plus personne, parce qu'elle n'était qu'une enfant et que mourir là, maintenant, semblait après tout une option raisonnable.

Il ne cessa d'y penser et ce fut pour lui une révélation quasi mystique de la question première, celle qui avait en fait toujours guidé ses actions depuis l'enfance, « de quoi brûles-tu Gabriel ? » Les réponses, les unes après les autres, se livrèrent à lui, « je brûle de suivre mes rêves, de partir, d'être libre, je brûle de désir et d'amour, d'avoir un vrai ami, je brûle de me battre, de sauver l'esclave, de tuer Rauvan, de revenir chez moi, de sauver l'Indienne, qu'elle soit à mes côtés. » De tout cela il brûlait et sa vie brûlait avec lui, trop lentement ou trop vite selon la course de son âme.

Le lendemain, la jeune Indienne était là pour la seconde distribution, elle n'avait pas totalement laissé filer son câble[1]. Évidemment le *Cree* était là lui aussi, bien

1. On dit d'un marin qu'il a *laissé filer son câble,* quand le fil de la vie s'est épuisé et qu'il n'y a plus d'espoir.

décidé à la voler une nouvelle fois. Le voyant s'avancer de son air mauvais, elle recula tout en lui faisant face, menaçante comme un fauve acculé et prête à se battre jusqu'au bout. Gabriel eut cette fois un accès de fureur terrible et il s'élança au pas de charge en criant :

— Toi ! Toi ! Laisse-la, tu m'entends, laisse-la, sur-le-champ !

Il se mit presque à courir, la main crispée sur la garde de son épée ; l'Indien, un peu ahuri, le regarda venir, mais il n'eut pas le temps de comprendre ce qu'il se passait, déjà Gabriel lui assénait un violent coup de poing au menton. Quand le Cree de six pieds fut à terre, sous l'œil médusé de tous ceux qui se trouvaient là, compagnons d'infortune, prisonniers anglais, Indiens, il tira son épée et lui en appliqua la pointe acérée sur la gorge, appuyant jusqu'à faire perler le sang vermeil. Il le menaça du fouet, de la corde et de bien d'autres choses, mais le Cree ne comprenait rien au français. Il resta étendu au sol, tétanisé et quand il essaya d'esquisser un geste, Gabriel appuya un peu plus fortement avec la pointe de l'épée. Il hésita franchement, malgré le monde qui les entourait, à laisser entrer la lame dans la gorge, il savait bien que la fillette ne serait jamais en sécurité avec de tels prédateurs autour d'elle. Il l'aurait tué sans aucun doute si le major de Rostaing, alerté par M. de Beaujeu, n'était pas intervenu pour faire cesser le scandale.

— Eh bien lieutenant, il suffit ! Assez d'esclandre pour aujourd'hui, laissez filer ce sauvage ! Un homme de votre rang et de votre qualité ne peut se livrer à de telles chicaneries.

Gabriel parut d'abord ne pas entendre l'avertissement, il appuya un peu plus fort encore pour bien faire comprendre à l'Indien qu'il le tuerait si jamais il s'en prenait à nouveau à elle.

— Monsieur d'Aymar, cessez cela, c'est un ordre ! éructa de Rostaing.

À regret, Gabriel délivra le Cree de la menace de sa lame.

Ce fut ainsi qu'Angèle entra dans sa vie, par la force des bons sentiments qui demeuraient vivants en lui et en s'imposant comme une évidence. Elle ne le quitta plus, le suivant d'abord comme un éclaireur en mission, se cachant pour l'observer de ses immenses yeux d'émeraude. Le Cree n'osa plus s'en approcher et elle, si farouche, donna à Gabriel toute sa confiance. Il la protégea, lui apprit quelques rudiments de français tandis qu'elle tentait de lui enseigner quelques mots de la langue algonquine. Elle s'appelait alors Ozalee, cela signifiait soleil levant en langue waban-aki, elle le surnommait Maïta, l'homme venu d'ailleurs. Il n'avait pas pu sauver la jeune fille à Vallière, cette mort absurde le hantait, c'était une blessure qu'il avait enfouie mais qui ne cicatriserait jamais vraiment. Avec Ozalee il pensa égoïstement qu'il tenait l'occasion de solder cette dette. Elle était une des ultimes descendantes du peuple des Abénaquis, cette tribu qui avait gagné, lors des guerres coloniales, le surnom « d'anges gardiens des Français ». Ce fut au nom de cette ancienne alliance que Gabriel plaida leur cause auprès de La Pérouse, lequel décida finalement d'embarquer de bon cœur une dizaine d'orphelins. Un peu taraudé par sa conscience, le capitaine du *Sceptre* se disait qu'ils trouveraient en France un nouveau foyer et seraient éduqués dans les principes de la « vraie civilisation ». Après les avoir réduits à rien on pouvait donc escompter en sauver quelques-uns en les soustrayant au vice de ces terres sans espoir.

L'urgence s'était une fois de plus emparée de son existence, et à la veille de changer encore de vie, Gabriel mûrissait les bouleversements à venir. Le premier d'entre eux relevait d'une volonté irraisonnée et intuitive, cette enfant sans avenir, perdue, il la ramènerait à la vie, à la joie, au bonheur peut-être. Immédiatement rentré en France il ferait d'Ozalee sa filleule, puis il la confierait aux bons soins et à l'éducation de sa famille, le temps que se révèle définitivement à lui l'autre grand pan de son destin. Car toute sa rude carapace de soldat volait en éclats devant la jeune Indienne, elle le fascinait, c'était un diamant ensorcelé dont il ne pouvait plus détourner les yeux. Il avait suffi de quelques jours pour qu'elle l'envoûte, elle avait remué au fond de son âme toute sa bonté, sa tendresse, sa superbe indignation face aux injustices, pour les faire toutes remonter à la surface et éclater à nouveau, splendides et provocantes, aux yeux du monde.

D'autres profonds changements étaient à l'œuvre, et l'un d'entre eux préoccupait énormément Gabriel. Baptiste ne rentrerait finalement pas en France avec lui sur *l'Astrée*, La Pérouse l'avait sollicité pour qu'il l'accompagne sur le chemin du retour vers le sud et le chirurgien avait dit oui. Évidemment, chacun devait finir par assumer une part de sa propre vie et sans aucun doute le temps était-il venu pour eux de voir s'ils étaient capables de s'en sortir l'un sans l'autre, mais depuis que Baptiste lui avait annoncé sa décision, Gabriel ne pouvait s'empêcher de cogiter. Ni l'un ni l'autre n'avait souhaité s'appesantir en abordant les conséquences de cet éloignement sur la conduite de leurs vies respectives, Baptiste avait simplement dit :

— Je repars avec *le Sceptre*, Gab, rien ne m'attend pour le moment en France.

Gabriel avait acquiescé et dans l'instant il s'était mis à songer aux jours à venir. Une étrange sensation de vertige l'avait saisi, le précipice de sa vie future s'ouvrait sous ses pieds. En perdant Baptiste il avait peur d'être aspiré par le vide. Son existence ressemblait à une carte au trésor, patiemment assemblée mais qu'il aurait égarée avant de l'avoir totalement mémorisée. Il ne fut pas pour autant affligé, il avait eu depuis longtemps l'intuition que leurs chemins finiraient un temps par diverger, tout comme il était d'ailleurs certain que les sinuosités de leurs parcours cesseraient un jour pour suivre des voies parallèles. Il n'envisagea donc même pas une parole pour le dissuader, après tout leur relation avait toujours été ainsi, ils se soutenaient dans leurs initiatives ou se protégeaient mutuellement en cas de mauvais choix. Chacun permettait surtout à l'autre d'être lui-même, c'était là toute la force de leur amitié.

— Je l'avais compris, tu sais, pour ce qui est de survivre on ne pas continuer à dépendre ainsi l'un de l'autre, ça n'est pas sérieux.

— C'est certain.

Ils se turent, restèrent pensifs durant un long moment, puis Baptiste rompit ce silence gêné.

— Tu pourrais toi aussi accompagner La Pérouse si tu en avais le désir, mais il te faut rejoindre la dame de tes pensées, c'est ça ?

Gabriel n'aimait guère le froid désenchantement de son ami quand la conversation se portait sur cet épineux sujet, il croyait toujours à l'existence des valeurs chevaleresques de l'amour courtois et s'était promis de faire tout son possible pour conquérir Mathilde. C'était un peu ridicule, il en convenait, mais il était ainsi, Baptiste avait ses outrances et lui les siennes.

— Ne te moque pas de mes espérances en ce domaine, toi tu n'attends rien de l'amour, est-ce que cette posture te paraît plus respectable que ce que tu considères comme mes niaiseries ?

— Peut-être pas, disons que mes attentes sont plus vite satisfaites que les tiennes, tu le sais, Gab, je suis un jouisseur.

Comme toujours dans ces cas-là le jeune chirurgien s'en sortait par une pirouette pour ne pas avoir à exprimer complètement le fond de sa pensée.

— C'est ce que tu retournes chercher vers le sud, la jouissance ? demanda Gabriel.

— Ah ça oui, tudieu ! s'enflamma Baptiste, des femmes, et du rhum, et des nuits chaudes, sans sommeil, les voiles qui claquent au vent, la peau qui craque de sel et de soleil. Je ne me sens pas encore prêt à y renoncer, ces dernières semaines dans le Nord m'ont rendu avide de toutes ces foutaises, je veux encore un peu croquer le Sud, bouffer des alizés.

— Et la chirurgie là-dedans, Baptiste ? questionna Gabriel d'un ton un peu désabusé.

— Merde, ne rigole pas avec ça, Gab, tu trouves que j'ai l'air parfois de prendre la chirurgie à la légère ?

Gabriel eut peur de l'avoir vexé

— Non, bien sûr que non, je sais que c'est très important pour toi.

Baptiste avait pris un air presque grave, un air que peu de gens lui connaissaient car il préférait se cacher derrière une insouciance plus superficielle qu'il n'y paraissait en réalité.

— Attends, je joue les banturles, comme tu dis, mais la chirurgie c'est plus qu'important pour moi, Gabriel ! Tu vas trouver ça pompeux, mais la faculté de soigner, c'est ce qui me donne encore le goût des autres et l'envie d'aller chercher plus loin ce que je ne connais pas. Comment te dire ? J'ai l'impression que c'est la raison de ma présence parmi les hommes.

— Foutre ! jura Gabriel. Je ne te savais pas un croyant aussi fervent. Tranquillise-toi, pas un instant je n'ai douté de tout cela. J'admire ce don, j'admire la façon dont tu es capable de le transcender, fais-le voyager encore, cultive-le à travers toutes les mers et les océans, si tu le souhaites, et quand tu auras acquis tout le savoir médical du monde, reviens en France, comme ça, tu pourras me soigner si je suis malade et perclus de goutte.

— Toi malade ? Tu seras resté un jouvenceau plein de sève quand je rentrerai, à moins que tu ne sois devenu une vieille carne bien coriace, ça, je ne saurais pas encore le dire.

Ils échangèrent un sourire entendu, puis Baptiste lui parla un peu comme l'aurait fait un frère.

— Écoute, je sais ce que tu espères trouver en rentrant, je pense moi qu'elle n'est qu'une chimère cette femme, mais tu as raison de vouloir y croire et tu as raison d'essayer. Un peu de bonheur, c'est ce que l'on cherche tous, et putain qu'est-ce qu'on on s'y prend mal la plupart du temps, alors toi qui rêves tout le temps, sois digne de ça et tâche de faire mieux.

— Ça sera dur sans toi, mon ami, dit Gabriel.

Il sentait monter les larmes et brutalement, sans qu'il sache pourquoi, l'ombre de Rauvan remonta à la surface de ses souvenirs, il ressentit le besoin de confesser ce qu'il n'avait jamais osé avouer à Baptiste, le meurtre de cet homme.

— Je ne t'ai jamais raconté ce qu'il s'est passé lors de l'opération que j'ai conduite à Vallière, je crois que…

Baptiste l'interrompit mais sans brusquerie.

— Oh, oh ! Franchement Gabriel, je m'en fous, tu as fait ce qu'il te semblait juste, c'est ce que tu fais toujours, non ? Alors tout ça n'a plus d'importance, oublie veux-tu ? Nous nous sommes toujours dit qu'il ne fallait pas se retourner, non ? Nous avançons sur un chemin qui s'écroule derrière nous, tout ce qui s'est effondré ne peut plus être sauvé.

Et pendant tout le temps que les deux amis conversaient, devisant sur le cours chancelant de leurs vies, ils se laissaient doucement envelopper par l'immensité glacée. Le Grand Nord s'offrait à eux dans toute sa sauvagerie, le Nord bestial, beau et imprévisible, empli de la clarté des géants de glace qui barraient les rivières et scintillaient à la lumière du plus court été du monde. Le Nord obscur aussi, ténébreux dans les profondeurs de ses immenses forêts de pins, terrifiant enfin, dans l'oubli implacable où il pouvait plonger les vivants et les morts. Ils parlaient, riaient comme deux amis qui se seraient retrouvés après des années d'errance, ils ne voulaient surtout plus s'arrêter, leurs vies à eux ne pouvaient attendre la marche lente du monde. Partir à l'Est, partir au Sud, chercher son destin, qu'ils le veuillent ou non, l'heure était pourtant venue de se dire au revoir.

43.

Dans l'instant suivant ils étaient dehors, la porte n'était pas surveillée, l'aile nord du transept donnait sur une ruelle étroite et peu fréquentée, mais la poignée de passants qui se trouvaient là en fut quitte pour une bonne frayeur en voyant débouler ce trio armé. Certains accélérèrent le pas, préférant ne rien savoir, d'autres déguerpirent en courant. L'alerte ne tarderait plus à être donnée. Baptiste eut un violent coup au cœur en constatant que les chevaux n'étaient pas là, il ouvrit nerveusement sa montre, la réussite de son plan reposait sur une parfaite synchronisation des hommes et de leurs actions. S'ils restaient là, pinqués devant la porte, ce n'était pas une tête mais bien trois que la veuve prendrait. Il n'eut pas le temps de s'inquiéter davantage, le martèlement des sabots sur le pavé précéda l'apparition de trois cavaliers masqués en haut de la rue, en quelques secondes ils étaient à leur hauteur, descendaient de cheval et leur donnaient les brides. Angèle, Gabriel et Baptiste se mirent aussitôt en selle. La jambe de bois du chirurgien ne l'empêchait pas de monter, pour ce qui était de se lancer à bride abattue à travers la ville il n'avait aucune certitude. Il prit une dernière fois la parole tandis que les chevaux piaffaient d'excitation.

— Quoi qu'il arrive, ne vous arrêtez pas, il va falloir traverser le parvis !

On entendait déjà la rumeur de l'attroupement qui enflait sur la place de l'ancienne église.

— Ce qui est sûr, c'est qu'on ne risque pas de passer inaperçus ! Si on est encore en vie après ça, il faudra franchir la rivière au Pont Neuf, après…

— C'est bon, Baptiste ! répondit Gabriel avec impatience, ne t'en fais pas pour l'itinéraire, il est tout trouvé, allons-y maintenant !

Il tira son épée et fit volter son étalon noir pangaré qui se cabra dans le même mouvement. Angèle flatta l'encolure de sa jument et s'allongea pour lui murmurer quelques mots à l'oreille, puis elle se redressa et instinctivement, elle poussa une sorte de grand cri de guerre indien, un long hurlement, comme surgi du fond des âges, un cri qui déchira l'air en portant loin l'écho de leur fureur de vivre.

Gabriel en tête, ils s'élancèrent tous trois au grand galop. Baptiste tourna furtivement la tête, les *volti* et les médecins de peste commençaient à évacuer un par un le tribunal. Les trois fugitifs débouchèrent à fond de train sur le parvis, la foule qui s'était amassée et les soldats qui tambourinaient violemment contre la lourde porte encore verrouillée de l'église se figèrent, incrédules, en les regardant passer. Ils obliquèrent à gauche pour s'engouffrer dans une des rues qui menaient aux quais de la rivière principale. La voie était encombrée en cette fin de matinée et sans ralentir ils se frayèrent un passage entre les *charretous* chargés de foin et de marchandises qui occupaient la chaussée. Les piétons juraient et faisaient de grands bonds latéraux pour ne pas être percutés. Ils tournèrent l'angle de la rue sur la droite, arrivés sur les quais, ils longèrent le cours de la rivière sur une centaine de mètres. Autour d'eux les visages effarés et la tristesse grisâtre de la ville filaient à toute allure. Le crépitement de la fusillade emplit la vallée comme ils arrivaient sur le pont, les hostilités venaient d'éclater autour du tribunal, Gabriel en eut à peine conscience, il n'entendait plus que le bruit de sa propre respiration et le sang qui battait à ses tempes au rythme du martèlement des sabots. Il était désormais possédé par l'idée de l'autre rive et par ce qu'elle portait d'espérance.

Le pont qu'ils devaient franchir n'avait de neuf que le nom, c'était un vieil ouvrage de pierre mal foutu, étroit et aux pavés disjoints, ils s'engagèrent sur le tablier tandis qu'une patrouille de six gardes nationaux arrivait en courant sur la berge opposée.

Le moment de vérité, pensa Gabriel, il gueula :

— Collez-moi aux basques !

Baptiste s'estimait déjà heureux de tenir encore en selle, il se cramponna de toutes ses forces au palomino qui lui servait de monture lorsque son ami piqua des deux pour accélérer encore l'allure. Angèle volait littéralement, ivre de vitesse, d'amour et d'excitation. Trois des gardes nationaux, déjà engagés sur le pont, se dirent alors que ce n'était finalement pas une si bonne idée que cela de tenter de stopper des cavaliers lancés au galop, ils sautèrent par-dessus le parapet dans la rivière pour échapper à la charge furieuse, sabre au clair, que menait le lieutenant d'Aymar. Les trois autres, restés un peu plus prudemment en retrait, roulèrent sur la berge au passage des chevaux.

Le plus dur était fait, la rivière franchie, il ne restait plus qu'à filer plein nord, Gabriel se retourna, Angèle était juste derrière, il lui sourit, Baptiste était un peu plus loin mais il était lui aussi passé sans encombre. Un premier coup de fusil claqua, puis un second, deux des soldats restés au sec s'étaient relevés et avaient fait feu. Les plombs volèrent un bon mètre au-dessus de Gabriel, il se retourna à nouveau furtivement pour s'assurer que personne n'avait été touché, il vit les chevaux galoper, chacun portant son cavalier, et fut rassuré. Au loin, dans un petit nuage de poudre, il distingua les gardes nationaux qui s'agaçaient en faisant de grands gestes de dépit. Il sentit la fièvre de la fuite s'apaiser lentement, les muscles de son cou et de sa mâchoire se décontractèrent un peu, derrière lui il entendit le rire clair et jubilatoire d'Angèle. Il pouvait à nouveau penser à la suite, ils étaient maintenant hors de portée.

La route du nord était une antique voie romaine, c'était une sorte de saignée presque rectiligne, qui escaladait les collines abruptes et traversait la forêt. De hauts talus tapissés de fougères et de bruyères encadraient le passage, au-dessus des cavaliers les frondaisons des noisetiers, des chênes et des châtaigniers formaient une voûte à travers laquelle la lumière du soleil filtrait timidement.

Ils croisèrent quelques chariots de paysans qui descendaient à la ville, tant mieux, ceux-là pourraient témoigner qu'ils les avaient vus mener grand train vers le nord. Gabriel les fit galoper une bonne heure, il semblait chevaucher dans un monde parallèle, une dimension où s'enchevêtraient des visions d'avenir et des pensées morbides. Deux ou trois fois seulement il parvint à s'extirper des innombrables scénarios que son imagination élaborait et s'aperçut que Baptiste avait deux bonnes encablures de retard. Cela lui parut tout d'abord normal, le chirurgien n'avait jamais été un grand cavalier et son handicap devait le contraindre à modérer son allure. Il poursuivit en ralentissant un peu mais au bout de quelques minutes à ce rythme il entendit Angèle crier dans son dos :

— Maïta, attends ! Wabano[1] n'est plus là !

Il fit stopper son étalon, Angèle se porta à sa hauteur, elle avait remarqué depuis un bon moment déjà que le médecin avait du mal à les suivre mais cette fois il avait complètement disparu de leur champ de vision. Ils patientèrent quelques instants, la route était déserte mais ils ne pouvaient prendre le risque de rester ainsi immobiles trop longtemps. Au moment où Gabriel et Angèle s'apprêtaient à faire demi-tour pour aller le chercher, le cheval de Baptiste apparut au bout du chemin, il trottait tranquillement, le chirurgien était bien en selle mais complètement allongé sur l'encolure de la bête, les bras ballants de part et d'autre du poitrail. Ils échangèrent un regard désespéré et partirent à sa rencontre.

Baptiste était conscient mais son corps n'était plus qu'une masse inerte, sa vie tout entière semblait s'être réfugiée dans ses yeux bleu-gris, l'ultime bastion qui tenait encore. Il gémissait comme un enfant plongé dans un mauvais rêve, ses pupilles étaient dilatées et son teint avait pris une coloration jaune cireux qui ne présageait rien de bon. Gabriel attrapa les rênes de son cheval pour le guider, rester là, à découvert, les condamnait à être repérés sous peu. L'immensité ténébreuse des Bois Noirs leur offrait en revanche un refuge appréciable. Ils s'y enfoncèrent en bifurquant vers l'est, coupant comme prévu à travers la forêt pour quitter la route principale à un endroit où la pente du talus s'adoucissait. Angèle resta en arrière pour effacer leur traces puis ils parcoururent quelques centaines de mètres et s'arrêtèrent dans une minuscule clairière. Sous les résineux, la mousse épaisse et d'un vert profond formait comme un matelas, quelques

1. « Le sorcier » en langue algonquine.

russules sans grâce et quelques amanites décolorées se disputaient le terrain autour d'eux. Gabriel mit pied à terre et chargea précautionneusement Baptiste sur son dos, son corps brûlait de fièvre, ses mains vidées de toute force n'étaient même plus capables de s'agripper à lui. Il s'accroupit pour le déposer assis, jambes tendues, contre le tronc d'un gros sapin. Le chirurgien grimaça, sa voix était très faible, presque inaudible.

— Ça vois-tu, ce n'était pas prévu dans mon plan. Envisageable mais pas prévu.

Ses mots formaient des râles plus que des paroles. Le bas de sa chemise et son pantalon de serge beige étaient maculés d'un sang poisseux, un liquide jaunâtre avait suinté en laissant des auréoles qui paraissaient surimprimées sur le tissu rougi. Gabriel déchira la chemise pour évaluer l'étendue des dégâts, il fit très doucement basculer Baptiste sur le côté. Quand il baissa les yeux, la vue des blessures lui étreignit la gorge et il lui fallut aller puiser très profond la force de ne pas céder complètement au désespoir. Une partie de lui savait qu'il n'avait plus qu'à s'asseoir à côté de son ami et à évoquer le passé, l'autre lui commandait de ne jamais se résigner, parce que l'espoir, même le plus infime, pouvait faire vivre le feu qui animait chaque homme. Gabriel avait compris ceci de l'existence, un espoir nouveau finissait fatalement par chasser un espoir ancien et déçu, c'était ainsi, mais tant que ce dernier ne s'était pas enfui pour toujours il ne fallait pas l'abandonner. Il refoula ses larmes en prenant une grande inspiration.

La bouche de Baptiste se tordit en un rictus navré, il marmonna :

— C'est si mauvais que ça ?

Très mauvais aurait été plus approprié et pourtant

encore assez loin de la réalité. Gabriel n'osa pas le regarder avec ses yeux pleins de larmes, il se contenta d'un « bouge pas ! » un peu rude. Une grosse balle de plomb était entrée par le bas du dos, côté droit à hauteur du foie, celle-ci n'était pas ressortie mais une autre, quelques centimètres plus à gauche avait traversé son corps en déchirant les chairs au niveau de l'abdomen et en heurtant sans doute la colonne vertébrale. Plus haut, du même côté, un autre projectile, un peu plus petit à en juger par l'orifice d'entrée, lui avait sans doute perforé le poumon. Chaque mouvement de sa cage thoracique paraissait lui causer une douleur fulgurante qui se prolongeait en un grognement presque animal.

Angèle se détourna, les instants à venir leur appartenaient, elle se mit en quête de fleurs d'achillée et de racines de bardane pour préparer un cataplasme dont elle se doutait bien qu'il serait inutile. Dans un effort terrible, Baptiste essaya de se redresser un peu et exhala un long sifflement de douleur, avançant son cou pour mieux voir, il écarta péniblement la main de Gabriel et regarda son abdomen. Il articula avec peine :

— Laisse tomber, j'suis foutu.

Gabriel secoua la tête, il s'agenouilla auprès de lui et comprima fortement la plaie au ventre avec un mouchoir propre.

— Ne vous fatiguez pas, j'suis foutu, plaie par balle à l'abdomen, le foie est touché, le rein doit être atteint lui aussi. Je connais ce genre de saloperie. Chances de survie ? Nulles ! Même moi je ne pourrais pas me soigner.

Il se tut, dodelina de la tête et ferma doucement ses paupières, Gabriel comprit qu'il partait, il lui tapota la joue plusieurs fois.

— Oh ! mon vieux, non, non, non, reste avec nous !

Le chirurgien rouvrit les yeux, il avait dû s'évader quelques instants au pays de la mémoire, traverser les contrées de leurs bonheurs enfouis, il souriait, l'air apaisé et un peu mélancolique. Il leva les yeux vers Gabriel, même cela paraissait douloureux, puis son regard embrassa le coin de ciel bleu et les épais nuages d'un blanc parfait que les arbres laissaient voir, sa voix s'éteignait mais il ne se lamentait pas sur son sort.

— Eh oui, c'est fini, Gab, mais putain, c'était bien quand même !

Il s'interrompit une nouvelle fois, le temps d'essayer de respirer, puis il reprit, abandonnant le ciel pour capter le regard trouble de Gabriel.

— Ramène-moi sur la route, tu me descendras jusqu'au carrefour du moulin de Peyrat, là où le petit chemin part plein ouest. Il ne faut pas qu'on me trouve ici.

Gabriel se mordit l'intérieur de la joue, il avait envie d'abandonner la partie mais n'y arrivait pas, comme d'habitude. Ils auraient pu être bons, tranquilles, ces derniers moments ensemble, mais non, il croyait encore et toujours que l'on pouvait tromper la Mort.

— Tu ne vas pas te mettre à jouer les héros maintenant !

Il détourna à nouveau le regard pour ne pas avoir à affronter les yeux implorants de Baptiste.

— Changement de programme, tu viens avec nous au Roc, ton rendez-vous galant attendra.

Un spasme déforma les traits de Baptiste, il souffla de dépit.

— Tss-tss, t'es vraiment têtu comme une mule ! Je ne tiendrai pas une lieue de plus et je vous mets en danger.

Gabriel secoua la tête.

— Non, non, je t'emmène, me fais pas chier !

C'était son argument favori dans les cas désespérés.

Le docteur parut se résigner, il expira lentement l'air précieux qu'il avait tant de mal à faire pénétrer dans ses poumons.

— Et puis merde ! Rends-moi service tu veux, donne-moi au moins la flasque de rhum que j'ai planquée dans la poche de ma chabraque.

— Bon, ça je te l'accorde.

Gabriel se leva pour aller farfouiller dans la pièce de drap qui couvrait une partie de la selle de son ami. Baptiste risquait d'être déçu, le rhum avait dû tomber en cours de route, la poche était vide.

— J'ai une mauvaise nouvelle ! dit-il en essayant de faire bonne figure, tu as dû tout boire, je ne trouve rien.

Il se retourna en se forçant à sourire. Baptiste tenait dans sa main droite une petite fiole remplie d'un épais liquide couleur de miel, il s'apprêtait à la porter à ses lèvres.

— Moi aussi j'ai une mauvaise nouvelle, Gab. On doit se faire confiance, je ne me trompe jamais de diagnostic, si tu m'emmènes je serai mort avant que nous arrivions au Roc, et vos chances de vous échapper seront mortes avec moi. Avec ça au moins, ça sera sans douleur, rassure-toi.

Angèle déboucha au même moment du bois dans la clairière, les mains chargées de plantes et de racines, elle comprit instantanément ce qui se jouait sous ses yeux, elle se coula près de Gabriel et lui prit la main.

— Laisse-le partir, c'est fini, lui dit-elle.

Baptiste avala le contenu d'une traite. Gabriel se précipita en étouffant un grand cri de désespoir qui lui tordit les entrailles. Il resta longtemps à serrer son ami contre lui tandis que le poison agissait et que la vie l'abandonnait.

Une fois qu'il fut passé, il retourna, avec mille précautions, déposer le corps au croisement que Baptiste lui avait indiqué, il l'appuya contre la croix de granit qui marquait le carrefour, découpa une mèche de ses longs cheveux poivre et sel qu'il emballa soigneusement dans un morceau de papier, il regarda le corps inerte de son ami et murmura :

— Tu n'aurais pas aimé ce genre de connerie sentimentale, désolé mon vieux.

Puis il partit au grand galop et sans se retourner.

44.

Turgot était mort en 1781 mais Gabriel comptait désormais parmi ses protecteurs le capitaine de vaisseau La Pérouse et le major de Rostaing. Les deux hommes étaient alors tous deux très bien en cour et Gabriel espérait que ces puissants soutiens pourraient comprendre voire encourager ses folles visions d'avenir. Il n'avait toutefois aucune certitude lorsque La Pérouse le convoqua le 1er septembre 1782. Le capitaine avait des sujets bien plus importants à traiter, mais il signalait ainsi son estime au lieutenant d'Aymar et le faisait entrer de manière plus formelle dans sa clientèle. Les trois navires de l'expédition devaient appareiller le lendemain, *l'Astrée*, avec Gabriel à son bord, se dérouterait pour rejoindre Brest, tandis que *le Sceptre* et *l'Engageante* feraient voile vers Cadix, emportant Baptiste loin de son ami.

Le voyage retour s'annonçait périlleux mais le froid commencerait bientôt à serrer les êtres et les choses dans ses pinces mortelles, et tout péril paraissait encore nettement plus doux aux Français que l'idée d'hiverner sur ces terres sauvages. Le capitaine avait délaissé les ruines fumantes du fort pour prendre ses quartiers dans une tente d'état-major dressée sur un escarpement en surplomb de la rive gauche de la Hayes. Il avait tenu à ce que l'on oriente l'ouverture principale vers *le Sceptre*, dont le mouillage à quelques encablures de là était mis en péril par de violentes tempêtes automnales. La Pérouse exposa d'emblée la façon dont il envisageait la carrière de son nouveau protégé.

— Monsieur d'Aymar, je n'ai eu qu'à me louer de votre loyauté et du concours précieux que vous avez apporté au major d'Armagnac pour la conduite des opérations militaires. Je vous concède toutefois que vous ne serez jamais un grand officier de marine. Vous aviez vu juste et cette lucidité sur vous-même vous honore, surtout en ces temps où la forfanterie des officiers, même les plus médiocres, est un bien grand mal.

Gabriel apprécia cette entrée en matière, La Pérouse n'aimait pas les faux-semblants, il parlait avec franchise, sans qu'il faille interpréter ses propos.

— Je dois dire également que la trop grande indépendance de votre caractère, aussi bien que vos passions exacerbées pour les idées nouvelles, ne vous portent guère à la rondeur et à la popularité nécessaires pour réussir une brillante carrière dans un régiment régulier.

Il se racla la gorge, observa à la dérobée la réaction de Gabriel, qui restait impassible, et il s'absorba quelques instants dans l'étude d'une carte marine qu'il venait d'étaler sur son bureau. Il releva la tête, un sourire entendu éclairait son visage tout en rondeur.

— Venons-en à ce qui vous préoccupe. J'appuierai votre improbable requête auprès du Roi et de M. le Grand Louvetier de France. Vous irez traquer la Male-bête sur vos terres du Bas-Limousin si telle est votre volonté !

Un très large sourire illumina le visage de Gabriel, tant de choses, son bonheur sûrement, dépendaient du bon vouloir d'autres que lui.

— Mon capitaine, je suis votre obligé, cette décision prouve une fois de plus…

— Tss-tss… attendez monsieur d'Aymar, l'interrompit le capitaine, je n'avais pas tout à fait terminé, je comptais poursuivre par néanmoins.

Gabriel s'assombrit un peu, il craignait quelque contre-partie coûteuse mais ne maugréa pas.

— Néanmoins donc, reprit La Pérouse, vous ne pourrez entrer en fonction que lorsque la guerre d'Amérique sera achevée.

Un voile d'inquiétude brouilla le visage de Gabriel.

— Rassurez-vous, je gage que cela ne devrait plus être long, les pourparlers de paix seraient d'ailleurs d'ores et déjà engagés. Je vous accorde donc un congé de six mois à compter de votre retour en France, le temps pour vous de prendre toutes vos dispositions.

La Pérouse marqua une pause et regarda un peu plus intensément Gabriel. Il paraissait soudain contrarié.

— Êtes-vous toujours décidé à prendre pour filleule cette jeune Abénaquise ?

Le lieutenant crut déceler une pointe de suspicion dans les yeux bleus du capitaine, ou peut-être était-ce de la désapprobation, il n'aurait pas su le dire avec certitude.

— Oui mon capitaine, répondit Gabriel avec empressement, je m'y engage, je souhaite ardemment lui offrir un nouveau départ. J'aimerais qu'elle…

La Pérouse ne lui laissa pas le loisir de poursuivre.

— Dans ce cas, je vous saurais gré, lieutenant, de la confier quelques temps à l'orphelinat des Sœurs de la Charité à Brest, afin d'éviter tout scandale.

— Tout scandale ? Je ne suis pas sûr de bien saisir, mon capitaine, s'étonna Gabriel.

— Écoutez lieutenant, La Pérouse avait l'air gêné, vous ne pouvez pas fouler au pied toutes les conventions. Revenir avec une Indienne dans vos bagages ne manquera pas de donner du grain à moudre à tous vos détracteurs. Je crois donc bien plus sage que vous ne récupériez l'enfant à l'orphelinat que lorsque vous aurez repris pied dans le monde réel du royaume de France.

Gabriel resta coi et écarquilla un peu plus grands les yeux. Le capitaine poursuivit :

— Et puis, soyons honnêtes, cette fille est encore sauvage, sans dieu ni maître, elle devra être un tant soit peu éduquée. J'écrirai à la mère supérieure pour lui faire part de la situation et pour qu'elle vous en confie la charge à l'issue de cette période, que je qualifierais, disons, d'adaptation.

Gabriel voulut réagir, la modernité et la tolérance de La Pérouse avaient finalement des limites bien décevantes, sa largesse d'esprit s'arrêtait à des considérations morales héritées du vieux monde.

— Mais mon capitaine, je pense être tout à fait en mesure de m'en occuper moi-même et de lui prodiguer tous les soins et toute l'éducation dont elle aura besoin.

La Pérouse coupa court à la discussion, une légère impatience perçait maintenant dans sa voix, il était le maître du jeu et entendait bien le rester.

— Là n'est pas la question, monsieur d'Aymar, vous récupérerez la jeune Indienne une fois que celle-ci aura été civilisée par les sœurs et que vous aurez vous-même démêlé l'écheveau de votre situation personnelle. Vous avez, j'ose croire, des devoirs plus urgents. Je gage notamment que votre famille attend que vous puissiez assumer sur vos terres la tâche qui sied à votre rang.

Les yeux de Gabriel continuèrent à fixer La Pérouse, mais ils se vidèrent brusquement de toute expression car son regard se tourna alors vers l'intérieur de son âme. Il la scruta attentivement et se mit à y chercher des réponses. Des devoirs urgents l'attendaient-ils à Fondorat ? La réponse était clairement non. Désirait-il autre chose avec tout autant de force que la présence d'Ozalee à ses côtés ? La réponse était *évidemment* oui, et elle portait un nom, Mathilde. Et tandis qu'il examinait une à une en lui-même les seules questions importantes à ses yeux, le capitaine continuait lui à tracer à grands traits l'avenir proche du lieutenant d'Aymar, sans s'apercevoir que ce dernier naviguait dans de tumultueuses eaux intérieures.

— Au terme de ce congé j'exigerai de vous une année supplémentaire de service, vous aurez ainsi passé dix ans dans la Royale et pourrez peut-être même prétendre à la Croix de Cincinnatus. En attendant vous serez affecté à Brest, au Royal-La Marine, je vous saurai gré d'y être discret, dans vos actions autant que dans vos discours. Si vous accomplissez votre part du contrat, vous serez ensuite transféré dans le corps des officiers de Louveterie.

La Pérouse fit quelques pas pour s'approcher d'un brasero qui ne luttait pas à armes égales contre le froid glacial s'engouffrant dans la tente. Il présenta ses mains congelées au-dessus de la cuve et les frotta vigoureusement. Il resta un temps assez long à contempler les flammes orangées qui dansaient au milieu des galets de coke incandescents. On n'entendait que le sifflement têtu de la bise au dehors et le grésillement des braises.

Le capitaine se tourna à nouveau vers Gabriel.

— Voilà monsieur, j'en ai terminé cette fois, qu'en dites-vous ?

Gabriel s'extirpa à regret de ses méditations, que pouvait-il dire sinon merci ? Il accepta l'arrangement qui satisfaisait une partie de son futur mais décevait une partie de son impatience.

Le lendemain, le 2 septembre, les trois navires de la division La Pérouse levèrent l'ancre. Le voyage retour sur *l'Astrée* ne fut qu'un long calvaire, le scorbut mit un point d'honneur à parachever l'œuvre entreprise à l'aller. Cinq des onze jeunes Indiens embarqués à Fort York périrent avant la troisième semaine de mer. Craignant d'échouer une fois de plus à sauver la victime innocente placée sur sa route, Gabriel mit tout en œuvre pour qu'Ozalee survive à la traversée, tout, signifiait pour lui mettre en péril jusqu'à sa propre santé. Il la rassura lors de ses crises de terreur, il la soigna lorsque le mal vint tenter sa chance et il mit un point d'honneur à la nourrir mieux que lui-même. En lui donnant chaque jour un peu de sa force et de sa vitalité, il finit par mettre sa propre existence en péril, elle le veilla alors à son tour avec le même dévouement et le protégea des assauts de la maladie. Le lien qui les avait unis l'un à l'autre se renforça ainsi chaque jour un peu plus. Pour la jeune Indienne comme pour le lieutenant d'Aymar, il fut dès lors acquis qu'il ne pourrait être rompu que par la mort.

Ils pouvaient s'estimer heureux lorsqu'ils débarquèrent finalement à Brest le 14 octobre 1782, la mort avait frappé presque chaque jour de la traversée mais eux étaient vivants, considérablement affaiblis mais vivants.

Gabriel n'avait pas revu Brest depuis trois ans, mais la ville ne s'était en rien assagie, bien au contraire. La guerre l'engraissait et celle d'Amérique avait conduit la cité à encore davantage de folie et d'extravagances. La rade offrait un spectacle ahurissant de navires en tous genres, chaloupes, sloops, bricks, goélettes, brigantins, frégates et vaisseaux de tous gabarits. *La Bretagne*, un énorme trois-ponts de 118 canons, dominait l'ensemble, plus de quatre mille arbres avaient été sacrifiés pour sa construction et sa mature gigantesque écrasait à elle seule toute la perspective sur le Goulet. Il ne restait pas un coin de mer qui soit libre de voiles, bords à bords, proue contre poupe, partout les navires partaient à la conquête de leur royaume. Les plus petits se faufilaient habilement dans les quelques voies d'eau laissées libres, tandis que les plus gros, colosses de bois et de chanvre, mouillaient leurs ancres cyclopéennes et se laissaient doucement bercer par la houle. À terre, dans les rues de l'Arsenal, une cohue bigarrée et vociférante bousculait tout sur son passage. Tout ce que le royaume comptait d'hommes en armes, de gredins et de maquereaux, de rouliers, de négociants et de voyageurs avait investi la ville. La fureur de tous ceux qui se préparaient à la guerre ou en revenaient se propageait dans la cité en un vacarme assourdissant.

Gabriel s'était engagé auprès de La Pérouse à conduire la petite Indienne à l'orphelinat sitôt qu'ils seraient arrivés à Brest, et il ne pouvait se dérober à cette obligation qui lui tenaillait l'estomac. Ozalee, elle, ne fut pas effrayée par la ville diabolique, elle venait après tout de contrées beaucoup plus hostiles. Ce qui la terrorisa en revanche dès qu'elle eut posé un pied dans le royaume de France, ce fut la perspective de perdre son Maïata. Elle se disait que les choses auraient dû être tellement plus simples, vivre avec lui, voilà tout, sans attendre quelque stupide bout de papier, elle ne pouvait comprendre le besoin impérieux que les hommes de ce monde avaient de tout compliquer.

La mère supérieure, une vieille chouette au profil d'aigle, les accueillit aussi chaleureusement qu'un hiver dans la baie d'Hudson. Elle n'accorda même pas un regard à la petite Indienne et se contenta de la désigner du menton en interrogeant Gabriel de manière abrupte.

— Quel est son nom ?

Gabriel répondit par un sourire forcé dont il espérait qu'il finirait par avoir raison de l'hostilité non dissimulée de la mère supérieure :

— Elle s'appelle Ozalee, cela signifie *soleil levant* en langage waban-aki.

La sœur se raidit encore un peu plus et son visage se figea quelques secondes en une moue indignée.

— Monsieur, il n'est pas question de faire entrer dans cet établissement les superstitions et les usages de peuplades sauvages, aussi je reformule ma question, par quel nom chrétien devrons-nous désormais appeler cette enfant ?

Il se mordit la joue pour ne pas céder à la tentation d'être à son tour odieux, puis il baissa les yeux sur Ozalee, son regard vert émeraude le suppliait de ne pas la laisser entre ces murs sordides, au milieu de ces femmes sinistres et de ces enfants sans joie. *Il n'est pas possible d'enfermer le vent de la tempête*, pensa Gabriel, pour s'épanouir, Ozalee avait besoin de grandes étendues, de forêts profondes et de nature sauvage, mais il n'avait pour l'heure pas le choix. Il lui fit ses adieux en la serrant longuement sur son cœur et en lui chuchotant à l'oreille les promesses tant de fois répétées, de grosses larmes roulaient dans les yeux d'Ozalee, on y lisait la tristesse et la rage, mais au fond, loin derrière ces sentiments amers, il devinait aussi un océan d'espoir et cela le tranquillisa un peu. Elle allait se battre, il savait maintenant lire dans son regard de félin. Il s'éloigna un peu d'elle et garda ses mains dans les siennes, la mère supérieure toussota pour signifier sa présence et pour lui rappeler qu'elle attendait toujours une réponse. Gabriel ne lui consentit pas un regard, il préférait continuer à se noyer encore un peu dans les iris d'Ozalee. Un assez long moment s'écoula encore et il finit par lui lancer d'un ton impératif :

— Appelez-la Angèle, et prenez-en bien soin, je reviendrai ici sous peu.

La sœur eut un petit rire sournois, presque imperceptible mais suffisant pour comprendre qu'Angèle vivrait sûrement quelques semaines difficiles.

Lorsqu'il se fut finalement contraint à quitter l'orphelinat, Gabriel s'empressa d'aller écrire une longue lettre à ses parents. Il fallait bien maintenant les mettre au fait de ses intentions or il y avait beaucoup à dire. Démêler l'écheveau de ses passions comme de ses projets ne serait pas chose aisée pour eux, il avait déjà du mal lui-même à en comprendre toutes les sinuosités, mais il misait sur sa conviction qu'il n'y avait pas homme plus compréhensif que Guillaume d'Aymar, ni mère plus dévouée à son fils qu'Anne. Gabriel fit entrer Angèle dans leurs vies par la grâce de quelques lignes ciselées dans lesquelles transparaissait tout l'amour qu'il lui portait déjà. Il évoquait l'année et demi qu'il devait encore à la Royale et l'idée qu'il avait de leur confier la jeune Indienne avec la certitude qu'ils s'occuperaient d'elle comme de leur propre fille. En retour, il était convaincu qu'elle viendrait apaiser en eux les angoisses du temps qui passe et éclairerait le crépuscule de leur vie en lui donnant l'éclat d'une aube nouvelle. Angèle avait cette magie, elle illuminait les jours et les êtres. Il leur exposa avec une telle force de persuasion la nouvelle formule de sa grande alchimie du bonheur que sans doute ils se mirent à aimer Angèle sitôt la lettre refermée. Il se garda bien toutefois de mentionner l'ingrédient secret auquel il pensait depuis presque huit ans, il évoqua seulement son retour d'ici à trois mois car une affaire de la plus haute importance, dont il ne pouvait dire mot, devait le retenir quelques semaines en Bretagne. Ses parents pensèrent à quelque mission secrète venant parachever sa carrière, il s'agissait en fait d'aller trouver Mathilde et de l'enlever telle une princesse de conte de fées.

Quand il eut mis un point final à ce courrier il ressentit comme un terrible coup d'assommoir et se vida de ses dernières forces. Il passa les semaines suivantes à dormir et à manger pour les recouvrer et se dépouilla petit à petit de l'enveloppe corporelle misérable que l'expédition de la baie d'Hudson lui avait patiemment façonnée. L'attente de la lettre qui lui permettrait de retourner chercher Angèle occupait la moitié de son esprit tandis que l'autre partie cogitait sur le meilleur moyen d'aborder Mathilde lorsqu'il aurait trouvé le courage de se présenter à elle.

Il reçut le courrier de la mère supérieure du couvent des Sœurs de la Charité seulement sept semaines plus tard, elle le priait de venir récupérer instamment la sauvageonne qu'il leur avait confiée. Il se précipita le jour même à l'orphelinat et les religieuses l'accueillirent avec un soulagement qui n'avait rien de très chrétien car elles étaient en vérité ravies de voir l'Indienne s'en aller. À n'en pas douter jamais ange n'avait été si farouche et indocile. Elle avait d'abord tenté à plusieurs reprises de s'enfuir, le fouet et l'enfermement avaient répondu à chacune de ses tentatives. Angèle avait griffé, mordu et puis elle avait cessé de communiquer, elle s'était laissée sombrer dans de noires profondeurs et avait fini par refuser de s'alimenter.

Ce fut à peu près à ce moment-là que la mère supérieure, effrayée d'avoir à héberger plus longtemps cette créature démoniaque, avait appelé Gabriel au secours puisqu'il était apparemment la seule personne au monde avec laquelle elle désirait vivre. Lorsqu'il fut là, elle s'illumina à nouveau, la vie pouvait recommencer.

45.

Au cours du printemps de la Terreur, l'amour refoulé de Gabriel et d'Angèle avait fini par les submerger dans les chambres secrètes du donjon du Roc. Ils étaient demeurés cachés un bon mois dans l'ancienne forteresse, totalement isolés du reste du monde. L'évasion spectaculaire du tribunal révolutionnaire avait mis le département en émoi mais personne n'avait songé à venir les chercher dans ce nid d'aigle, c'était tellement proche de Fondorat, tellement imprudent. Un mois à s'aimer comme les derniers survivants d'un naufrage, à épuiser le désir immense qui les consumait depuis trop longtemps. Trois mois d'errance ensuite, à l'écart des grands chemins, à travers bois, étape par étape, voyageurs et amants de la nuit, veilleurs de la forêt, habitants des grands arbres, passagers clandestins et marcheurs infatigables pour gagner le refuge d'une des vigies postées sur leur route par Baptiste. Le chirurgien et Mathilde avaient tout prévu, réglé tous les détails de cette folie, à travers la France de la Terreur, un tunnel invisible semblait avoir été ouvert pour Gabriel et Angèle. À la fin du mois de septembre 1793, ils étaient à Nantes et serraient Jeanne et Marie sur leur cœurs, quelques jours avant Noël ils embarquaient tous sur le *Swordfish,* leur horizon s'éclaircissait. Moins d'un mois plus tard les colonnes infernales de Turreau massacraient le pays nantais et la Vendée s'embrasait de plus belle pour des idoles qui avaient fait leur temps.

46.

Au début du mois de décembre 1782, Gabriel et Angèle quittèrent Brest pour s'établir rue de la Monnaie, à Vannes. Il y avait là une petite pension bon marché mais propre et bien tenue, dans laquelle Gabriel avait pu louer une chambre confortable au deuxième étage. L'unique fenêtre donnait sur la rue, c'était là sa seule exigence. Il n'avait pour viatique qu'un prénom, des souvenirs et une vague adresse, mais la rue n'était pas bien grande et si Mathilde y habitait encore il finirait immanquablement par la retrouver. Parmi toutes les bâtisses médiévales à encorbellement, celle de Mathilde Denoual se situait en fait à l'angle de la rue de la Monnaie et de celle des Orfèvres, à quelques encablures de la cathédrale Saint-Pierre. Elle se distinguait des autres par la couleur sang de bœuf des pans de ses colombages et par l'élégante galerie de bois ciselé de motifs floraux nichée sous le débord de son toit d'ardoises. Tout cela Gabriel l'ignorait comme il ignorait d'ailleurs la façon précise dont il s'y prendrait si par bonheur il parvenait jusqu'à l'objet de son désir.

À défaut d'avoir une quelconque stratégie, il s'épuisa les yeux durant toute une semaine à tenter d'apercevoir Mathilde à travers l'unique fenêtre de leur petite chambre.

Quand il n'était pas absorbé par cette contemplation béate, il prenait soin d'Angèle avec la même abnégation passant ainsi d'une fascination à une autre. À son contact la fillette s'épanouissait, elle réapprenait certaines choses oubliées, comme l'existence de plaisirs dans la vie, et en apprenait beaucoup de nouvelles car elle était passionnée, avide de tout comprendre. Pendant ces quelques jours, rien n'exista plus pour Gabriel hors de ce monde clos de quatre murs et qui pourtant ne lui avait jamais paru aussi vaste de possibilités. À travers le crachin de décembre, il lui fallut longtemps pour découvrir que Mathilde se cachait derrière l'ombre furtive d'une femme pressée qui descendait la rue chaque matin vers onze heures. Le retour d'un pâle soleil lui en révéla l'évidence, et il passa en même temps qu'elle de l'ombre à la lumière.

Elle avait ce jour-là abaissé le chaperon de son grand manteau gris cendré et portait une calipette en batiste blanche de laquelle ne dépassaient que quelques boucles dorées. Elle était toujours aussi délicieuse et le cœur du lieutenant d'Aymar, qui ne demandait que cela, lâcha prise. Angèle comprit immédiatement ce que cela signifiait, elle darda sur lui un regard tempétueux, elle désapprouvait furieusement, mais les yeux de Maïata brillaient trop intensément et elle se résigna peu à peu à ce qu'une femme entre dans sa vie.

Durant quelque temps encore, bien à l'abri de son repaire, Gabriel repoussa les actions courageuses. Il savait qu'il lui faudrait fatalement parvenir à se dévoiler pour accéder à la réalité, mais il préférait le confort paresseux de ses rêveries et sentait son avenir osciller régulièrement, comme le balancier d'une horloge, une sorte d'hésitation entre le passé et le futur à laquelle il devrait fatalement mettre un terme. Toutes les conjectures qu'un tel saut dans l'inconnu pouvait engendrer s'obstinaient à gâcher chacun de ses élans, la probabilité qu'elle ne le reconnaisse pas du tout l'effrayait au moins autant que la crainte qu'elle le rejette en le méprisant, lui et sa démarche hors du temps. Lorsqu'il parvenait malgré tout à évacuer ses angoisses, la hantise de ce qu'avait été la vie de Mathilde depuis le jour où sa main avait déposé le billet dans la sienne lui causait des tourments encore bien pires. Il avait la sensation de redevenir un enfant face à ses premiers émois, mais sans doute était-ce ce qu'il avait cherché en vain depuis tant d'années.

La guerre avait appris à Gabriel comment débusquer de façon certaine la peur lorsque celle-ci se terrait au fond d'un être humain. Le corps, la peau, les yeux ou la voix finissaient immanquablement par trahir sa présence. Il avait suffisamment observé Mathilde pour savoir qu'elle vivait en compagnie de la peur, elle était faite pour la lumière et elle marchait comme une ombre. Cette évidence le mettait mal à l'aise car il se sentait inexplicablement responsable. Ce fut ce sentiment soudain et irraisonné de culpabilité qui le décida sûrement à agir, il avait trop attendu et depuis trop longtemps.

Il procéda par étapes pour se donner du courage, il descendit d'abord dans la rue et se cacha pour la voir de plus près, puis il se mit à la suivre le plus discrètement possible. Elle était seule, toujours seule, pas d'époux, pas d'enfant, pas d'amie, seule, seule, seule et Gabriel ne cessait d'y penser.

Trois semaines s'écoulèrent jusqu'à ce qu'il juge que sa lâcheté était devenue franchement intolérable. Il rassembla alors ce qui lui restait de courage et un matin, à onze heures, il sortit dans la rue et se posta tout simplement sur son chemin. Elle leva imperceptiblement les yeux sur cet homme immobile autour duquel le flux des passants s'écoulait comme l'eau d'une rivière de part et d'autre d'un rocher. Elle marqua un temps d'arrêt, il crut un instant qu'elle allait passer son chemin et puis d'un seul coup, le lac insondable de son regard s'élargit en un océan bleu turquin. Elle venait de comprendre et manqua de perdre l'équilibre, huit années de sa vie défilèrent en une fraction de seconde. Elle resta ainsi un long moment à le fixer sans rien dire et Gabriel partit se noyer dans l'immense océan bleu. Sous la surface agitée, les courants contraires de l'espoir et du désespoir se livraient une lutte sans merci, il coula bien plus profondément encore, se laissa lentement aller, la douce chaleur irrigua tout son corps, il vit un passage, elle accepta qu'il le franchisse, de l'autre côté il remonta le cours tourmenté de sa vie jusqu'à en trouver la source. Quand ils revinrent tous deux à la réalité du monde qui les entourait, Gabriel possédait déjà toutes les réponses sans avoir eu à poser la moindre question. Il sut à cet instant même qu'elle avait tué son mari parce qu'elle avait besoin de vivre, il sut qu'elle vivait dans la peur que son crime soit un jour découvert. Cela n'avait plus d'importance, c'était son héritage, il fallait la prendre avec ce passé et l'aimer ainsi. Il n'hésita pas un seul instant. Jamais ils n'en parleraient, presque jamais. Il n'y avait déjà plus de secret entre eux.

— Tu es venu, dit Mathilde, c'est incroyable, je…

Elle lui prit la main comme pour s'assurer qu'il était bien réel puis ses yeux s'embuèrent et elle se mit à pleurer.

— Je suis désolé, bredouilla Gabriel, j'aurais voulu être là plus tôt, j'aurais voulu t'aider, je n'ai pas trouvé…

— Ça n'a plus d'importance, le coupa Mathilde, tu es venu.

Ils engagèrent la conversation, se mirent à rire et à pleurer, les passants les contournaient comme s'ils n'étaient qu'un vague élément du décor placé sur leur chemin. À la fenêtre de la chambre du deuxième étage, les yeux d'Angèle lançaient leurs éclats d'émeraude, de grosses larmes roulaient sur ses joues cuivrées.

47.

Les alizés les poussaient à l'ouest, transportant vers l'horizon américain la douceur de leurs espérances. Le ciel était d'un de ces bleus qui vous disent que les choses vont s'arranger, qu'une parcelle de terre vous attend quelque part, un endroit où vivre heureux, quelque temps au moins, en tout cas jusqu'à la prochaine tempête. Jeanne jouait sur le pont avec le chiot que le capitaine du *Swordfish* lui avait offert. Elle avait hérité de sa mère le sourire enjôleur et la moue un peu boudeuse auxquels le capitaine, qui n'avait soit dit en passant rien d'un officier de marine, n'avait pas pu résister.

En 1782, Irvin Amon avait été embauché par La Pérouse comme pilote lors de l'expédition de la baie d'Hudson. Tous ceux qui avaient bourlingué dans les eaux glacées au nord du 58e parallèle et qui avaient quelque revanche à prendre sur les Anglais étaient alors les bienvenus. Or Irvin s'était forgé une solide réputation de contrebandier dans le négoce des peaux que lui livraient les Premières Nations. La guerre n'avait pas encore éclaté et il se foutait alors pas mal que ses clients soient Anglais ou Français. Il avait pourtant fini par gêner la Compagnie de la baie d'Hudson, qui, désireuse de se débarrasser du contrebandier, l'avait fait déclarer traître à la Couronne. Tout son butin avait été saisi et son navire envoyé par le fond, Irvin s'était enfui pour ne pas être pendu. Lorsque les espions français avaient retrouvé sa trace dans une taverne sordide de Rockport, ils l'avaient sondé pour savoir s'il accepterait de mettre ses compétences de pilote au service d'une expédition secrète contre les intérêts de la Compagnie. Irvin Amon n'avait pas hésité une seule seconde, il avait besoin de subsides et de revanche.

Il connaissait bien son affaire, les pièges de la navigation dans la banquise, pourtant il n'avait pas vu tomber l'éclat de glace, tranchant comme une lame de rasoir, qui s'était détaché de l'iceberg pour lui déchirer l'épaule. Irvin Amon s'était alors mis à fuir comme une outre percée sur laquelle on aurait sauté à pieds joints. Bien qu'il fût le pire des mécréants, Irvin s'était mis en règle avec Dieu en voyant son sang s'échapper ainsi en grands geysers bouillonnants. Et puis Baptiste était arrivé, superbe de calme et d'assurance avec sa petite trousse d'instruments en cuir rouge. D'un coup d'œil expert le chirurgien l'avait déclaré apte à vivre encore un peu. Il avait d'abord endigué l'hémorragie en appuyant fortement avec son pouce derrière la clavicule, puis il avait délégué le point de compression à Gabriel et s'était mis à ligaturer l'artère avec une dextérité prodigieuse, sous le regard médusé d'une cinquantaine de marins.

C'était ce genre d'hommes, des aventuriers qui cachaient souvent un cœur énorme, un peu cyniques, un peu décalés, que Baptiste avait placé sur la route de l'exil de la famille d'Aymar. Ces anges gardiens avaient en commun une moralité qui pouvait paraître douteuse au regard des normes qu'avaient voulu leur imposer le roi, la religion ou la Révolution, mais leur fidélité et leur honnêteté se portaient sur les hommes bien plus que sur les principes. Bien qu'il ait tenté de nombreuses fois de le lui expliquer, Baptiste n'avait jamais réussi à convaincre Irvin Amon que c'était son métier que de lui sauver la vie. Depuis cet épisode et tout vivant qu'il était, le marin dormait mal, buvait moins et réfléchissait trop, il se désespérait à l'idée que le prix de sa vie ne pourrait jamais être remboursé au chirurgien. Ce nouvel état d'esprit ombrageux et empreint de gravité n'avait pas eu que des mauvais côtés, peut-être même que c'était une des raisons, avec la diminution drastique de sa consommation de rhum, pour lesquelles il avait réussi à nouveau dans les affaires. Irvin Amon était devenu un armateur respecté mais qui s'ennuyait ferme dans sa nouvelle vie. Quand Baptiste avait renoué le contact pour solliciter son aide, il s'était senti revivre, c'était au contrebandier insaisissable et au marin aventureux que le chirurgien avait fait appel. Une nuit de novembre 1793, au point de rendez-vous prévu de longs mois à l'avance, dans la crique de l'Anse Rouge, sur l'île de Noirmoutier, Irvin avait récupéré Gabriel, Angèle, Jeanne et Marie, puis il les avait embarqués à bord de son brigantin, le *Swordfish*. Il leur offrirait l'Amérique en paiement de sa dette envers Baptiste de la Revellière. Le poids qui pesait sur sa poitrine était depuis bien plus léger, il se remit à boire et à tomber amoureux, Marie venait d'entrer dans sa vie et elle le rendait fou.

Le chien courait inlassablement derrière un morceau de corde rempli de gros nœuds que Jeanne lui lançait et qu'il rapportait fièrement en le secouant comme s'il s'était agi d'une proie, il refusait ensuite de lâcher prise quand la fillette voulait le lui reprendre, mais finissait toujours par céder pour qu'elle le lui lance à nouveau. Assoiffé par les embruns iodés, le chiot se mit bientôt à tirer une langue manifestement trop grande pour un si petit corps, il se coucha quelques secondes sur le flanc, épuisé, puis roula brusquement sur le côté et se remit à courir.

Marie regardait la scène d'un œil distrait, elle rêvassait en songeant au tour étrange qu'avait pris sa vie, elle pensait à Baptiste aussi et avait toujours du mal à accepter que le chirurgien ne fasse pas partie de cette aventure. Pour distraire sa peine, elle s'était laissée convaincre par Angèle qu'il lui fallait se plonger dans l'étude, apprendre les lettres, la philosophie, l'histoire, la dialectique, la rhétorique, tout ce qu'elle pourrait assimiler et qui ferait d'elle une femme instruite. L'ampleur de la tâche l'avait d'abord effrayée mais l'idée était séduisante et puis aller contre la volonté d'Angèle n'était pas chose aisée. Un sourire s'esquissa sur son beau visage lorsqu'elle se remémora une des conversations qu'elles avaient eues à ce sujet.

— L'éducation des filles, la Révolution s'en fout, lui avait dit ce jour-là la jeune Indienne. Tu comprends ? Elle n'en a rien à foutre, et pourtant elle se prétend Révolution ! Voilà l'ère de la Justice dont ils osent revendiquer la paternité. Alors dis-moi, est-ce que ce n'est pas une raison suffisante pour vouloir tout apprendre, tout savoir ?

— Sans doute, oui, tu dois avoir raison.

Marie avait vite cédé, c'était sa stratégie de résilience face à un adversaire trop déterminé.

— Je crois que ce serait une bonne chose, avait-elle rajouté.

— Non, mais non, est-ce que tu penses que c'est aussi simple que cela ? avait bougonné Angèle. Est-ce que toutes ces femmes qui se complaisent dans cette éternelle soumission à l'homme le méritent ? Peut-être ai-je tort.

— Ah ? Tu n'es donc pas convaincue ?

Marie aimait répondre aux questions d'Angèle par d'autres questions, cela lui permettait de réalimenter sans fin les raisonnements compliqués de son amie.

— Mais je n'en sais rien !

Angèle avait levé les yeux au ciel.

— C'est à toi de m'apporter la contradiction.

Elle s'était tue quelques instants, avait scruté le visage de Marie pour voir si elle n'était pas en train de lui jouer un de ses tours.

— Bien sûr que j'ai raison ! avait-elle finalement lâché avec aplomb.

— Bien, alors pourquoi devrais-je te contredire ? avait demandé naïvement Marie.

Angèle avait souri, sans même qu'elle s'en soit aperçue son amie lui avait refait le coup de l'ingénue sans défense.

— Oui, oui, je vois clair dans ton jeu, ma chère blonde, mais ton arc, pour l'heure, n'a qu'une seule corde.

— Crois-tu cela, ma belle Indienne ?

Elles avaient échangé un sourire espiègle, leur complicité s'était encore accrue après leurs retrouvailles.

— Bon, avait soupiré Angèle, disons que tu n'acquiesceras pas aussi facilement à mes idées révolutionnaires lorsque tu seras instruite, voilà tout, c'est un des privilèges du savoir.

À l'époque où Baptiste lui avait appris à lire, Marie avait déjà trouvé cela délicieusement transgressif pour une fille de sa condition, mais lorsque Angèle et Gabriel lui dispensèrent une véritable éducation, elle vit s'ouvrir devant elle un abîme de connaissances. Elle découvrit l'espoir de s'élever par le savoir et comprit que le rôle de sa vie n'était pas obligatoirement celui de la servante jolie et pas trop idiote. Elle n'avait jamais manqué d'idées mais elle avait en revanche toujours manqué de concepts et de systèmes pour pouvoir les exprimer. Chaque étape, chaque nouvelle connaissance la portaient maintenant plus avant, le chemin s'éclairait pas à pas et il était sans fin. Ses amis en avaient fait une femme instruite, capable de raisonnements bien argumentés, elle rêvait désormais de reprendre le flambeau du combat qu'avait mené Mathilde en faveur du droit des femmes. Mieux, elle s'en sentait presque capable !

Le chiot jappa, plus excité que jamais et Marie s'arracha à ses pensées contradictoires. Elle s'y replongerait plus tard, pour l'heure, elle voyait surtout que le chien ne tiendrait pas longtemps à ce rythme. Elle interpella Jeanne, le timbre de sa voix exprimait une lassitude un peu chagrine.

— Jeanne chérie, tu vas tuer ce chien à le faire courir ainsi, ne vois-tu pas qu'il n'en peut plus ?

L'enfant fit mine de ne pas entendre, par expérience, c'était la première des choses à faire si l'on n'avait pas l'intention d'obéir.

— Dois-je te rappeler que nous avons promis d'aller faire lecture des *Lettres d'un bourgeois de New Haven* au capitaine, je ne désespère pas de convaincre ce phallocrate impénitent du bien-fondé de l'égalité civile et politique entre hommes et femmes. Je compte beaucoup sur ta force de persuasion.

Cette fois Jeanne se retourna, les épreuves l'avaient rendue plus vive, moins vulnérable aussi, elle posa sur Marie son regard désarmant, ce piège angélique dont elle usait pour parvenir finalement à n'en faire qu'à sa tête.

— Je vais t'accompagner, Ma !

Elle se fendit d'un sourire des plus gracieux, prit le

chiot dans ses bras puis elle le tendit à bout de bras pour l'examiner et il se mit frénétiquement à gigoter des pattes arrière. Elle le reposa sur le pont, il fit trois tours sur lui-même pour tenter d'attraper sa queue puis se lança dans une nouvelle course effrénée.

— Encore quelques minutes ! Il est si mignon, regarde, il est encore plein d'énergie.

Elle avait dû oublier que Marie ne se laissait jamais berner car elle usait des mêmes armes, c'était même elle qui lui avait appris à les maîtriser si parfaitement. Depuis qu'ils étaient réunis, Gabriel déléguait en partie l'éducation de Jeanne à la jeune femme. Après avoir été séparé si longtemps de sa fille il ne se sentait pas vraiment capable de lui imposer des interdictions et des principes trop contraignants. Il assurait en revanche lui-même son instruction et sa formation intellectuelle, Jeanne était d'une intelligence vive et la finesse de son esprit faisait souvent mouche, mais elle avait la paresse des enfants qui apprennent facilement. Elle avait hérité de son père ce goût des certitudes et la naïveté de croire que l'on peut tout obtenir si on le désire vraiment.

Amusés, Angèle et Gabriel observaient la scène, la jeune Indienne sursauta, elle attrapa précipitamment la main de son homme et la posa sur son ventre, le bébé venait de bouger comme pour prendre sa place dans cette tribu. Il lui sourit et déposa un baiser dans son cou, elle frissonna et l'embrassa à son tour avec volupté, le désir qu'elle éprouvait pour lui s'était encore accru avec la grossesse.

Angèle réfréna sa pulsion et un voile de gravité, que Gabriel ne lui avait encore jamais vu, assombrit son regard. Cela faisait des mois qu'elle vivait sans penser ni à hier ni à demain, saisissant chaque instant de la vie avec lui. La rudesse de ce qu'ils avaient vécu au cours de toutes ces semaines ne lui avait jamais pesé, elle était avec Gabriel, c'était tout ce qui comptait. Or, pour la première fois depuis qu'ils s'étaient enfuis du tribunal révolutionnaire, elle ressentait, ici, à cet instant précis, le besoin impérieux de s'inscrire dans une filiation et dans un futur plus lointain que les seules minutes à venir. Une question se mit à tourner en boucle dans sa tête, au bout d'un long moment à essayer vainement de la chasser, elle interrogea Gabriel, il y avait presque de la timidité dans sa voix.

— Crois-tu qu'il reste là-bas quelque chose des Abénaquis, de leur culture ?

Gabriel lui jeta un regard surpris, c'était tellement inattendu et à des lieues de toutes les préoccupations qu'elle avait pu formuler jusqu'alors. Jamais Angèle n'avait revendiqué vraiment, autrement que par le port de quelques bijoux ou par quelques bribes de langue algonquine héritées de l'enfance, son appartenance à une nation indienne. À croire que l'air venant d'Amérique faisait renaître Ozalee derrière Angèle. Gabriel ne savait vraiment pas quoi répondre sinon que le peuple abénaquis était déjà presque éteint lorsqu'ils avaient quitté la baie d'Hudson, il se contenta de hausser les épaules.

Les yeux d'Angèle s'agrandirent et les éclats d'émeraude se mirent à irradier son visage. Elle poussa plus loin sa réflexion, il n'y avait plus de retenue dans sa voix mais une résolution qui impressionna Gabriel.

— Un jour, dans quelques années, j'aimerais que nous allions à leur recherche.

— Si c'est ce que tu veux, nous le ferons, répondit Gabriel.

Il était de toute façon prêt à accéder à tous ses désirs, et puis le goût de l'aventure ne disparaîtrait jamais vraiment, c'était en quelque sorte le sel de sa vie.

Angèle leva ses grands yeux sur lui, elle savait que ce n'était pas ce à quoi Gabriel aspirait au fond de lui, elle lisait en lui depuis leur première rencontre. Elle-même ne voyait cette quête que comme un intervalle de leur vie, une parenthèse nécessaire pour qu'elle apprenne à mieux se connaître. Gabriel l'acceptait sans réserve, c'était une preuve d'amour, elle l'embrassa à nouveau.

— L'Amérique, ce n'est qu'une étape, dit Angèle. Après, nous reviendrons chez toi, elle marqua une pause et se reprit, non chez nous. Nous reprendrons ce qui nous appartient, quand les loups auront disparu, quand la sauvagerie de la Révolution aura cessé.

Elle n'ignorait pas que si elle n'était pas refermée, cette blessure finirait par le détruire. Revenir un jour, reprendre ses droits, malgré ce qu'il pouvait en dire ce serait leur grand combat, l'ultime aventure de leur existence.

Cette fois Gabriel ne chercha pas à le nier, il pourrait vivre un temps avec cette blessure, en se reposant sur l'amour d'Angèle et de ses enfants, mais elle se rouvrirait un jour et alors ce serait un combat entre la vie et la mort. Il soupira, il avait l'air absent.

— Pff, la Révolution, c'est, c'est…

Il n'acheva pas sa phrase et eut un petit rire nerveux, il était plus que sceptique sur la possibilité que toute cette folie cesse un jour. Il dit finalement à mi-voix, comme s'il avait peur que d'autres qu'Angèle puissent l'entendre :

— Une folie qui s'achève laisse souvent la place à une autre.

Après ses premières batailles et le frôlement de la mort, après la perte de Mathilde, après le sacrifice de

Baptiste, pendant la fuite, Gabriel s'était toujours promis de regarder devant lui. Lorsque le navire avait appareillé pour l'Amérique, il avait détourné les yeux pour ne fixer son regard que vers le grand large. Le passé pouvait bien faire voile derrière lui, le rattraper parfois, lui murmurer d'être malheureux, il se débrouillait la plupart du temps pour lui glisser entre les doigts et filer, plus vite encore, vers demain. Il sentait bien pourtant qu'un jour où l'autre il se trouverait prisonnier de ce qu'il laissait derrière lui. En attendant il conservait tout entier, bien au chaud au fond de son cœur, l'héritage de ce qui avait existé. Ce bonheur ancien lui permettait de croire qu'il y en aurait bientôt un tout neuf. Une nouvelle aube, délicieuse, s'était déjà levée sur sa vie. L'amour qu'il éprouvait pour Angèle et pour sa fille avait d'étonnants pouvoirs de guérison, grâce à lui, la douleur et les souvenirs ne disparaissaient pas, ils se sublimaient en une force nouvelle, en un irrépressible désir d'être heureux. Mathilde, Baptiste, Fondorat, des êtres et des lieux si parfaits, des anges eux aussi, Gabriel partait de toute façon vers l'ouest en leur compagnie.

Grand largue, tribord amure, le *Swordfish* fendait la houle de l'Atlantique. Gabriel ferma les yeux et prit une longue inspiration de cet air plein de promesses. Une grande bouffée d'espoir s'empara de lui. Demain ou après-demain les côtes de l'Amérique se découperaient à l'horizon, une nouvelle perspective, de nouveaux points de fuite. Il serra Angèle dans ses bras et la souleva légèrement, elle poussa un petit cri tout en s'accrochant à son cou. Il la fit tournoyer doucement et le bébé donna un nouveau coup de pied. Jeanne se détourna de son jeu pour les regarder, elle secoua légèrement la tête, à la fois attendrie et amusée, puis elle se précipita pour que son père la fasse tourner elle aussi. Gabriel saisit sa fille par les mains et il la fit voltiger. Pendant quelques instants parfaits son rire d'enfant inonda le pont du navire et en déborda la coque pour se propager jusqu'à gagner l'horizon, il sembla alors à Gabriel que le monde entier s'en faisait l'écho et il se mit à rire lui aussi, tout redevenait possible, même le bonheur.

Prix *Femme Actuelle* 2021

COUP DE CŒUR DE FRANÇOISE BOURDIN

La robe du Lutetia

Laure Boutault

« Une fascinante quête des secrets du passé »

À la mort de leur grand-mère, Lisette, dans les Cévennes, deux sœurs découvrent une robe qu'elles ne connaissent pas et que leur grand-mère gardait sous clé. Intriguées, elles vont mener une enquête, remonter ainsi le temps jusqu'à la fin de la seconde guerre mondiale et découvrir des secrets inavoués. Ces vérités mises au jour vont bouleverser tout un village car derrière l'histoire officielle, tout est nuances de gris…

Grand Prix

***Femme Actuelle* 2021**

COUP DE CŒUR DES LECTRICES

Françoise BOURDIN, présidente du jury

«Vieillir avec humour et indépendance, quel défi !»

Troisième jeunesse

Laurent Lagarde

La nostalgie de la vieillesse ne peut pas gâcher une âme restée jeune !

À 79 ans, Alexandre déprime dans une luxueuse maison de retraite, entre les sosies de chanteurs morts, les quizz du soir et les tournois de tennis virtuels. Trois rencontres inattendues vont bouleverser sa vie. Soudain, les voyages deviennent quotidiens, le Petit Prince fait des dessins, les surprises se succèdent et des secrets se dévoilent. Pour la première fois, Alexandre va éprouver un frisson délicieux : l'urgence de vivre. Il prend alors une décision qui changera la fin annoncée de son histoire.

GAGNANT PRIX
Femme actuelle 2021
ROMAN DE L'ÉTÉ 2021

« Une histoire addictive ! »
Françoise BOURDIN, présidente du jury

Pour exister encore

Martine Duchesne

Trois générations sous le sceau d'un secret au dénouement inimaginable ! Magistral !

Femme Actuelle

Une histoire aussi douloureuse que belle où le besoin de connaître la vérité resserre les liens et libère de vieilles tensions.

Dans la ferme qu'elle vient d'acheter, Emma trouve un vieux magazine oublié dans un coin de grenier. Glissé entre ses pages un feuillet sur lequel sont écrits des mots en forme de châtiment. Intriguée, elle rencontre Émilie l'ancienne propriétaire et découvre une vieille dame de quatre-vingt-deux ans, écrasée de remords sous le poids d'un secret lié à son passé. Bouleversée par sa détresse, Emma décide de l'aider, mais elle se heurte à son mutisme. Quelle sombre vérité se cache derrière ce passé dont Émilie ne veut rien dire ?
Pour comprendre, Emma va partir là où tout a commencé. Là où l'exil d'Émilie pendant la Seconde Guerre mondiale a fait de sa vie un cauchemar...

Couverture :

© Triff / Shutterstock – © Eva Bidiuk / Shutterstock

Ligne graphique : Séverine Morizet

Studio Fabrication : Flora Bellanger

Composition : IGS-CP à L'Isle-d'Espagnac (16)

Impression :

CPI
BRODARD & TAUPIN

pour le compte des Éditions

NOUVEAUX AUTEURS

Dépôt légal : juin 2021 – N° d'impression : 3043720

Cet ouvrage a été imprimé en France sur un papier composé de fibres naturelles, recyclables, et fabriqué à partir de bois provenant de forêts plantées et cultivées pour la fabrication de pâte à papier.